周伟 1971年生。国家一级作家。中国作家协会会员，中国散文学会理事，湖南省散文学会副会长，邵阳市作家协会副主席。曾获湖南省青年文学奖、冰心儿童图书奖、冰心儿童文学新作奖、孙犁文学奖、冰心散文奖、中国新闻奖副刊作品奖、邵阳市文学艺术突出贡献奖等，曾被授予湖南省职工自学成才者称号、湖南省首批"三百工程"文艺人才。

在《人民日报》《大家》《天涯》《山花》《芙蓉》《新华文摘》《读者》《青年文摘》《散文选刊》等200余种报刊发表、转载600余篇作品，入选中国作协、中国散文学会和人民日报社、人民文学出版社等主编出版的两百余种选本，被中央电视台选播、中国美术出版总社改编、中国人民大学书报中心复印和全国高考、中考试题及中小学教材选用。

著有《乡间词韵》《看见的日子》《阳光下的味道》《一地阳光》等10余部散文集，散文《乡村女人的风景》《一个字的故乡》《看见的日子》分别入选《中国新文学大系》《中国最美的田园散文》《〈读者〉33年精华集：经典散文》等。《文艺报》《创作与评论》等有专论评介，被誉为"行吟于乡村大地上的歌者"，载入《中国近现代散文发展历程》。

乡村书

长篇散文精选

周伟 —— 著

中国出版集团
现代出版社

图书在版编目（CIP）数据

乡村书/周伟著. --北京：现代出版社，2016.1
ISBN 978-7-5143-4478-3

Ⅰ．①乡… Ⅱ．①周… Ⅲ．①散文集－中国－当代
Ⅳ．①I267

中国版本图书馆CIP数据核字（2016）第003166号

乡村书

作　　者	周　伟
责任编辑	李　鹏　陈世忠
出版发行	现代出版社
地　　址	北京市安定门外安华里504号
邮政编码	100011
电　　话	010-64267325　010-64245264（兼传真）
网　　址	www.1980xd.com
电子邮箱	xiandai@vip.sina.com
印　　刷	北京一鑫印务有限责任公司
开　　本	880×1230　1/32
印　　张	8
字　　数	200千字
版　　次	2016年1月第1版　2022年7月第2次印刷
书　　号	ISBN 978-7-5143-4478-3
定　　价	39.80元

内容提要

本书是一本诚实的乡村书,是一卷疼痛的生命册,更是一部灵魂的大地书。

它艺术地全面展示了社会转型期的乡村现状,除了追忆往昔,更多的是对当下现实的揭示与呈现,记录乡土变革和时代变迁,同时真实地反映乡村在文化冲突中的撕裂和疼痛感,表现的是小人物的日常生活和爱恨情仇,深入探索他们独特命运的风雨波涛,充满激情地给以剖析、描绘、抒发,显示其丰富的思想内涵和生活美,在最真实与最透彻的文字下,对乡村理想进行了书写与重构,拓展了散文的精神空间,使作品负载了较高的文学价值与社会意义。

《乡村书》这部作品中蕴含了太多的人生哲理与思考,以及人性的光芒。语言新鲜而干净,淳朴又灵动。其中极具地域特色的方言与民俗风情充分体现了传统文化的精髓。而作者对社会底层的关注,如一根与乡村血肉相连的大动脉,汩汩流淌着乡村大野的精血,灌溉荒芜的田园大地,给日渐消瘦的村庄注入一支强心剂。表现出作者对乡村的执着与守望,对生与死的思量和感悟,对人与大地的深刻理解和追问。

上世纪的"五四"将汉语写作从文言文解脱出来，使中国散文获得了一次再生，期间诞生了周氏兄弟、萧红、许地山、胡适、梁实秋、沈从文、老舍、朱自清、庐隐等现代散文大家。到1960年代初期，又出现了杨朔、秦牧、刘白羽等人，其后的散文写作者均多多少少受到他们的影响。从21世纪初或稍晚，一些具有新的写作主张、理念和姿态的散文作家走上舞台。包括张承志、贾平凹、王宗仁、史铁生、韩少功、李锐等名家，以及近些年涌现的冯秋子、筱敏、刘亮程、于坚、庞培等人，后来者还有如夏榆、马叙、周伟、杨献平、吴佳骏等新锐。他们用有别于传统散文的语言和题材，乃至自由的书写方式，为散文注入了活力。

——《中国近现代散文发展历程》

尽管新时期以来出现了贾平凹、韩少功、张炜、周同宾等书写乡村的散文大手笔，但中国乡村散文书写式微乃不争的事实。然而，1998年新疆刘亮程的散文集《一个人的村庄》出版后，掀起了中国散文书写的"乡村热"，涌现出了谢宗玉、周伟、李登建、李傻傻等"新乡村散文"作家。

——《2000—2010中国散文现象批判》

近几年来，对于乡村的书写，涌现了鲁顺民、周同宾、江子、傅菲、吴佳骏、谢宗玉、江少宾、桑麻、陈洪金、李登建、周伟、冯杰等一些写作者。其中，鲁顺民对山西本土乡野文化的关照与纪实性书写；周同宾几十年如一日地对河南乡村生活的文学性表达；江少宾以牌楼村为主要据点的乡村人事观察和经验性呈现；桑麻以乡村计生题材进行的个案式的独特文学构建；陈洪金对滇西北乡村的诗意历史和现实提纯；周伟对故乡风物和人物的质朴刻绘等。这些人及其作品，基本上构成了当下乡村散文书写的主要力量。

——《乡村文学书写的两个层面》

序言：

谁还记得乡村的风景

◎ 李晓虹

都市轰轰烈烈地发展着，占据了越来越多的空间，向它的四围疯狂地蔓延。越来越多的乡里人带着渴望，带着憧憬到都市里寻找他们的梦，那是在电视里看到在广播里听到的实实在在的现代生活的梦，多彩的梦。那梦里的生活比起自己的日子热闹得多，精彩得多，花哨得多。在他们进城的时候，丢了土地，丢了乡下留给他们的一切。只是，在年节时，可能会回家看看；只是，在梦里，可能浮出一点乡间的记忆。

巨大的城乡差别也是文明的差别。怀着强烈的求知渴望和改变命运的愿望的乡村青年拼命读书，增长知识，最终，获得了高学历，彻底改变了身份，离开了生于斯长于斯的地方。同时，也获得了和父辈完全不同的精神空间，改换了内心的生活。乡村有时还在他们的心中，在他们的笔下，但隔着时间的长路看过去，沉淀下来的要么是一些美好的亲情、友情，或者是那些童年时期的梦。农村只不过是他们儿时生活的一点记忆，一点点缀。

尽管，在中国广袤的大地上，一片连一片的，一眼望不到头的还是乡野，还是农田，但是，曾几何时，那些地头上再也少见青年后生的影子，再也没有了往日的红红火火，热热闹闹。乡村留给了妇女和老人，和那些由他们带着的还不能出走的孩子。

生活在变，人心在变，眼光在变。都市生活已经强占了生存空间，更占据了心灵的天地。乡村正在一天天逝去，一天天被抛弃。文化也在乡村中一天天黯然失色。

近年来，农村题材的作品有不少力作，但是，它们的着眼点往往不在当下，或者是从久远的生活中挖掘过去的原始根性的东西，或者是进城后的农家子弟对家乡亲人的感恩和留恋。但很少再有人实实在在地把笔、把心扑在那片正在行进着的土地上了。

我不是社会学家，不知道应当怎样看待正在发生着的一切。但是，既然作为中国人生存方式的重要部分，农村还大片大片地存在着，既然那里还有很多人在生活着，痛苦着，快乐着，那么，他们的生存状态，他们的喜怒哀乐就是一些生动的存在，就应当被关注、被尊重、被书写。

这个时候，我读到了周伟的散文集《乡村女人的风景》《乡间词韵》和《乡村书》。

周伟在乡间长大，尽管后来他也到了镇上，但是，他忘不下那片托起他的土地，和土地上那些普普通通的人，那"一个个平凡而负重的人生"。因为，在那里，有"太多太多的真真切切"，"太多太多的魂牵梦萦"，在那里，"天，是祖祖辈辈头顶的天；地，是子子孙孙脚踏的地；那柿树，也是春天开花，夏天结果，秋日落叶，冻立在寒风里；那里的人，无不风风雨雨，斑斑汗渍，滴滴泪水，却没有一个不是憨直淳朴，平平静静地过着日子。"（《乡村女人的风景·后记》）这些普通的人，和他们经历的生活，已经化作了周伟生命中不可分割的部分。于是，在他的笔端，流淌着那些融进他血液之中的平凡的却又使身躯和灵魂震颤的日子。

他用心地在乡间的旮旮旯旯里行走和思索，关注那些沉默的灵魂，用他的笔留住这些平凡而朴实的人生。在山地田野上，在那些似乎是文明的角落的地方，其实，也有爱，有恨，有抱负，有理想，也曾经轰轰烈烈，也曾经有生命的起伏跌宕，这平常的生，平常的死，平常的消失的人，构成了人生的长卷。

五伯总是那么有意思，"我总学不来五伯的那份潇洒。无论朱夏与白冬，五伯总光着上身，赤着脚，着一条短裤衩，腰间围一条长长的毛巾。尤其性子不急。就是农村最忙的'双抢'季节，他也保持着午睡一觉的习惯。一条老式长板凳往阴凉处一放，双手往脑后一枕，两腿并拢，硬直直地端正摆放在宽仅一指头的长板凳上。稍顷，便打起呼噜来了，呼噜打得很有节奏，也格外地响。我们这些细把戏倒喜欢听，听久了，我们便用稻草去捅五伯的鼻眼，五伯便嘟噜着'蚊子烦死人'，这时，我们就对着他的耳朵嘻嘻哈哈大笑大闹。五伯被吵起来，我们这一班宝贝就撤兵，而我时常由于一时撤不下来，被五伯俘虏了。作为俘虏就要为五伯扛脚，先前是扛不起的，次数多了，就不觉得了。每每此时，五伯便哼起小调，有板有眼，我就陶醉在美妙的氛围里，就忘记是在做俘虏了。"

瘸叔也有爱情，"那个年代那个年龄，瘸叔不瘸，爱着同村的四婶，四婶也爱着瘸叔，只为了一个'穷'字爱不到一块。"瘸叔到矿上拼命挣钱，腿瘸了，却没挣到够数的彩礼钱，直等到四婶守了寡，只等到他从就要倒塌的屋中救出四婶的孩子楚子，楚子沉重地喊他一声"爹"，他却"再也瘸不动了"。

那人高马大，撑起家里大半个天的七娘，那俊俏活泼，但却被命运捉弄的娥姐，那因死了丈夫而被算定"克夫"命而遭婆家冷眼、讽刺、辱骂、责打，最终被赶出家门，却又在改革开放中获得新生的兰婶……这些农民的快乐与悲伤，沉重与豪迈，生与死都自自然然地发生着，随时光演进，若逝水源远流长。

周伟用如歌的文字记住他们，用洗练、干净的笔墨把他们的贫困和战胜贫困的努力，把他们的各不相同的命运和对命运的抗争，把他们内心美好的本质写出来，执拗地把笔聚焦在这些已经少有人关注的地方。

假如没有进入文字，这里的生活就在沉默中行进，在沉默中逝去。一些人在这里无声无息地生长、壮大，直至死亡。但是，这里有记忆，也有心灵的鸣响，"乡村孩子不比城里孩子，日记不记在精美的笔记本里，却深深地烙在心里，永远不会变色，永远不会腐烂。"（《乡村孩子的日记》）

所以，我常说，这种时候，那些还在关注着底层，关注着沉默的大多数，关注着正在消失的乡村，和乡村中不幸的人生，关注着普通人身上表现出的美好品质的作家与作品，理应得到我们格外的尊重。因为在这些作品的背后，可以感受到一种情怀，一种由爱而生的拳拳之忧。

这些年，周伟正是用年轻的心用诗意的眼光充满感情地写着父老乡亲，同时，也将文化的根须扎在乡下。诚望他继续在这条路上跋涉和思考，用审美的眼光留住那些曾经拥有的和即将离去的，在新的精神高度上展开现实和内心的世界。从乡村的昨天写到今天，更向未来敞开。

（李晓虹，著名散文理论家，文学博士，中国社会科学院研究员，中国散文学会副会长，中国作家协会散文委员会委员，《中国散文年选》主编，鲁迅文学奖评委。）

CONTENTS **目录**

诚实的乡村书

疼痛的生命册

灵魂的大地书

乡村功课

XIANG CUN GONG KE

相　骂

一日三餐，三天两头，在乡村的角角落落，你总会见到相骂的人。生的、熟的，男的、女的。有时是两三个，也可能是五六个，有时是一堆人，也有时是齐刷刷的一家人、一个组的人、一个院子的人、一个村子的人，甚至是一房一族的人；也有可能就是眼睛看到眼睛、鼻子对着鼻子的邻里、婆媳、妯娌、爷孙、兄弟、姐妹、两口子，或者就是一个人对着天吼骂。他们呢，也并不是结下了什么深仇大恨，大多只是为了一只鸡、一蔸禾或一句话，甚至什么也不为，只觉得胸中气不顺，就一律拉开架势开骂。

反正，相骂在乡村是司空见惯的事。相骂吃饭，天天不断。他们并不觉得相骂有什么好，但也不觉得有什么不好。也许过于平静的乡村，倒真是需要有一点东西来打破这平静。若真有哪一天乡村里不发生相骂的事，乡村肯定变味，乡村就不像乡村了。或者，乡村里一定出了什么天大的事了。

从早到晚，从春到冬，骂声如歌，与淡白淡白的炊烟一起缠绕在村庄的上空。

——你个兔崽子，太阳晒屁股了。还占着茅坑不出来，屙痢疾吗？懒人屎尿多，有得也要屙。你呀，真是越困越懒，越呷越馋，越懒越哈（蠢），越哈越窘。

——你个四眼狼！我瞎了眼，晕了头，蒙了心，进山养狼，狼大伤人。

——你个三分不像人四分不像鬼！你个麻粒婆打水粉。你个坏酒的酒药。你个两头吸血的大蚂蟥。

——你逞什么能？装什么神？我告诉你，我走的路比你过的桥多。记住了：呷哪里的水，讲哪里的话。别"哇啦哇啦"个屁！

——听话听落头，呷菜呷香料。蚂蟥听水响，叫花子听鼓响。鼓不敲不响，理不辩不明。开水不响，响水不开。晓得吗？！

——嫁鸡随鸡，嫁狗随狗。穿得好，呷得好，不如两口子同到老。

……

这些多是老的骂少的、大的骂小的，是半骂半教、半教半骂。骂，是恨铁不成钢，恨佛面前不装香；教，是床边教子、枕边教妻、桌边教友、路边教人。挨骂的人挨骂时都是气鼓鼓的，事后想想，也有骂得对的，气就消了大半。后来，又有什么事不对，又挨了骂。就这样受气消气受气，日子一天天过来了。直到愈来愈少挨骂的时候，年岁也大了，人也明事理了。到了这个年岁，却少不了骂人，不是因为自己的年龄大了脾气也大了，而是觉得自己不去骂骂那些嘴上不长毛的后生，总是感到自己没尽到责任一样。骂时，感悟多了，情绪也上来了，声色俱厉。

乡村，总像一个一身有不少毛病的后生，在骂声中一天一天地长高长大，变得人模人样。

虽然现在已拥有了一份欣喜，但他们哪能忘掉自己和乡村的悲苦，现实的惨痛。

——哪个偷了我的鸡呷？你个狗骑的猪困的，你个砍脑壳的雷打火烧的。你呷到哪儿痛到哪儿，你从哪里吃进去就从哪里吐出来，你吃一个死一个，吃两个死一双，今天吃了，你绝对活不到明天！

在那些年里，丢了鸡是大事。谁都晓得：鸡能生蛋，蛋能孵鸡，鸡又生蛋，蛋又孵鸡。没有人不清楚：鸡是乡村的摇钱树！鸡屁股是农家的银行！

——哪个放了我的田坝口？你生个崽烂鸟鸟，生个女没屁眼。

放水养田，生儿育女，一直是乡村里最重要的事。断子绝孙，没有收成，是谁也不愿意看到的结果。这种痛，痛彻肺腑，是一生一世的痛。

——你个天杀的，你个地埋的，你个鬼打的！

一个人，向着天，对着地，隔着阴阳两界，骂！骂骂骂……只有骂，他才感觉到自己的存在和意义；只有骂，他才能继续给自己存在的勇气和信心。

骂天骂地骂鬼神，其实是想骂出一个属于自己的真正的世界。

相骂是什么？

相骂如盐，没有盐，饭菜无味，生活无劲，人也无神。

相骂如水，水能灭火，也能润田。

相骂如风，风永远不会干，风总是有自己的方向。

相骂如拉开窗帘，一览无余，有阳光和风景，有乌云和惨月。

相骂如碗，盛过酸甜苦辣咸，盛过人生的百味。碗，朝上是憧憬，扣下是绝望……

在乡村，相骂是必修课，相骂是启智课。它让不识字和识字不多的乡亲们，认识了一个个有声有色的方块字，一个个有情有貌、携手并肩的词和词组，还有一句句充满激情、旋律跳动的话语，一篇篇引人入胜的文章。

一次相骂的整个过程，就如同写一篇文章。起笔（开头）应领起全文、定准基调、富有魅力，收笔（结尾）应文断而情不断，言尽而意不尽，若"余音绕梁"最佳。当然，选材构思，谋篇布局，情节安排，主题表达，更为重要。一场精彩的相骂，如同一篇绘声绘色的文章，也是要运用各种修辞手法的。该双关时双关，该对比时对比，该比喻时比喻，该夸张时夸张，该象征时象征，该比拟时比拟，该衬托时衬托，该联想时联想。有时运笔要用曲笔，有时运笔要用侧笔，有时只需点化，有时却需要铺垫，有时又要大加渲染。

这一切，都要思维敏捷，才情飞扬，匠心独运。所以说，乡村是个大课堂，相骂是篇大文章。

但是，除开相骂要有主旨外，还要有节制，这是个度的问题。什么东西都是有个度的，相骂也一样。一过了头，相骂——骂架——打架——打仗（打群架），一步一步发展起来就恼火，就控制不了局面，闹得乡村鸡犬不宁，断然就不是件好事了。

相骂，君子动口不动手。

打　牌

在春天暖洋洋的太阳底下，在夏天通风阴凉的巷弄口，在一地金黄的晒谷坪里，在雪天雪地的火塘里，我们总会看到一堆一堆的人，男人、女人，老的、少的，都是那样的悠闲，那样的起劲，那般的惬意。他们，男的打牌，女的打鞋底或者打垫底。也有看牌的，也有聊天的，也有什么都不干，就只管待在这样的氛围里。

打牌是那种二指宽的长叶子字牌，九九八十一张：四个小一二三四五六七八九十，四个大壹贰叁肆伍陆柒捌玖拾，还有一个"换底"。乡下戏谑打牌叫学文件，81号文件呢！他们也许一辈子看不到红头文件，他们竟把牌当作最高的文件，当作文件来学了。这是不是一种逆反的心理作怪,我不得而知。换底,可别小看了换底,它是个神秘的魔牌,往往一个换底换到一个好字,一手牌立刻活泛起来,就生出无限的可能。这时,换底就是中央文件,比谁都大,比谁都有用。乡下打牌,总爱把换底掺杂其间,是不是总想盼得意想不到的收获?(我有一天突发奇想,乡民们是不是总把自己的下一代作为自己的"换底",好想好想换出一片新的天地。)他们巴望天上掉馅饼,巴望地下产金子!也是,有巴望的日子才会有生气,有生气才会有更大的巴望。他们天天打着牌,他们天天巴望着。

这种叶子字牌,好玩,变法多,变化大,便于携带,玩起来也方便。不要四四方方,正经围坐,摆开架式,选地择位,费时费力。四个人玩,三个人也玩,两个人也可玩,那叫"挖对"。找人来玩,大人小孩儿,男的女的,只要认得十个数字,就能赤膊上场。就是一时到处找不到"脚"(人,乡村很多时候用脚代人,比如一个好把式就叫一只硬脚),也不打紧,你把你空空的对面看成一个对手就是了,你摸一张替他摸一张,你呷一个,你碰一个,你再看看他的牌,能呷就呷一个,能碰就碰一个,一摸一摸,一呷一碰,也能过过干瘾。

不过,打牌的关键,时时刻刻都要有数的概念。比如好多斛(尽管我知道,约定俗成是那个"和"字,我却固执地认定应该是这个"斛"字,只有这个斛,扎扎实实,可摸可触,看得见,有想头)落地,一般都有个规矩:三个人打牌一把10斛落地,两个人打牌一把20斛落地,四个人一起上阵定6斛落地。又比如打三把50斛,你第一把15斛落地,第二把该斛多少,第三把又该如何满罐。你起了牌在手,旋成扇面状,扫一眼,手里(的牌)有多少斛,还要多少斛,还能通过九九八十一个花样能变多少斛,你心里一定要早早地有数。是呷一笔小一二三还是呷一笔小二十七,是碰一个大贰还是呷一笔大壹贰叁或者呷一笔大贰拾柒，抑或不碰不呷，让他过路。看着起出来的一张张牌，要能判断人家攥在手里的是些什么牌，这样，垛子（码在桌上的底牌）里的牌自然心中有数，你或碰或呷或和那一个字，顺手得很。和了牌，自然高兴，因为你心里有数，因为你早已笃定自己就是和哪个字了。再数斛子，一笔一笔牌敞开，显摆在桌面上，一笔一笔斛子相加，18斛，20斛，22斛，25斛，哎哟，满30斛哇！这时，仿佛攥到手中的不是轻飘飘的几张牌叶子，而是十几斛二十几斛三十斛的白大米，几块十几块长条条的肥肥的大猪肉呢！一笔牌来得好，不啻是一笔现款子，白花花的，哗啦哗啦响，喜猛了人。

打牌是个数字万花筒。生活也是一个数字万花筒。一家老少，几个人呷饭一餐多少一天多少一月多少一年多少，早稻多少晚稻多少红薯杂粮多少，接不接得上，接不上，上面统销粮来多少，要问人家借多少，都要算好数，都要划算好。这时，与打牌一样，最基本的运算符号都是加与减。其实，一个人的成长，乡村世界的生活，都在这个加与减的长长的运算系列里演练。打牌，还一定要注重排列组合，生活当然也要注重排列组合，因为，排列组合就是一种效果。生活并不是一团乱麻，它也有它的规律，有它自身的排列组合。懂生活的乡里女人，早已深谙自己男人手中的那手牌，一笔一笔排列组合好，只等男人开口，她就出牌。她总是能把一大家子人带出饥寒，带进春天，就像自己的男人一样，不管怎样糟糕的牌，总能和牌。

男人打牌的时候，女人就在一旁打鞋底打垫底。打鞋底打垫底与打牌不同，完完全全是个几何万花筒。乡村的女人总是十分的心细，总有十足的耐心，她们一针一针地钻，钻一针算一针；她们总是一点一点地连，一点，二点，五点，十点……漫天星点，连到天边，连到日出。两点连线，定比分点，是她们最早遵循的原则。她们是最高明的算术能手，她们是最专业的数学老师。她们穿针引线，挥洒缕缕不绝的情感，在温暖的鞋垫上画出生活中的三角形、正方形、长方形、扇形、弓形、椭圆形、圆台形、心形……在踏实的鞋底上，全是她们密密的针线，满天的星点。一点，一个叮嘱；一针，一份思念。往下看，朝上看，左看，右看，横看，竖看，斜看，怎么看，点与点连成一条线，线与线平行，线与线之间均等，无数的线汇成一条河，一条盛满情爱的河流。任何乡村的内容，任何乡村的情感，在这点与线交叉的河流里，都能够在这上面找到注脚，找到回家的路。

乡村的女人也许微不足道，在乡村广阔的世界里也许只是一个点。正是有这许许多多密密麻麻的星星点点，构筑起乡村这个稳定的多元世界。

通观打鞋底打垫底，我们不难看出，乡村世界是点的世界，爱的世界，安稳的世界。

通过打牌，我们知道，乡村生活是数字的生活，实在的生活。生活，是要划算好去过的，这样，出"牌"就顺手，和"牌"就有望。

射　尿

小孩子一排排站定。一个个青屁股扭动着，左一下右一下，再左一下右一下，又左一下右一下，一条条挂在"小鸟"（男孩子的生殖器）上的操裤（一种大裤管大裤腰的裤子）都滑了下来，掉落在脚踝处。往上看，那一只只"小鸟"整装待发，正精神着呢！

这时，不知谁喊了一声：开始——立刻，一股股喷泉射向空中，在空中一个个神采飞扬，相互示意：看，看我的！小把戏，看看我的！大伙儿一看就知道，这班小把戏又在进行射尿比赛呢。他们是在比谁的射得高，谁的射得远，谁的射得久。一股股喷泉跃升在半空，弧度或大或小，弧线或曲或直，水柱或粗或细，水流或急或缓。有的是抛物线，像在空中架起了一座拱桥。还有的是波浪线，螺旋线，交叉线……这时，小把戏们一个个眼眨都不眨，我看你你看他他看我，手舞足蹈，指指点点，大喊大叫，此起彼伏。

大人们看见，习惯了，随这班小把戏的便，一律不声不响地走过。但是，那个过路的生人则停了下来，眯笑眯笑地看着。就那么看着，一直不声不响久久地看着，看着看着，就觉得眼前的一幕真是一幅令人意趣盎然的画。慢慢慢慢地，眼前好多的人叠成了一个；慢慢慢慢地，空中那一股股喷泉叠成了一股，一线。停下来的过路人再睁眼一看，觉得眼前的那个人就是他自己，童年的自己，真实的自己！过路的人此时忽然觉得，他搞了一辈子美术，不知画过多少画，就是画不出自己满意的画，若是画出眼前的这幅画，岂不成了最美妙的画卷！那样，也就不枉此生了……美术难道就是尿术？他为自己此时竟生出这个奇异粗俗的想法，忍不住扑哧一笑。他的这个想法，当然不能在课堂上说，说出来绝对要被笑掉大牙的。看来，有些事，只能是埋放在自己的心里面；有些事，看似复杂，其实再简单不过了。复杂的简单。简单的复杂。在生活中，在课堂上，却往往让人理不出个头绪来。只有现在，才是这么的清晰。只有现在，他才真正地知道：生活，是最好的课堂，是最优秀的老师！

正想着时，孩子们从他身边一飘而过，跑到一座废弃的土砖墙下，面向着那一面大土墙，立成一条线，又是一个个的青屁股在用力地扭动着，左一下右一下，再左一下右一下，又左一下右一下，比赛开始。这回换了花样，不比高也不比远不比久，一个个不喊不叫，提神收气，屏气凝神，小心翼翼，双手握着"小鸟"，如一支支熟稔的画笔、一线线细流在土墙上浸润开去：太阳出来了，月亮出来了，雨雪飘飘洒洒，一头老狗在老树脚下蹲坐着，一头大肥猪四肢叉开睡得正香，流了一线线口水，小鸟飞在半空，老虎藏在山林，白鹅浮在水中，还有行驶的货车、小车、火车、航行的轮船，冲天的飞机，还有冬瓜糖、花生糖、红辣椒糖、苹果、油条、大糕点，还有骑的高脚大马，抽打得团团飞转的木陀螺，一瞄一个准儿的木手枪……反正，这些，只要小把戏们看见过的，听到过的，书本上有的，再有，只要是他们能想得出来的，都在他们神奇的"水笔"下，活灵活现地浸印在土墙上，展览开来。

过路人久久地站在孩子们的身后，不动声色，很是称奇。称奇的不是孩子们画得栩栩如生，他当然晓得，孩子们不知是操练过多少遍了，展览过多少遍了。他称奇的是孩子们竟然想得出这种作画的法儿！"水笔"永远都不会干涸，土墙画了又干干了再画。而且，更为称奇的是意到水到画到，兴致所致，直接得很。不像平常在美术课堂上，大脑要指挥手手要命令笔笔要驱动毫，又要铺纸，又要晾干，还要保存。此时，一切都是那么自然天成。

射尿，大多数人都是一种身体上的放松，生理上的反应。而像这班孩子们，射出来的是尿，印到土墙上的是画，是生活的艺术，是艺术地生活。他们根本没有一丝课堂上的紧张和生硬，他们在精神上是一种极度的放松，在心理上是在寻找一种真正的快感，他们是在最富大胆最富激情最富聪明才智地进行创作。创作，看似无法则有法；创作，看似无技巧，更是一种大技巧。这当然得益于这班孩子们敢于操练，勤于操练，他们的操练，不受拘束，在生活中自由自在地操练。操练，在情，在理，在法，事半功倍，无师自通，受益匪浅。

可是，人大了，竟然再也射不到那样的高度，再也没有那样的"手笔"了。单单只是为了一个体面，就要射向低处，射到一个指定的洞里。人啊，就是这样没完没了给自己指定一个低处的洞口！自由自在（记得黑格尔说过，精神本质就是自由）是没有了，想象创造是没有了。人慢慢地老了，老到射不出尿了。长长地睡上一觉，醒来时又会是一个活蹦乱跳的孩子，把尿高高地射向空中，把尿传神地射到一面土墙上，土墙上立马浸润出一片盛开的花朵，还有花开的声音。

一路上，过路人一直都在思考着。

边想边走，边走边想，山那边学校高高的红旗迎风呼啦呼啦飘扬在他的眼前。

他在课堂上是继续讲美术的原理，还是讲今天看到孩子们射尿的趣事呢，抑或其他？

扯 勾

在乡下，有太多太多的事情需要做出最后的决定而又难办时，人们便说："扯勾。"

扯勾（即抓阄，我家乡的土话。我认为比抓阄传神，"勾"即"√"，扯到勾，或是功课做对了，或是话说对了，或是路走对了），就是顺手扯几根枯黄色的草茎，把外面的一层乱草清理掉，留下一根一根直条条的草茎，黄澄澄的，通体透亮。把一根根草茎断成一节节，长长短短，一把攥在手心里，紧紧地捏住，让每一段草节都留个头露在外面。露出的每一个头，都有可能是一种幸运。一百个头，就有一百种幸运的可能。

来来来，扯勾扯勾！

扯一根勾，就是扯一根救命稻草！

先是看，眼睛转一圈儿，再转一圈儿，又转一圈儿，从上往下看，从下往上看，又看拳头，这面一下，那面一下，再睁大眼睛看看每根指头间的缝隙，但实在看不出什么。又想用手去摸去掰做勾人的手，也都徒劳。

谁扯勾之前，都要做出这些无用的动作，心里面总有好多的念头窜来窜去。

生产队分东西，一堆一堆地在晒谷坪里码出来，或红薯、或花生、或萝卜、或白菜、或豆荚、或柴火、或湿溜溜滚了一身灰还在挣扎跳跃的大草鱼……只要是能分的，都垒成或大或小或圆或尖的一堆堆。做勾的人喊："听清了吗？从这边数过去，一、二、三、四、五；从那边数过来，六、七、八、九、十……"然后，做勾、扯勾。扯了勾，就去寻堆子，往往这时候，总会有庆幸的，也总会有埋怨的，但无一提出异议，赶忙拿了东西回家，家里早等急了。有人回家向老婆报喜，说："我扯了好勾，分得最好！"有人悻悻地对老婆说道："手气真背，我这次运气差得很。下回还是你去扯，你一定能扯得好勾。"老婆并不埋怨，说："算了算了，扯了勾的，又不怪你，快去洗萝卜，快去抱柴火。"

弟兄几个分家，该分的东西都要分，争得脸红脖子粗。被分的东西有：房屋、粮食、农具、牲畜、木材、砖瓦、家具、碗筷……手心手背都是肉，哪个都不能偏向，爹娘只好叹息着说："唉，要分就分，别再乱争，你们扯勾吧！"

两姐妹都到了出嫁的年龄，媒婆上了门。两姐妹穷怕了，都想嫁，都想早早地跳出这穷窝，却都不挑明，姐看着妹，妹望着姐。

爹娘说:"你们到底哪个先嫁?你们总要吭一声才是!"姐说:"妹,你走,姐扛得住。"妹说:"姐,该你!我再等两年也不迟。"让来让去,没有结果。爹娘说:"不要让来让去,扯勾吧!"

要人上水库出工,要人看山,要人修马路,要人去公社办公差……谁去?是好差,人人都想争着去,不但清闲,而且工分又给得多,还能见见世面。这时,争也没用,只有扯勾,看谁的运气好。派的若是苦力活,卖力不讨好的事,人人都想躲开,这时,也只好扯勾,扯到勾的人,不想去也得去。

最大的事,莫过于选组长或选队长。也怪,组长或队长是生产队村民小组里最大的"官",但那时,却没人愿当。究其原因,当组长或当队长不仅捞不到半点好处,最苦最累的活你要抢先干,吃了亏你还做不得声,喊不得怨。谁当?反正要人当!咋办?只有扯勾!后来,日子有些甜头了,队里有些"油水"了,人人伸手要当,要当组长或队长,甚至还要当村长,谁也不服谁。但是,一个村只能有一个村长,一个队只能有一个队长,一个组只能有一个组长,咋办?还是扯勾!扯到勾,小心翼翼地展开小纸片,心提到了嗓子眼。若是好勾,就像喝醉了酒一样,人立刻飘了起来,乡村的日子也就有些想头了。

如果说分东分西、派工派活,只是个简单的问题,而选组长、队长或村长这样的事,说大了,这是政治上的事。乡村的政治,就是日日在这扯勾中演绎,在扯勾中求得平衡。当然,有些时候,乡民们不如意时也恼恨这日子,恼恨这勾。但也就是一闪念的事,过后又原谅这日子,又原谅这勾了,怪只怪自己的八字命丑,认命。也许,这正是乡民的悲哀,这正是乡村落后、发展缓慢的一个重要因素。

但是,许多年来,乡村却笼罩在一团和煦的阳光中,村民的日子不紧不慢,过得平静,过得幸福。

幸福平静的乡村有一天到了不扯勾的时候，也许已经朝前走了一大步了。往前走的乡村，不知能不能够仍然保持原有的平静和祥和？

乡村是要过原有的生活，还是要继续往前走？不知村民们如何选择。

也许有些人仍然犹豫不决，说："还是扯勾吧。"

这下，年轻人大多都会跳起来嚷道："还扯勾？！扯了一世的勾，还扯！不扯了，坚决不扯了！要扯你们扯，我们走我们的！"

很多年轻人走出了乡村，走到了远方，走进了城市。扯勾的乡村，在他们的眼中越来越模糊、越来越陌生。

也许有一天，他们在城市受到委屈的时候会想起远去的乡村，会想起儿时的游戏：捉迷藏、打陀螺、骑竹马、下五子棋……玩游戏的时候，他们开始前都要扯勾、划拳，划那种剪子、包袱、锤，看谁先谁后，谁走谁停。

夜　歌

我坐在下午的音乐课上。一孔光斑从屋顶上射下来。我闻到了阳光的味道，我闻到了草木的味道，还有牛屎的味道。

透过窗外，看见几头老黄牛从山坡上下来，慢悠悠地往村子里走。一群群鸭子呼愣呼愣从水塘中爬上来，急急地寻找自己的笼子去了。

一会儿，整个村庄就披上了黑色的外衣，开始慢慢地安静下来。立刻，我就闻到了煤油的味道。一盏盏煤油灯，如同一个个美妙的精灵出现在黑夜里，出现在我的脑海里。火苗一闪一闪地跳动着，跳动在我的每一根神经上。

夜的灯，揭开了乡村夜曲的序幕。

这时候有空了。村上村下村前村后的人，要借点东西帮衬个忙，只管上门。随便你走到哪家，家家都不关门，言语一声就是了。"他四婶，借一顿早饭米？"四婶啥都不问，一下一下有节奏地剁着猪草，说："借么子借，到缸子里撮，撮多撮少凭你。""他大伯，明早我想牵你的牛，犁下坡园里的一亩地，要得吗？""有么子要得不要得，你牵去就是了！玉柴佬，只是莫亏待了老黄（牛），上犁时，先让它呷饱，才下得了大力。""五奶奶，要借你的口，骂骂我那厉害娘娘（指儿媳妇）。"五奶奶起身就走，朝村口晚婆婆敞开门的家走去。乡村的事情往往都是在夜间完成，比如处理婆媳妯娌关系，比如滋生爱情，比如传宗接代生儿育女，比如决定白天的一切。说到底，夜不关门才是乡村解决一切问题的通行证。

在夜里行路的人，且莫怕，冲乡村那一扇扇不关的门喊一声，就有人送上一个火把，让你唱着歌打着火把再往前走。一个火把燃完的时候，你又到了另一个乡村，你又到了另一扇不关的门前，再喊一声，再燃一个火把，高唱着歌，一路往前走！这样，你一扇门一扇门走过，一个乡村一个乡村走过，你就走过了黑夜，走到了光明。在城市里，纵使灯火通明，你却走得那样寂寞那样艰辛，更可怕的是，一旦停电，漆黑一片，你便仿佛坠入夜色之海，茫然失措。

半夜的歌声，是乡村的绝唱。

一只、两只……萤火虫一闪、一划。听，有浅浅的歌声响起，是那样的熟悉，那般的迷人。"萤火乐乐，落来做么子咯？煮饭呷。

么咯饭？红米饭。么咯菜？竹叶菜。么咯竹？笤竹。么咯笤？勺笤。么咯勺？酒勺。么个酒？烧酒。么咯烧？柴烧。么咯柴？栗柴。么咯栗？鸡爪栗。么咯鸡？阉鸡……"

夜半的歌声中也有大笑高唱的，如"扯皮叶子嫩菲菲，做个口哨给郎吹，若是哥哥吹响了，砍柴割草同路归！"到了烤火月的夜里，几个汉子围坐在火塘边，手里抓着肥得流油的猪头肉，大碗大碗的苞谷烧碰在一起，嘴里欢唱着喝酒的歌："一杯酒来诉实情，堂屋门前画古人；二杯酒来诉实情，二月阳雀叫不停；三杯酒来诉实情，三月清明要扫坟；四杯酒来诉实情，四月扦田忙不赢；五杯酒来诉实情，端阳龙船闹沉沉……"

然而，偶尔有扯破嗓子声泪俱下的，我就听到瘌叔有一回吼唱着："光棍草来野慈菇，水芹菜来满地铺，情哥喊你千声姐，你不喊哥一声夫……"不过，那一次后，瘌叔再没有吼唱过，仍一日一日地忙碌在田里地里。有人说，莫看你瘌叔白日里笑呵呵的，无事一样，夜里头有得苦念。

我于是知道：夜里的乡村，是乡村的本色，是真实的乡村，永远的真实！夜里的乡村，歌唱歌哭，才是真正有感情的乡村！夜半的歌声，是生活的原创歌曲，是天底下最美最动听的旋律！

伴奏呢，伴奏的就是夜里的风雨。比如某个时候，侧耳一听，听得真切，就知道是窗口进来的风们刮动了牛栏屋前悬挂的牛鞭，牛鞭正打秋千似的一下一下很大弧度地跟着风们跑。雨们嘀嘀嗒嗒地一下一下地敲打在瓦檐上，然后，一溜，轻飘飘地落进屋后的菜土中。于是，明早你就可以把丝瓜种温柔地点进碎土里——夜里的风雨，总是那样及时地赶上季节，与生活合拍。

夜村的风雨就是村人一生永不停歇的音符。

夜半的歌声就是生活的歌。

柴米油盐酱醋茶/喜怒哀惧爱恶欲/红橙黄绿蓝靛紫/春雨惊

春清谷天／夏满芒夏暑相连／秋处露秋寒霜降／冬雪雪冬小大寒。

夜村，我真实安身之所，我音乐的课堂，我情感的母土！

在闹市的黑夜中，我好想拢一怀夜村酣然入眠。梦中，有夜歌响起，我就好像回到了童年，回到了家乡，回到了生活的歌声里。

辟　邪

在乡村，在我们那个年代，辟邪尤为重要。

譬如你一出生，爱哭，尤其晚上，整夜整夜地哭。大人就会疑心你撞了邪了。家里没有银器、玉石辟邪，你娘就会用一个荷叶布包包了茶叶和米，用线扎死，再寻一根红丝线把布包两端固定，然后吊在你的脖颈上。管用不管用，是很难查究的。重要的是我们小时候大家都要戴一个茶叶米包。

你开始有了记忆的那一年，你站在门外开始打量着你的家，打量着你眼前的世界。你记得你踮起脚，首先看到的是又高又厚的两块大木门上一边贴着一张门神，都是戎装怒发而立，手执玉斧，腰带鞭练弓箭。再往上，门楣上端悬挂着一块玻璃镜子。你疑疑惑惑地看着。

你六岁那年，唐山大地震后不久，你们家乡那个小山村连续几日倾盆大雨，狂风猛刮。有人谣传，要发生地震了。你的奶奶坐也不是站也不是。后来跪在神龛前，还让你也跟着跪下，跪在观世音菩萨的塑像前，久久地跪着，双掌合十，举过头顶，头匍匐而下，嘴中唠唠叨叨：菩萨，救苦救难的观世音菩萨，快来打

乡村功课

救这方草民哪！您看孩子们多听话又上进，不能震他们，实在要震，把我这个老不死的震了……一连数日，每日清早奶奶都要带着你去跪拜，去讲情。也许是菩萨感动了的缘故，你们的小山村没有遭受地震的劫难，奶奶也没被震了。奶奶从这以后，每年都要去三次白马山观音庙（三月十九、六月十九、九月十九观世音菩萨生日之时），斋戒三日，虔诚膜拜，拜倒在"大慈大悲救苦救难南天灵感观世音菩萨"的莲花宝座下。一直到她85岁那年，奶奶从不间断。

奶奶还老爱看相。看相的一来，准牵着你的手凑拢去。盲人摸相时，一律地先捏捏摸摸，然后，半天不说话。最后，说话时，直说好相好相，绝好的相！两元钱。奶奶竟然真的给盲人算命先生两元钱，窸窸窣窣从裤腰袋取出包了几层的手帕里翻了好一阵。盲人走时，奶奶还说，娃儿坐了两座文昌，值！这一年，你进了学堂门，读一期的书才用九角钱！

读三年级的一个晚上，王老师突然来到你家。她望着星空，王老师说："××，你信吗？地上少了一个人，天上多了一颗星。"然后她久久地不说话，只顾望着天穹。你呜咽了，喃喃地说："我信，我信！周老师就是天上那颗最大最亮的星星，他看见我了……"天上许多星星闪烁起来，很亮，把光辉大方地倾泻在你的身上。

又到五月五。挂端午。划龙船。呷粽子。

每年的五月五，都是你和小伙伴们的快乐日子。今年，不知是那几日患了感冒多痰气喘性躁，还是读了高小长大了的原因。反正一回到家，看见家里的门楣上、屋外的墙壁上到处挂着艾叶、菖蒲，气不打一处来，伸手去扯，奶奶挡住，字正腔圆地讲：断断动它不得，有它，驱鬼守屋护身！娘讲，用艾叶烧开水洗个澡，你也许会好些。娘烧了一大盆水，放在你那间屋子里，把门窗都紧闭了。你脱了衣服先在澡盆上用水蒸气蒸，随一屋子的艾叶芳香弥漫每一个空间，你感觉到你的鼻子、口里、耳朵、头发里、肺部、心脏……都被这奇异的芳香浸入。然后，你用艾叶水滑滑地洗了个澡。晚上，你酣然入睡。

多年以后，你还老是记起长相丑陋、凶神恶煞的太大子出口闭口都是一句"谁敢在太岁头上动土"？

这太大子是你最憎恨的，早先年总牵着奶奶去大队部，批奶奶，斗奶奶。奶奶总是默默忍受，她说她家成分不好，她说可不敢和他顶，他是岁神呢。这太大子不光是凶奶奶，见一个凶一个，就连见了你，前几年分谷时，都吼：四属户狗崽崽，看，看，看什么，我想给你分多少就多少……还好，几年以后他已不是大队长了。不是大队长的他，仍旧仗着村主任是他侄子，还是那句"谁敢在太岁头上动土"？他家放田水时，他硬是把你家刚打过肥的一田水全放到他家的田里去了，给了你家一田清水。你娘找上门去论理，他不仅不赔理，还走到你家田里，把你家田里的水又放掉了个大半，还凶："谁又奈得我何？哼，谁敢在太岁头上动土？"

娘气得瘫在床上，远在外地开会的父亲两三天又不可能回来。十三岁的你一把锄头高高地擎在肩上，一把杀猪刀插在腰间，向太大子那块水田走去。结果是，太大子家的水田干成了一块地，太大子还赔了你家的肥料钱。

奶奶真不敢相信，说，他可是岁神呢。你说，神也有善有恶。神是人立的，人能立它也能毁它。因为有一天，你看见村口那座庙里的太岁神被谁抽了筋骨打得稀烂，用手一摸，原来太岁神是上捏的。

有一年，不爱张扬的父亲匆匆忙忙赶回家，进进出出，里里外外喊，快卖谷，卖完谷，全家就进城！卖谷时，请了五伯帮忙，从仓里一簸箕一簸箕地簸出来，一担一担地担出去，担到小学的操场里，装袋，上车，运走。

你按娘的吩咐去锁仓门时，却发现仓底均匀地铺了一层谷粒。你当然没有告诉父亲，但你问了娘，娘神色庄重地说，祭仓呢！

进城，参加工作，然后结婚。结婚后不久，你和妻子因了性格和爱好上的不同，总是到一起就伴嘴就斗气，好几次还动起粗来。鸡犬不宁，却又都不说散伙。双方父母就一个劲儿地生气，埋怨你俩当初不听她们的话，没有合八字。

你晓得双方父母说的并不对，但你又能说什么呢？你只是悟出一个道理：爱情婚姻，说到底是一个合字，一个合得来的合字，合不来是人各一口。你平静地和妻子说了。后来，你和妻子慢慢地磨合好了。

······

也许有一天，一切的热闹，一切的荣辱，一切的一切，都与你无关。是它们离你远去，还是你弃它们远行？

你将睡在黑洞洞的"千年屋"里。再黑，也是黑的静，黑的净。你是真真的安定了。

到那时，你自然会知道：邪不胜正，心定无邪！

瞅 天

瞅天。

是瞅，不是望，不是看，更不是瞭，是一目到秋，无尽头。

是瞅，一目在旁，身边有禾，禾苗干枯，心上如火。

是瞅，初看上去很丑，回味起来的样子好美，总觉得意味无边。

小时候我们常这样瞅天。哎哟哟，看哒——天哦，透蓝透蓝的；云哦，嫩白嫩白的。当然，我们的脸哦，通红通红的；我们的心里面哦，麻绷麻绷的。因为，天公作美，明儿个相约，再去塘里洗澡。去洗澡，每个人心里都早有打算：凫水，下猛子，潜水，这回一定要比个高低争个输赢！不管哪个赢了，那会儿肯定是悠闲自在地浮在水面上，就那么一动不动浮在水面上瞅天，不屑与自己身边的伙伴与伍。我也赢过一次，有过一次浮在水面上瞅天，那种感觉，现在想起来，不逊于入仙成佛。

瞅着这样的天，我们很多时候也上山，名义上是放牛打柴，多是满山野跑，采花摘果，上树掏鸟。累了的时候，我们就躺在山坡上，躺在软绵绵的青草坡上，叉手撒腿，头枕扁担，抬头瞅天。一个人静静地久久地瞅，只觉得天透蓝云嫩白，天上地下都是那般透明、纯洁和美好。

瞅——天穹如海，白云似羊！

就那么躺着，就那么瞅着，瞅着瞅着，我不禁胡思乱想：人字出头是个大，大字顶上是个天。再大也大不过天！

天是什么？

天是往清澈的井水里丢一粒石子。

天是在无边的大海上扯起一张张白帆。

天是一群群白羊在青青的山坡上悠闲着。

天是无数的蜜蜂在一望无边的金黄色油菜花的海洋里迷了路。

天是青山藏在白云间，晚霞开放在天边。

倒骑在牛背上，天是弯弯曲曲的一条鸡肠子山路，一头挑着山冈，一头挑着草房。那里是家，一声声是家的呼唤，母亲的呢喃。

浮在水面上，梦在半空里，天是一身好衣裳。那蓝色的缎子，那白色的衫巾，还有那流水的仙乐在耳。

坐在教室里，天是自然课，天是物理课，天是美术课，天是音乐课，天是历史课。天，是无数的可能，无数的想望，无数的神秘，无尽的美好。

再高也高不过天，再多也多不过天，再美也美不过天，再多的想头也是顶到天。

是谁？走出了门，走出了家，走到了天边。

是谁？上了山，上了树，上了天。

天，天啊——

大人们看天，眼睛里却分明看出水来。

那年，是我家乡刚分了责任田的第三年。天气异常得厉害，连续一个多月，碧空千里，那轮烈日直向下界喷射着火焰，好似它狠下了决心要蒸干烧焦一切，已莳的田丘里的水少了，干了，晒得结了一层薄壳，裂成一道一道细缝。大人们天天瞅天。清早一跳下床，就昂起脑壳瞅，一杆烟的工夫都在瞅。端一碗饭，蹲在禾坪里，站在巷弄口，把那头顶上的天硬要瞅出一个眼窟来。就是整日忙碌在田园，在菜地，在山上山下，都要不时地抽出空闲来瞅天。哪怕是入夜了，不管是亮晶晶的夜，还是墨黑墨黑的夜，大半夜大半夜不困，就是累趴了在床上，双眼睁睁，眼光穿过房檐，穿过夜的黑，瞅紧那片不大的天，心想中的天。

但是，天偏偏不开眼。

这时，人人个个尽皆行动起来了。不知是谁先牵了头，说，求雨，只有求雨！一下子，人人个个都庄重神圣起来。压倒一切！全村人全部出动，出钱的出钱，出力的出力。立马做起了神场，焚起了香纸，敬起了雄鸡、刀头、酒礼、粑粑，跳起了雨舞（一说是羽舞，反正是都穿着各种五颜六色的衣服载歌载舞）。就连我们村小学的三个班也倾巢上阵，一起喊雨。一喊一答，声声震天。

起风吗？起风了。

有云吗？云来了。

下雨吗？小雨。

下雨吗？中雨。

下雨吗？大雨。

……

大家都瞅着天，瞅着它天爷爷的脸色。然而，天爷爷仍然一脸灿烂，始终不肯落下一滴雨。我想，它肯定是在看我们的把戏，笑我们的可笑。

不等不靠，要靠就靠自己这双手！这时，大家不得不意识到事态的严重。大家一起奔向水库，水塘，小溪，水井，水坑。大家到处走着，寻找有水的地方。这时水贵如黄金。若谁一见着，就欣喜若狂，叫喊，呼号。大人们用抽水机抽，水车车，皮管倒，我们细把戏就用竹筒片接，水桶担，提桶提，甚至盆端，勺舀，口喷，一切尽皆派上用场。那水，其实有些时候只是一些浑浊的泥浆。

寻水，争水，取水，看水。夜以继日，歇不得半刻，各家男女老少全部上阵，轮流值班。其间，也发生由争水引起的乱糟糟的一片喧嚣声——相骂、呼号、哭泣和女人的尖叫，但最后总是坐拢来，提一壶烧酒，大碗一碰，嘴巴一抹，相互谅解，水双方均匀调剂一点，化干戈为玉帛。已莳干渴的田丘里又渐渐地湿润，未莳的田丘，实在不能凑合着弄湿犁耙去莳的，大家就用锄头、扦担、扁担弄一个洞，再莳进禾苗去，喷一口水。

一个多月里，乡亲们持之以恒，从不灰心，最后天也动了情，落下泪来。

大人们瞅着上天，任凭雨水淋着，衣襟裤管上的雨水牵线线地流。他们的脸上、眼角有水淌过，我不知道那是雨水，还是泪水？

瞅天。

很多时候，大人们瞅着天，自言自语。

——该犁田耙地了。

——该浸谷种了。

——该莳禾了。

——该放水了。

——该打药了。

——该扬粉了。

——该磨镰了。

……

瞅天。

瞅着瞅着。

天边有了弯弯曲曲的一条小土路，似一条金黄色的飘带在晃荡。走出去，这是一条通往村外抵达希望的小路。走回来，这是一条回家的路，亲切温暖的路。

瞅着瞅着。

白花花的水引来了，活溜活溜的，四处漫游，春气弥漫。

田垄转眼泛青了。

放眼看去，山那边，五颜六色的花大朵大朵竞相地开放着。

慢腾腾地，慢腾腾地，这里那里，到处都挂上了累累垂垂黄澄澄的秋实了。

瞅着瞅着。

牛儿在山那边吃着沾露的青草。牛老了，老得吃上一口草要反刍老半天。那混浊的牛眼里，总有水一样的东西在打转转。吧嗒，一滴水珠掉在了地上。这时，天边起了风，天也落了泪。

羊呢？羊儿还在青青的山坡上悠闲自在。草肥水美，一只只羊在长大。羊大，啊，是美！

瞅天。

就是瞅问一段历史。历史课的主题有：悲苦。忧伤。善良。坚毅。欲望。突围。快乐……

　　瞅紧一片天，就是瞅住了一段日子，守望着一块幸福。要知道，羊大的日子哟，在天边，更在心里！

　　瞅天。

　　每天腾出一些时间瞅天。

　　看岁月长河，云卷云舒。世事如云，人生似河。

　　大地大，在脚下；天穹高，心更高！

原载《天涯》

杉溏物志

S H A N   T A N G   W U   Z H I

鱼　殇

　　杉溏村的太大子终日搬一把木椅横在堂屋门前，眼瞪瞪望着对门的虎形山发愣，恁怪的。众人走过门前，熟悉的不去打扰，摇摇脑壳走了，不熟的仿佛要看出个究竟，就用言语去探他，他竟不吱一声，无法，还是摇摇脑壳走了。

　　太大子原本是蛮威风的。他清楚地记得正是某大报发表社论《鼓足干劲，力争上游》的那会，刚刚踏进三十岁的门槛。身体从里到外都充盈着活力，有的是劲；眼睛精亮亮，走路兴冲冲，一天到晚憧憬美好的明天，宣传着共产主义的指日到来。驻点的公社刘书记，和他谈得来。一次在大队做报告："毛主席教导我们，'你们青年人朝气蓬勃，正在兴旺时期，像早晨八九点钟的太阳。希望寄托在你们身上。'杉溏要跑步进入共产主义，领头的是关键！太大子这种青年，就是毛主席希望的那种青年……"这时，旁边有个干部模样的人提醒刘书记：太大子还不是党员。刘书记理也不理，一掌重拍在桌子上，说："反正，铁定了的！太大子，好好干，'人有多大胆，地有多大产！'"

　　太大子受宠若惊，脑壳鸡啄米似的点个不停。瞬即，举起左手，高呼："'鼓足干劲，力争上游！''人有多大胆，地有多大产！'用六个月时间，跑步进入共产主义！……"会场顿时急昂起来，刘书记捏着胡子坐在主席台上笑眯了眼。

　　太大子三十而立，果真立了起来，仿佛杉溏大队是他的，他就是杉溏大队。太大子正如刘书记所说的那种青年，果真没让他失望，把杉溏大队的工作开展得风风火火，杉溏大队的名气便似坐了直升机一般。这下，红旗插遍杉溏大队，太大子常常出现在各类大会小会的主席台上，一律是胸佩红花，口若悬河，口水泼溅，高举左手，出尽了风光。

刘书记说，这青年是毛主席说的那种青年，有几下子。有几下子吗？太大子掌管杉溏大队不到三个月，成绩大大的有：一亩地产3000斤粮食，10万斤红薯，一棵白菜300斤。杉溏大队人人能读书作画，个个能写诗唱歌，夜夜有电影，餐餐有鱼肉。

餐餐有鱼呷，却要了太大子老婆的命。杉溏大队红旗满天，少不了检查的领导、参观的同志，牵线线似的来来往往。太大子书记家无疑是第一站，地里的产量，嘴上能汇报；读书作画写诗唱歌早就操练了，早就预备了；唯有这餐餐有鱼肉，不好对付。太大子极聪明，想出一个法子：呷剩的鱼骨头留在碗里，不丢！检查的、参观的每回来，老婆便极默契地配合，端着碗好似呷得差不多了，剩下些鱼骨头。然后，把嘴一抹，就收了碗。很生动，让人很艳羡。

有一回，又是检查的、参观的牵线线来，又是太大子老婆很生动地演戏。不同的是，检查的当中有一位省里来的首长。首长双目有神，很是威严，紧盯着太大子老婆浮肿的脸和手中端着只盛了一抓饭的饭碗，饭边上是一堆颜色深黑的鱼骨头。太大子老婆望一下首长，又望一下端着的碗，本想自我解嘲地说一句："餐餐有鱼肉，都厌了！嚼一点鱼骨头，有味。"果真筷子就夹了几块鱼骨头往嘴里塞。首长没有说话，阴阴地走了。

当晚，太大子也阴阴地走回家中，下午被首长重重地训了一顿。回家不见老婆，灯也不亮，气不打一处来，吼："臭婆娘，死到哪去啦？"老婆没有出来，也没答话，只从里屋床上传出喔喔声。一看，是喉咙里卡有鱼刺。忙喊人，想办法，无用。郎中也来了，仍无用。三日后，"臭婆娘"在时断时续的喔喔声中死去。

自此，杉溏大队的太大子再无了精亮亮的眼睛，有的是一对死鱼般的眼睛，终日眼瞪瞪地望着虎形山，虎形山脚下有他呷鱼呷死的"臭婆娘"。

鸡　怜

那时候，杉溏院子家家生活不好，不像现在天天吃米饭，时不时就割块肉，小锅儿里刺刺啦啦。好一点的，顶多屋里有一把红薯干，有几块干萝卜丝。愣没想头吗？也有。盯紧的，是一年四季的鸡屁眼儿。红红的鸡屁眼一启一合，屙金子屙银子，大人们紧锁的眉头便松缓了些，娃儿们就跳着笑着嚷着：下了，下了！仿佛下出一片灿烂的天空：上山去挖笋，下河能捉鱼，过年穿的是新衣裳，书包里背着的是新课本……娃儿们拍着手唱着：鸡啊，鸡啊，多啊多吃食啊；红啊，红啊，红啊红屁眼啊；屙啊，屙啊，屙金屙银屙不停啊；叫啊，叫啊，咯咯咯地叫啊；笑啊，笑啊，呵呵呵地笑啊……

杉溏有个乡俗，家家娃儿都放鸡。一清早，把鸡赶到草坡上和树林里去。叽叽喳喳的鸡们张大着眼睛，放眼四顾，时而奋力振翼，时而向前一跃，时而盘旋上下，扑腾着翅膀。一只只多彩的小昆虫，一根根新鲜的嫩草，都自鸡们长长的喉咙咕咕而下。娃儿们各自数着自家的鸡，转过脸去向同伴们炫耀。有几只鸡吃饱了，躺在柔和的阳光下小憩，它们伸直了腿，拿嘴去梳刷翅膀，悠然自得。

光宝远远地坐在那棵大树下，茫然地看着眼前这一切。他往日绝不是这样，他数数时常高兴大叫，一脸得意。他那只灰黄色的大母鸡，啄食快得很，每日早早憩息的必是它。灰黄灰黄的大翅膀，一遍遍梳刷，在柔和的阳光映照下，乖态无比。今儿个，也不啄食，也不梳刷，陪光宝坐着，任凭光宝那双小手一遍遍去抹它全身的羽毛，一动不动，一声不叫。它瞧着远处的伙伴，又瞧着近处的光宝，是那样的忧郁而宁静。眼睛扫过去，左边两米开外有四只小鸡叽叽喳喳，眼睛立刻闪出光亮。久久后移开，那眼睛里分明水晶珠似的。灰黄的大母鸡疾步走过来，站在四只小鸡的中间，挥动翅膀把它们环住。四只小鸡也异样起来，偎依着母鸡。

光宝流下了眼泪。今儿个，不是他坚持，根本不用出来放鸡。昨天夜里，娘已做出决定：送光宝去进学堂门。光宝蹦跳得老高，日思夜盼的就是这事。咋不想，一起放鸡的狗儿、大兵和后强早一两年都进了学堂门。怪娘？不怪！娘薄薄的肩承受不起。人家有爹，有爹就能挣10分工，光宝爹死得早。光宝只有娘，娘疼光宝，早想让他进学堂门，只是实在交不起学费。"今儿个去进？"光宝有些疑惑。果然，娘说："要进，卖了那只灰黄大母鸡！"光宝一下呆住了，天天清早伴他的灰黄大母鸡，天天被娘敬若神仙的灰黄大母鸡，要卖掉了！他无法接受这个现实。大母鸡有段时间虽没屙金屙银了，过去的日子却功不可没，一家大小开支都靠了它，奶奶的药罐子有它才能抓回药。大母鸡新近孵了四只小鸡，又有了新的憧憬。再说，大母鸡与四只小鸡相亲相爱，同行同宿，从不分开，这叫他如何忍心哪！他断然回绝娘："娘，我不进学堂门！"娘十二分的惊讶，瞬即一巴掌打在光宝的脸上："小杂种，你要气死娘！"气消一下，娘又唠唠叨叨："妊儿，你也不小了，要懂事呀！咱宋家要靠你去挣面子！你死去的爹托梦要我把你送进学堂门，我不能对不住你爹呀！"光宝捂着发烧的左脸，眼睛定定地盯着鸡笼里四只小鸡和那只灰黄大母鸡。四只小鸡已酣然入睡，温驯地偎依在大母鸡怀中，唯有那只灰黄的大母鸡不倦地半躺着，一双眼睛警惕地盯着。光宝怜爱地看着大母鸡，大母鸡也定定地注视着光宝。光宝终于冲口而出："莫卖大母鸡，我就进学堂门。"娘也早消了气，一把揽光宝入怀。光宝看到娘潸然落泪的模样儿，也觉得难过，静静地靠在母亲的怀中。一时间，一边是光宝靠在母亲怀中，一边是四只小鸡偎依在大母鸡身旁，温馨、宁静而幸福，天地无语。

　　卖大母鸡和进学堂门，简直就像鱼和熊掌。光宝那时候，选择只能是娘的选择，娘不能对不住死去的爹，娘不能误了光宝的前程。就这样注定光宝以后几年，进学堂门，出学堂门，又进学堂门。光宝有一个怪癖，看到鸡总是一种无限爱怜的眼神，坐在餐桌上也从来不吃鸡肉。

　　光宝决心最后再去放一次鸡，娘只得答应。那个清早，光宝就满腹心事坐在那棵大树下，无限怜爱地看着那只灰黄的大母鸡。灰黄的大母鸡仿佛是早有知觉，晓得昨天夜里和今后的一切似的，也心事重重地立在光宝的旁边，先是无限怜爱地看着四只活蹦乱跳的小鸡，后又与四只小鸡长长久久地亲亲热热，难舍难分。光宝再一次落泪。那个清早，光宝放鸡很晚很晚才回去，一直等到娘站在山脚急急地喊。光宝捉了一小袋的昆虫，采了一把嫩的草食，追到几只肥肥的蚂蚱。光宝把那只灰黄的大母鸡叫近了，拿一只只小虫去喂，一根根草食去喂。哪料母鸡衔到嘴里，并不吞下，又一口口去喂四只小鸡。光宝感动得泪水涟涟，呜呜地哭出声来，无限怜爱地抱着那只灰黄的大母鸡，带着哭腔唱道："鸡啊，鸡啊，多呀多吃食啊；红啊，红啊，红啊红屁眼啊；屙啊，屙啊，屙金屙银屙不停啊；叫啊，叫啊，咯咯咯地叫啊；哭啊，哭啊，哭哭啼啼哭不停啊……"仔细去听，才知最后一句改词了。

狗　欢

有一年春天，杉溏院子天地间吹起一股春风，队上的田地包产到户。农民当家做主，种什么，怎样种，自己说了算。一时间，到处是忙碌的身影。院子里要数平生和老国干得最为起劲。平生文文弱弱，一肚子墨水，包了队上一口水塘。塘里养鱼，水中放鸭，科学喂养。老国却五大三粗，但嘴笨手不笨，犁田打耙刬草锄地……无活不干，无活不精。闲暇时，还背一套木匠家伙串户过村做几张桌椅，打几个高矮橱。平生和老国都干得很欢，日子过得也欢。

很欢的平生和老国偏偏一直处得不欢。平生埋汰老国：是头笨牛，笨得连屁都放不出！老国看不起平生：哪像个人样？一肚子坏水水，往鱼鸭嘴里灌洋玩意，鱼鸭都不是原来的味了。这小子，若在"抗日"时准是个汉奸！两个人背后的话都或迟或早传到对方的耳朵里，一传一传，传到耳朵里的话难听得要命。两个见了都不搭腔，黑青着脸，你瞪我一眼，我吐你身后一口痰，仇恨万丈。两个大男人都在家小面前立了个"三不"的规矩：一不准去搭理对方，二不准去踩对方的门槛，三不准去拢对方红白喜事人情世故的场。

于是，平生和老国处处较着劲。前脚老国买了14英寸的韶峰黑白电视机，后脚平生就捧回了金星牌的，箱盖上明标着44厘米（17英寸）；上午老国请了乡邻的客，吃的是肉，下午平生喊乡邻坐拢桌子，摆的是鱼；上月平生起了屋，下月老国盖了楼。逢年过节，平生一家穿戴新崭崭，老国一家大小里里外外都是十成新。吃罢团年饭，平生老国几乎是同时点起鞭炮，"劈叭咚劈叭咚"，比谁的响，比谁的响得久，耳朵尖尖地听着，眼鼓鼓地瞪着，心里细细地盘算着。

平生和老国较着劲，害得老国的崽大兵和平生的闺女小红一出了学校门，便不能搭理，便不能手牵手，便不能肩并肩。其实，大兵和小红在镇中学读高三蛮要好的，又互相关照，班上同学都起哄：是一对！苦就苦在回了家，好就好在能上学。恼火的要算平生家看鱼塘的那头德国黑盖狗黑熊，老国家看门护院的本地纯良母狗小花。两狗民的工作干得欢。白天黑夜，黑熊屹立鱼塘，凶猛无比，窃贼大多抖抖索索，不敢拢边，有胆大的尚未得逞，脚上必定留下几个印记。小花丰收季节守着老国家一晒谷坪黄澄澄的稻谷，麻雀鸡鸭一粒都衔不走，跟随陪伴熟人亲邻又温若水样。黑熊小花干得欢也处得欢。它们不管两家的规矩，频频约会，山川田野，留下它们感情的印记。平生和老国各自训着自家的狗。黑熊小花听得茫然。训后，仍一如既往，甚至变本加厉，它们玩得更欢。平生和老国各自狠狠地骂着自家的狗："狗娘养的！"黑熊小花就疑惑："我们是狗，当然是狗娘养的！"就各自调笑自己的主人，抓一下，舔两下，又汪汪笑几声。主人恼怒极了，抽出打狗棒一顿乱打，黑熊或小花就如离弦的箭离窝出走，相约在草木青青的山脚或流水潺潺的小溪边，互相抚慰，互相倾诉，虽遭呵斥毒打，它们心情仍是开心欢悦。

平生和老国简直是没有办法了。想卖，一是舍不得，狗干了不少事；二是谁也不想先卖，两人较着劲，谁也不想认输。于是，黑熊小花一如既往干得很欢，处得很欢。

不久，竟出了事。事不算大，竟告到了乡政府。原因是那个春光明媚碧草青青的上午，黑熊和小花玩得太欢，春情荡漾，亲热得了不得，控制不住，做起爱来。恰被老国看见，这等于当面羞辱他，老国气直冲脑门顶顺手抄起一根木棍，使力打过去，黑熊没料到，反应还算快，腿上虽挨了一棍，只受了些小伤，一跳一跳，走了。再说老国的羞辱，在杉溏院子有个乡风乡俗，不是人家母狗主人提出，公狗无端交媾人家母狗算捡了便宜羞辱了人家主人。尤其一见是仇人家的公狗，且在光天化日之下，就分外眼红。平生本觉理亏，而捡了冤家仇人的便宜，不但不怪黑熊，还奖赏黑熊一碗肉饭。瞧着黑熊受伤的小腿，冒火：这不是欺侮我平生吗！便领着一家老少要和老国家大动干戈，好在乡邻劝了，打不成。第二日，平生就去乡政府告状要老国赔礼赔钱，开口便是千儿八百，乡政府司法干事老刘疑疑惑惑地问："咋，千儿八百？"平生肯定着："至少这个数，我那宝贝可是德国的黑盖狗！"老刘摊上这狗事，又觉好笑又觉难办，就坐着纳闷。公母狗交媾，交就交了，按乡风乡俗，本是平生家的狗没道理，平生家赔个不是也算应该。事不大，老国打断人家狗腿，按民事纠纷赔偿理所当然。

正在这时，一男一女年轻人领着一公一母狗民直奔老刘办公室来。男青年是老国的崽，女青年是平生的女，公狗是平生家的，母狗是老国家的。男女青年一进来，手牵着手肩并着肩眉来眼去欢声笑语；公母两狗鱼贯而入，亲昵热情，汪汪欢叫。老刘瞪大眼睛问："这又又出哪一枝？"男女青年各自把手中的红本本晃了晃，老刘眼尖："结婚证。"老刘"哦"的一声，又瞧瞧地下并排站立的公母两狗。

老刘站在乡政府门前的草坪上哑然失笑："这不是扯平了吗？"太阳很好，公母二狗汪汪欢叫，随着男女青年的欢声笑语消失在公路尽头，久久地回响。

猪 怨

杉溏院子家家养猪，都当亲娘老子待。猪圈一溜儿排开，红砖水泥砌成，抹得光光滑滑，整整齐齐。若不是矮矮的，竟分不出猪圈和人屋。猪食也都有讲究，再不是青稞猪草拌白菜萝卜，一日三餐都是多种饲料用秤称好，配量喂。尤其荣幸的是几个大猪圈门楣上有乡里书记黄大波乡长刘小平的题字，斗大的一个，铝金属框架镶好。喂猪的便悄悄地对猪说：你要攒起劲，往高大肥胖里窜，书记乡长都为你守门哩！啧啧，你雄壮得很哩！猪哪敢马虎，果真一个个长得高高大大、白白胖胖、膘肥体壮，家家肥猪满栏，仔猪排队。

杉溏院子空气里飘满了饲料香混合猪屎臭的气味。气味难闻吗？不，杉溏院子人人嗅嗅鼻子，吸吸气，吞到嘴里，竟觉丝丝甜甜。嗅久了，都似喝了苞谷烧酒般，个个红光满面，走路兴冲冲，互相招呼着：（栏里）几个（猪）？（猪）多壮？（再不似以前见面便问"吃了吗？"）掩不住捡了"金元宝"后的狂喜。

村上支书小大子更是了不得，脑壳昂得老高，双眼看得老远，豪情满怀。为官一任，造福一方嘛！他咂咂嘴，把身上那套廉价的西装抻了抻，又反抄着手迈着方步一家家猪栏去看，看得脸上一片灿烂，看得家家男女老少心花怒放，哈哈声连片。

小大子想起乡里新来的刘小平乡长黄大波书记的叮嘱：乡里这几年，全靠写活了猪文章，人民生活才有了起色，我们一定要把猪文章做深做透！当时，刘乡长黄书记两双大手同时拍在小大子的瘦肩上，异口同声，语气郑重：这是政治任务！致富奔小康，在此一举。

小大子一回村里，大会小会直嚷：这是政治任务！致富奔小康，在此一举！全村192户873人，确保完成人均10头户均40头肥猪出栏，母猪户均1头存栏。没有本金，村信用站无条件贷；没有空地建猪圈，小大子书记大笔一批；不懂科学饲养，小大子请来县畜牧局畜牧师。小大子不忘时时处处描绘杉溏的蓝图：猪一卖，两口子热被窝里去算半夜钱。天一亮，清澈的自来水一路欢歌，滴铃铃的电话里报告着喜讯，彩色电视机上宋祖英欢欢喜喜唱着《好日子》……杉溏富了，杉溏人的腰板挺起来了，脸上带笑，目光含情，衣着华丽，精神抖擞。

小大子日夜担心的是猪瘟，一旦村子里发猪瘟，希望变成失望，蓝图将成泡影。每天天一亮，小大子边披衣服边系鞋带径往各家猪圈里走。他老婆直嘀咕：一天到晚，围着猪栏转，干脆待在一起，同吃同睡！小大子回过头骂人：臭婆娘，你晓得个屁！老婆见小大子骂人，便噤了声。待小大子走远了，才低低地嘀咕一句：猪瘟没发，"死鬼"倒要生瘟病了……

猪瘟没发，猪的长势也喜人，仿佛"金元宝"就在前头，伸手去抓，忽隐忽现，老是抓不着，急人，烦心。起先，倒稀稀落落有贩子来村子里收，出的猪价太贱，大伙都不理。后来，久不见猪贩出现，便催人去县城里打听。一听，傻了眼，猪价贱得吓死人。就是那样贱的价，猪还难卖得出。那些猪贩如救世主般高高在上，声明今天收好多头，明天收好多头，多了一头都不要。

次日九点收猪，先天晚上九点就有人排队，长龙一般，不敢有丝毫松懈。人声（间或有叫骂哭喊声），猪叫（时不时来几声嗷嗷的嚎叫），车鸣（车鸣啼不亮嗓，哭嘶了似的），混合成一片，场景煞是了得。守猪，跟守灵一样！不知是谁在愤愤地说。

小大子再也不敢出门。一出门，就被围得水泄不通，个个嘴中投出十二磅的重型"炸弹"，把他"轰"得无法招架，他嗫嚅着，怪……我……也没有用……怪谁呢？怪来怪去，只能怪猪！猪可不买账，村子上空到处充盈着猪的怒叫。

牛　魂

杉溏院子九根爷年岁最长，脾性最怪，火气最大，活儿最多。一天到晚看不惯院子里的青年人，动不动自个儿跟自个儿较劲，发脾气，唠唠叨叨没完。若哪个不识时务去碰九根爷，一顿好骂泼天而下："你个兔崽子，忘了本啊？你爷爷的爷爷，你祖爷爷的祖爷爷，你的老祖辈冤啊，生了你这个没出息的！你忘了本啊！对得住哪个？要晓得，庄稼人不能没有牛啊，庄稼人更不能对不起牛啊。要晓得，牛是庄稼地里的魂哪，没魂庄稼地里就生动不起来呀……"

九根爷骂人，没一个敢回。一院子里的人都晓得九根爷的德性，他爱牛爱得要命。三扇两间正屋，一间是九根爷住，一间九根爷用来堆牛草，关六头牛不成问题。牛栏起得老高，砌得也讲究，比正屋都强。九根爷一辈子爱牛、伴牛。冷了，牛栏里堆好厚好厚的干草；热了，替牛洗澡，梳刷，还在一边扇打蚊子。冷不得，也热不得，更饿不得。九根爷边放牛，边割牛草，怕牛吃不饱。每回放牛回来，九根爷都背着一篓子的牛草，鲜鲜嫩嫩。九根爷天天离不开牛，牛过得舒畅，他心情就好，就要喝几盅米酒，在牛栏前边喝边看牛，心里就美，喝酒就有味，吃起饭来也香，睡起觉来也甜。逢九根爷高兴，你去碰他，他绝不发脾气。有的年轻人就逮着这空儿，奚落九根爷："九根爷，九根爷，你是不是特喜欢牛身上的臊味，牛屎的臭味？"九根爷竟一本正经："你个兔崽子，你是不懂的，我特爱闻牛味。"年轻人疑惑："牛味？"九根爷就笑："不懂吧！不懂回家闻闻。"回家当然不会去闻，也闻不出。杉溏院子只有九根爷会闻，只有九根爷爱闻。

　　九根爷逢人就赞牛："好牛就一定会拉犁儿，一声不吭耕啊耘啊，一片片泥土翻过来，整过去，秋收后硕硕果实，欢欢喜喜。"九根爷说到这里就停下来，仿佛泥土翻动后的一股股气息浓浓地灌入他的鼻孔，他嗅了嗅，深深地吞进肚里，全身舒畅得要命。接着又讲起来："牛啊，庄稼人的命，庄稼人的神！在生，舍得出力，地里才长粮食；死了，又献出了身，竟做得好菜。它忠啊，义啊！有几个人当得它？它一生吃的是草，干的是活，效的是忠，献的是义。"九根爷讲着讲着，又停下来，用手去抹眼泪。

　　早晨，九根爷在后，几头温驯的老牛在前，一步步走上草坡，走进树林，早晨的太阳染红了他（它）们一身。晚上，九根爷把一盏酒盅，唠唠叨叨陪牛说话儿，牛昂起头眙着眼在听九根爷无尽的心事。日复一日，年复一年，都是这幅定格的古老的画。

　　九根爷爷爷的爷爷，那时没牛，给地主当牛。想牛，望穿秋水；买牛，攒不够钱。九根爷爷爷的小妹，九根爷的姑奶奶，替九根爷家挣回一头小牛，她进了一户人家做小。小牛真调皮，蹦跳着，呻叫着。爷爷说，那头小牛真逗，谁见着都想摸一下小牛的头，毛发光亮，膘肥体壮，肚儿溜圆，"哞"地叫一声，清清脆脆。叔爷爷二十出头，也极欢喜小牛，常常牵着小牛走上草坡，走进树林。一日，在树林里遇到邻村一个砍柴的姑娘，不想，各自看一眼，便看到了心。从那时起，便天天以放牛为借口，小牛作掩护，山脚、树林、河边、田野，都留下两个年轻人的脚印。这是好事，不好的是邻村姑娘的兄长横竖一个理：娶走小妹，我不管，送一头小牛就行！到底爷爷家没把小牛送过去。叔爷爷为此不吃不睡，满山川田野里跑，叔爷爷病了，一家人绝不怪小牛，也不恨那姑娘的兄长，只恨那日子的穷苦。牛是无罪的，牛是庄稼人的宝，庄稼人的盼头。

　　到九根爷手里，田地分到家了，日子已好过许多，栏里关着一头老黄牛。有了老黄牛，九根爷仓里有了余粮，房里有了老婆，走廊上有活蹦乱跳的"兔崽子"。一晃数年，牛也默默，九根爷也默默，屋里却闹起来了，添了闺女，添了儿媳，添了孙娃。"南边"更闹腾，杉溏院子里有许多男女青年壮劳力都去那边捡"金元宝"，有许多人家嫌牛碍了手脚，牛必缠着个人，就卖了牛，弃地南下。九根爷一家一家去劝："莫卖牛，莫卖牛！""莫卖牛，我怎脱得开身？"有人反问。九根爷郑重地回答："我替你看。"有人就笑，"有这事？"还是把牛卖了。也有人信，果真把牛交给九根爷看。牛多了，九根爷清晨早早就去割牛草，忙得很。一到春耕，九根爷忙得不歇气，张三李四王二麻子等等各家都等他牵牛去耕，他忙得更欢。那一段时间，他气色不错，精神焕发。

　　不久，不知谁家弄了一台耕整机，也能把田整得稀烂，突突突地在田里翻转着，又快，惹得许多人欢呼雀跃。有人便从九根爷家牵了牛回来，去了牛市上。九根爷急了，逢人就说，那铁牛，能翻角角落落吗？能犁深犁透吗？能耗烂耙匀吗？……九根爷掰着手指头，硬要说出一百个不满意。院子里的人也不和九根爷争，该卖牛的仍旧卖。

九根爷阴郁了许多，常常和牛唠叨："那些个兔崽子，吃亏的时候还没到！"

有一天清早，九根爷丢了魂似的，满旷野山川里跑着喊："哞——哞——哞——哞——"九根爷那头老黄牛不见了，昨天夜里还说上话儿哩！又喊人四处去寻，无踪无影；托人到乡派出所报案，十天半月，杳无音讯。九根爷仍到处去喊："老黄，哞——哞——老黄，哞——哞——"声音喊得嘶哑，徒劳。日思夜想，心急如焚，九根爷就病倒了。病倒在床，九根爷仍不忘吩咐家人去寻找老黄牛。

九根爷的儿子旺宝送他去医院治病，治了不见成效，一日病似一日。旺宝心痛不已，非常愧疚，本想说出来龙去脉，却张不开口。旺宝曾多次劝爹把老黄牛卖了，光卖牛肉都能卖个好价钱，也省去爹费时费力费神。春耕时，喊一台铁牛"突突突"几个小时就完，又快，又花不了几个钱。爹大怒，要拿栗木敲他的脑壳。无法儿，那个深夜，旺宝喊人便偷偷地把牛牵去卖了。

不久，冷冷的一个深夜，九根爷病情加剧，脸煞白流汗，把旺宝叫到床前："旺宝，我要走了……我看见老黄了，老黄一身血淋淋，老黄冤啊！你要懂得，牛是庄稼人的魂啊！答应爹，再……买……"话未完，九根爷竟去了。

旺宝声嘶力竭地哭喊。

送走九根爷的第二天，旺宝买回一头小牛，哞哞地叫，活蹦乱跳，蛮逗人爱。

原载《美文》

大地书

D A D I S H U

像大地一样

　　这几年，四哥每年清明都要回老家一趟，急匆匆来又急匆匆去。今年，他却避开清明前后这些天，在一个懒洋洋的春日里，邀一老友，喊上我，一起去老家。奶奶已不在了，我们像没有了主心骨一般。整天里，没有什么要紧的事做，没有什么想说的话说，我们闲云野鹤般在乡村大地上缄默着，漫游着，感悟着。

　　睡不着，我们几个早早地起来了。丁生叔也早早地起了床，先是出门看天，踅回来，舀一勺水，擦了一把脸，记着下坡园那块五分多地里的草有些毛了，赶紧提起一柄铁锄，一双大脚啪叭啪叭地走远了。

　　春日的早上，丁生叔的背影很薄，很淡，一个人走在长长的田埂上有些孤零零的。儿时，丁生叔总爱一个劲儿地逗我们：起早好，起早好，早早起来捡财宝！有几个早上，我们果真蒙蒙亮就从床上一跃而起，眼屎也不擦，趿拉着鞋，一步三蹦，不喊一个小伙伴，一个人独自朝露水里钻。有啥，真的有啥？啥也没有。走得急的，踩了一脚牛屎屁屁，或者沾上狗屎了。回转屋里告诉大人们，大人有笑的，有半笑不笑的，但都肯定说：踩烂牛屎是会发财的，沾了狗屎是开始大走狗屎运了！那年头，牛是老黄牛，狗是看家狗，都算作家里的一口子，都是主人的命根子。它们就是寿终正寝，也会生有地方，死有归处。不像现在，动不动就生生地成了城里人桌上的一盘好菜，没了念想。

不经意间，我们都向村头那口老井走去。四哥和我不约而同远远地驻足观望，我们想看看早年自己清早起来挑水的老井是不是变了模样？走近了，老井还是老井，井水仍是那样清澈见底，一任井底的丝草葳蕤着。望远处，田野上有些荒芜和空旷。

晚奶奶蹲在老井边一丝不苟地洗着萝卜青菜，井面上热气腾腾，团起了层层的白雾。萝卜一个个，敦敦实实，圆滑饱满，白嘟嘟、胖乎乎的，蛮逗人爱。晚奶奶一会儿一个，一会儿又一个用谷草替它们抹头洗脸，擦洗身子。晚奶奶像是对我们说，又像是自言自语：萝卜青菜是个宝，谷草用起来就是好，软和和的，暖融融的，搓洗起来，不硌身，不伤人。我们看着晚奶奶，再看看地上的一棵棵青菜，紧紧地包裹着，嫩绿生鲜，青是青，白是白，倍显精神。

大家都晓得，在农村，一日三餐，萝卜青菜是最为家常的菜。口渴了，随手在地里拔一个新鲜萝卜，生吃犹梨，甘甜爽口，百吃不厌。甚至，萝卜还可以当饭吃。萝卜饭，我和四哥都吃过，甜沁沁的，软嫩浓香。在农村，有了萝卜青菜垫底，家家就有了生气。老家有很多俗语，譬如："三天不见青，喉咙冒火星"，说的是要多吃青菜；"冬吃萝卜夏吃姜，不用医生开药方"，更是强调萝卜和姜的功效；"十月萝卜小人参"，说的是秋季吃萝卜胜过吃水果，营养丰富，甜脆可口，有"小人参"之称。

但是，我最感兴趣的要算大年夜的萝卜。灶膛里的木柴火噼里啪啦燃得正旺，大块大块厚实的萝卜炖着熏得透亮的老腊肉。大鼎罐里咕嘟咕嘟咕嘟咕嘟兴奋地唱着歌，大半夜不歇也不休。炖好的萝卜腊肉酥烂鲜香，满屋子溢香扑鼻，飘散在整个村庄的上空。乡村一夜无眠，大伙儿喜气洋洋，个个满嘴流油，空气中弥漫着饱嗝连连……从大年夜到来年的正月十五，家家的鼎罐里一直还盛着年夜萝卜。在农家人的眼中，萝卜青菜，犹如他们的娃崽，少了不行，再多也不嫌多。

　　萝卜青菜，真正是农家人的所爱，世代相看不烦，久吃不厌。大字不识的晚奶奶不会讲大道理，但对经商的后归哥总是苦口婆心，说，我们祖祖辈辈都是吃着萝卜青菜长大的，做人做事，要清清白白，实实在在。也许，后归哥早把晚奶奶的话当作耳边风，萝卜青菜现在充其量也不过是后归哥一日三餐的配菜了，隔三岔五吃上一点只是用来泻泻火罢了。晚奶奶还说，做人不能忘本。走得再远还是会记得回来的。地上，有种才有果；天上，有云才有雨。有花，就会开；有水，自会流……

　　晚奶奶絮絮叨叨，在我们耳边流淌。田垅中央那条小溪，也是那样日夜流淌，不知疲倦。井水不涸，溪水长流，田园滋养，人丁兴旺。早先年，晚爹爹、五伯和玉明大爷一班人都卷了铺盖四处修水库，一去就是几个月。偏偏，老家没有河流，没有修筑水库、堤坝，一个大院子靠的竟是田垅中央的那条小溪。再干的年，再热的天，轮流把水均均匀匀地洒到一丘丘田里，一院子的人和和气气，田地里是大家一年的盼头。

　　有一年，实在是太干，干得太久，争水时发生了口角，有手长的把小溪这儿挖断，那儿塞阻，都想把水引到自家田里去，乱成了一锅粥。手短的，胆小的，看着自家的田里一日一日地变白、龟裂，眼睛里汪出水来。玉明大爷出来主持公道，把人喊到晒谷坪，冲着那些人没好气地问：都长能耐了，会挖墙脚啦？还算个人吗？人在大地上，一撇一捺，得堂堂正正立着。水是啥？是油，比油还贵；是血，跟血一样要命。这条小溪，就是一条血管！……玉明大爷说过后，村子里复归平静，小溪又缓缓地哼唱着小调，大地上一片安详。

　　太阳懒洋洋的，天上飞下来两只小鸟，在晒谷坪里打了个滚，又相互嬉戏着。不等我们走近，扑噜一下又飞走了。晒谷坪里又悄无声息，更显得静寂而空旷。我们遍寻往日的热闹哪去啦？那个时候，晒谷坪里热火朝天，晒谷的晒谷，车谷的车谷，装筐的装筐，挥汗的挥汗……只有我们一班细把戏，无事可做，去逗晒谷坪里的鸟伢子。那时的鸟伢子真多，又不怕人，蹒跚着走近我们身旁，有时就在晒谷席里眯着，有时还敢落在大人们的扁担、禾枷上。后争他们几个想用篾灰筛捉几只鸟伢子玩，却总是捉不着。有一回，捉着了一只，大伙儿看见它叫得凄惨，都催促后争快放了。

七娘说得对，我们也是一只只鸟伢子。若走失了，或被坏蛋捉走了，大人们不是急个死，就是没法活了。七娘是后争的娘，后争的爹死得早，七娘把后争当鸟伢子一样护着、喂养着。那个时候，人与鸟是那样地亲近，那般地相似。现在，人与鸟离得远了，生分了。但命运却没有两样，人把鸟关进笼子里，孰不知自己也把自己关进了笼子。我记得一位作家曾说过，天空也是属于大地的，唯有在辽阔的大地上方才会有辽阔的天空。

在村子里漫无目的地走着，随处可见的是打牌的、搓麻将的，还有留守的老人和孩子。老人，一个个老得不忍细看；小孩，一个个我们都不认识。小孩大多也不认识我们，不把我们当亲人，也不把我们当敌人。他们一道目光就是一道河，把我们隔开了，我们走近不得。我们往山里走去，山里的树木高高在上，缄默不语。迎面，我们遇到一块块硬冷的石头。石头上刻着一个个名字，都是我们熟悉的乡亲们的名字，有奶奶，有晚爹爹，有玉明大爷，有七娘……抚摸着，一块块石头，有了温度，有了生气，有了神态。

晚爹爹生前最爱骂人，骂时不留半点情面。但晚爹爹的心好，奶奶逢人就说，你晚爹爹是为你们好才骂你们呢。是的，就有很多后生想要听他的骂再也听不到了。晚爹爹一身硬骨头，七十多岁还能犁田打耙，能扛打谷机。很多人就当面背后总讲他，莫不是铁打的，钢铸的？晚奶奶讲，他的骨血和身体都是土做的，总有一天会土崩瓦解。到底，晚爹爹睡下了，变成一抔黄土。晚奶奶哭过之后，平静地说，他本是泥土，终要归于泥土……

从山腰走下来，我们坐在路边的青草上回首凝望，心里有说不出的味道。我们就在那儿久久地坐着，久久地凝望着，总觉得群山无语，树木沉默。坐得久了，有一种声音从耳边拂过。哦，是吹绿的松风，可触可闻，令人心境平和，干净透亮。

往回走，一脚高一脚低，却都一个个走得飞快。四哥的话好像陡然多了许多，他说去下桥读小学时那阵特别兴奋，奶奶给他缝了一个红红的小书包。睡觉时，他要伴着红书包才能进入梦乡。四哥问我，你后来见过那个书包吗？我说，好像见过，也好像没见过。四哥看着我，认真地说，那是他最早的"小肚兜"。我不再言语。

其实，我是见过的，印象很深。我还多次美美地想，若能背起四哥红红的小书包，立在小伙伴们中间那会是多么神气的事！奶奶却不肯，她说要好好地保存着，看着红书包就看着你四哥了。

四哥是奶奶带来的没有血缘关系的外孙子，奶奶带得比亲孙子还亲。村子里很多人就说，再费力，长了毛还是要飞走的。奶奶笑笑说，地上收获了，土地爷也没问哪家要过四两八钱哩。四哥十六岁那年，果然离开了奶奶，一走就是三十多年。其间，四哥也写过信，寄个几次零星小钱。那些日子里，奶奶就满村子跑，让识字的人替他读信，读得信纸皱烂，一张汇票总是过了兑期。奶奶这个时候，总是沉浸在一团幸福安详中。很多的时候，奶奶坐在老槐树下，看着村口那条弯弯曲曲的土路，她的手上总是攥紧四哥那个簇新的红书包。我知道，红红的小书包里是四哥几页薄薄的信纸。没人的时候，奶奶拿出来，用一双老手抚平了，木木地看上老半天。我不知道，不识字的奶奶能看出些什么？

大多的时候，奶奶很安详，像大地一样安详。有人说，奶奶经历的事儿太多，多苦多难，再沉再重，都被她心中的阳光熨平了。奶奶高高大大，她的胸怀像大地一样宽广，从不记仇，从不喊不平，从不讲吃亏。她总是讲，仇敌仇敌，把舌头反过来就不是敌了，很多事都是舌头造的祸；又讲，不平则平，吃亏是福。奶奶就是这样，一路走过阴晴雨雪。奶奶阳光般的笑，温暖的话语，总是笼罩着我们一身，伴着我们长高长大。

有了奶奶阳光般的笑，村子里再阴沉的天，总见到大家的脸上都是光亮亮的。有人说，奶奶像观世音菩萨。小时候的我，不知道观世音像奶奶，还是奶奶像观世音。但我肯定奶奶和观世音都是大家喜欢的，喜欢到村子里家家有什么事，都爱跟她们说；有什么困难，都求她们帮忙。她们呢？有求必应，救苦救难。她们自己苦吗难吗？奶奶从没跟人说过。许多年以后，我明白了：说出来的苦不是苦，摆出来的难不算难；阴雨过后是晴天，风霜冰雪见阳光。

像大地一样，阳光明媚，又是一个春天。春天了，乡亲们脸上光亮亮的就想着要做些什么。做些什么呢？大地，大地上化生万物。只有大地上，才真正是乡亲们的巴望——春种秋收，种瓜得瓜，种豆得豆。

转了一整天，回来的时候我们在三爷的禾坪里歇了歇脚。这时，我看见三爷的小孙子正在他的田字格里一笔一画、工工整整地写着：山、石、土、田、人。在每个字后面，他照着课文组词：山——山水；石——石头；土——土山；田——田地；人——大人。立时，我清晰地记起自己小时候最早学过的课义：上中下，人口手，山石土田，日月水火……我愣怔了一下，然后久久地看着，三爷小孙子的田字格立马生动起来，茁壮起来，仿佛在一圈一圈地扩大，长高……大地上仿佛有山，有水，有土，有田，有石，有屋，有人……像乡村一样，像亲人一样，像大地一样！渐渐地，一切鲜活如初，坚实如恒。

天空，慢慢地灰暗下来。我看了一下四周，又抬起头来往远处看。天边，突然显出一线亮亮的光来。光辉映照下，我猛然记得一句话：神说，要有光，就有了光。

大地之光

小时候，奶奶教给我们一个信念：要有光，就有了光。后来，我知道，这是神说的。但在那个时候，奶奶实在是我们心目中的神。

早晨，吱呀一声，推开厚重的木门，乡村的第一缕光亮照进我们的生活。奶奶摸着我的小脑袋，对着这一天一地光的世界，说：生活一天天开始，人一寸寸长高，事理一点点明了。奶奶说，有光了，心里头每个角落就亮堂了，人才会有底，讲话做事、待人接物、立身处世就不会乱了方寸。

故乡的晨曦里，出发是宁静和美丽的事情，也是生命里每一天的最好展示。我们一群“细把戏”不紧不慢地赶着牛，牛追着晨曦，露珠晶莹剔透，在叶子上打着滚，调皮地眨着眼睛，我们走在绚丽动人的图画中。大人们好像蓄了一晚的力量，一个个眼睛放光，或擎着锄头，或扛着犁耙，或掮着禾桶，弄出一世界的声响，一脚一脚踏在厚实的土地上，走向广袤的田野深处。

奶奶这个时候总是早早地起了床，一脸的笑，端坐在荷塘边的木椅上，看清晨之光渐渐明亮，黑暗渐渐消退，大地上的万物正在苏醒。和从身边经过的男男女女老老少少一个个打着招呼，奶奶总是乐呵呵地说，起得早啊，捡块宝哩！大伙就笑，有打哈哈的，也有笑着应和奶奶的：承奶奶贵言。现在想起来，奶奶的笑，有如晨曦的光，甚至还美，美得真实，美得简单，美得回味无穷。

乡村里总是有笑也有哭，有喜也有悲。我曾专门写过一篇《三娘的哭》，那哭至今还出现在我的梦里，令人揪心和悲恸。尽管乡村的哭是常有的事，哭也往往都是一时半会儿，很痛心，很悲苦，却还不至于心死无望。他们哭过之后，好像又积蓄了新的力量，再和天斗，和地搏，和艰难的生活抗衡。

哭过后，还会笑。太阳落了是月亮，月亮睡了又见光亮。冬天去了，春天总会来的。

在每个桃花夭夭的春天，我和奶奶还有一个小秘密。好多年了，仍旧藏在桃树上。一到春天，奶奶总要久久地摸摸我的头，边摸边自言自语：嗯，壮了。嗯，高了！然后，牵我到门前的桃树下，比画着。要我站直了，贴着我的头，拿把柴刀在树身上划一横。她一脸春光，呵呵笑着说：过了年，奶奶瘦一圈，树高一轮，伟宝又长一尺了。

奶奶划过的印记，一次比一次高，一次比一次更用心。每当这时候，奶奶总是笑，笑得很开心。笑过之后，也好几次有过一丝不易察觉的忧伤。

有一天，恍惚间，我看见桃树幻化成奶奶。它，身上一刀一刀的伤痕，却仍旧笔直地立着，平静地伸展着枝条，遮风挡雨。树上那一刀一刀的印记，越来越清晰，令人战栗和悲伤。一棵桃树上的印记，记录着生命的年龄和悲喜，喻示着人生的成长和丰富。

生长如光，生命如树。我大了。桃树高了。奶奶老了。奶奶立在我的眼前，犹如一棵干枯的桃树。好在，春天的枯条总是忽地生气蓬勃。

奶奶关注桃树，关心我们的成长。奶奶说，"细把戏"一个个要趁着头上的那支光，往高里长，朝天上飞。我们一个个都往头上去摸，摸不着，问奶奶。奶奶说，额头的正中，热不热？有点热，就对了，那儿有灵光！大伙再摸，果真温热，仿佛灵光来了，飞回家，告诉爹娘，要上学。爹娘早听了奶奶的劝，正打算把娃儿们送去学堂，好早早地飞上枝头呢。

大队没有像样的教室，把一个好好的榨油坊改装了。那些年，大队用传统的手工木榨榨油。"嘿哟嘿哟"的榨油号子低沉有力、撩拨心弦，黄灿灿、清亮亮的香油扯线线般流个不停。尤其，那一股股浓郁醇香的油香，袅袅婷婷缠绕在村庄的上空，远近几里皆可闻到，那些年里润泽着我们饥饿的岁月和干瘦的村庄。

那一年，大队部是下了大力的，那些油光发亮厚厚的榨木和宽宽的木门，他们毫不心痛，拆下来做了我们上课用的黑板和课桌椅。课堂上，一个个白色的方块粉笔字，是我们眼前的一片光明。我们如饥似渴，上一堂课远远胜过吃一顿美味佳肴。然后，乘着梦想的翅膀翱翔在知识的海洋，我们感觉自己化成一只只冲上天空的鲲鹏。

白色的粉笔字成了我们的精神之光，指引着我们一路探秘，一路向前，一路长大。老师在讲台上讲，乡村只要有知识的光，孩子们的心灵就不会暗；乡村只要有孩子们的心灵之光，乡村就不会孤独。那时，我们不懂。我想，老师是懂的，奶奶是懂的，大人们是懂的。我们的乡村大地，也是深得其中三昧。

尽管在这样饥饿的年代，这般贫穷的山村，乡村的光也是知性的光，是延续不断的光，就像阳光、水和氧气，滋润着乡村大地。也是因了这光亮，乡村的夜才不会一路黑下去，忧郁之后又会呈现出美丽的光亮。

夜晚走山路，举一个火把，心里就会亮堂堂。奶奶站在进山的路口，把火把递给一个个认识不认识的过路人，高声地长长地大喊一声，给人壮胆，给人热情，给人力量。奶奶总是说，心里亮堂堂，你的夜就不会黑；心里亮堂堂，黑的世界也会渐渐白。乡里乡亲，熟人朋友，认识不认识的，走我们那儿的山路，都不怕。就是一下子见不到人，不要慌，进山路口的老树上总是预备有火把和柴火。冻了时，先烧点柴火暖暖身，再"哟嗬哟嗬"大喊一声胸有成竹地进山，黑暗中准会有人长长地答应一声。

难怪，好多年后，外乡人总还赞叹不已，说我们善塘村的人，真是善良、热情，有情有义。

善心如光，照亮人前行。情义无价，月下分外明。

月下的乡村，是最美的乡村。乡村月，是床前明月，是浆洗得干净清爽一地白白的大月光，是家家户户中秋团团圆圆的大月饼，是爱在恋人心口的甜月亮，是温暖的草垛上迷人的光亮，是清清的井水上金币的闪光，是雪白的原野上红红的棉袄里裹着的好姑娘，一团滚烫在脸上。

有月的夜晚，饭场上最是热闹，也最是正堂。饭场上纵论天下大事，辩明家庭事理，倘若哪家出了个忤逆的儿子、不孝的媳妇，必遭众人的唾骂和指责。倘若哪家的媳妇丢了大丑，往往在无月的夜晚跳水而去，怕羞了乡村，羞了明月。

"百善孝为先，万恶淫为源，常存仁孝心。"这些都是乡村亘古不变的信奉，尽管有些古老，有些封建，却总是能保住一方平安、宁静和美好。他们，上敬天，下敬地，中间敬父母师长。乡村总是有很多供养祖先的祠堂，祠堂一律修得高大堂皇。尊祖敬宗，和亲睦族，上对得起祖宗，下对得起子孙。哪怕是再穷的人也要捐款捐物，修祠堂续修族谱。邦国有史，地方有志，家族有谱，自古而然。所以，国盛修志，族旺修谱，于国于民，皆是财富。

052

　　乡村的人总是怕伤了邻里和气，他们信奉着"报仇不如看仇"，少结怨，不树敌，化干戈为玉帛，和平相处。在乡村的阳光下，总是笼罩着一团和气。他们与动物相处，和善良的鸡鸭说着话，跟勤劳的老牛交换着眼神，把贪吃贪睡的猪养得白白胖胖。就连山上的飞禽走兽，也相安无事。我记得那些年，山上的野兔满地跑，鸟雀常常飞落在我们的肩上。

　　现在，想来，这是一种大爱和和谐。正是这样，孝善如光，正义如剑，仁慈如佛，乡村的美好才能长久地延续下去。奶奶说，乡村就是一棵参天大树，开枝散叶间，光亮层层叠叠，千百年来都是这样！

　　奶奶还总是教导我们，想想别人，再想想自己。奶奶说，你们饿吗，你们冻吗？不等我们回答，她说，想想那些"讨饭的"，再想想自己。奶奶问我们，该不该给他们一碗米饭、一把柴火？我们尽管没有点头，却马上跑了出去，送到那些"讨饭的"手中的时候，我感受到了他们眼中透亮的光。温暖如光，瞬间溶化了一世界的饥饿和寒冷。

　　下雪了，纷纷扬扬，天地雪亮，地上厚厚地铺了一床雪白的棉絮，无边无际。转眼，看不见阡陌田野，看不见山川河流，看不见草垛房屋，也看不见进山的路。路是人走出来的，再冰封的天也封不住村人的脚，再寒冻的天也冻不住一颗火热的心。不知是谁先迈脚去闯世界，雪白的大地上留下了两行脚印。不久，又一个人一脚一脚踏着这前行的脚印，上路。又有人，前仆后继，无数次踏着前行的脚印……有诗人问：谁可风雪与共？谁可苦寒同歌？我想，是铁骨梅花，更是我的父老乡亲、兄弟姐妹。

　　一串串脚印，深深浅浅、弯弯曲曲，长长地，通向远方。真的，如此清晰，如此鲜明，如此美丽，雪地上写下两行生命的格言。

　　村里的老人总是这样叮嘱孩子：踏着前行的脚印，走在乡村大地上，总不会跌倒，总不会迷路，总不会掉进陷阱……老人们还爱说：我们过的桥比你们走过的路还多，我们吃过的盐比你们吃过的饭还多。不听老人言，吃亏在眼前。年轻娃往往最初一个个不服输，不信邪，真有过几次不轻不重的教训后，他们才会真懂，就会不声不响跟在老人的屁股后面。

懂了，这个时候也许是真懂了。懂得爹娘的真情目光，懂得老人的智慧眼光，读懂乡村的大爱阳光，读懂乡村的美好月光，年轻人才算真真长大了。然后，带着爹娘的目光、老人的眼光，沐浴乡村的阳光和月光，不管南来北往，不管海角天涯，不管夜有多黑，不管路有多难，总能够走向成功的彼岸，探询生命的真谛。

乡村的光，看得见，摸得着，有声响，有色彩，甚至还像人一样，有情感，有道义，有生命。

我记起一首歌有这么几句："正道的光照在了大地上 / 把每个黑暗的地方全部都照亮 / 坦荡是光 / 像男儿的胸膛 / 有无穷的力量如此的坚强。"那令人振奋的旋律，让我无比动情，让我憧憬无限。

我猛然醒悟，这么些年，自己总是一次次回到故乡去，在故乡的土地上走走，在故乡的星空下仰望，在故乡的阳光中翻晒，在故乡的晨曦里看着生命出发……只有在这里，我才能自由畅快地呼吸乡村的光，然后才能够"有无穷的力量如此的坚强"回到城市的夜的黑暗中去。

是啊——乡村的光，是我生长的光，是我的情感之光，是我的生命之光，是大地之光。我知道，我们的身躯、血液、骨骼都是土做的，我们的灵魂也是土做的，把光种在土里，风一吹，春光弥漫我们的村庄，千万次地生长，希望就在身旁。乡村啊大地，就是养育我们的地方，就是我们生生世世心灵栖息的天堂。

于是，我默默地念叨：要有光，就有了光！

大地书

大地清明

又是一年清明时，我和许多人一样，总是如期而至。

我们一起向杨里塘的老祖坟山上走去，向青草更青处走去，去赴一场人生的盛宴。祖先们，仿佛都从泥土中醒来，长幼有序，排排坐定，喜笑颜开，把酒话桑麻。谈起去年土里的收成，今年的新打算。问起猪牛鸡鸭好不好养？娃儿出息没出息？……主事的，就一五一十向祖先们禀告，生怕漏掉一丝春天的讯息，大地上的甜美。

我们做晚辈的，依次，一一跪拜下来，跪成一地嫩绿生鲜的蔬菜瓜豆。祖先们见了，一起好欢喜呀。我偷偷地抬起头来，一眼瞥见奶奶端坐对面。奶奶，还是那般清和、安详，比安详还安详，比温暖还温暖，与清明更清明，与美好更美好。

方圆几十里，谁都知道奶奶。只要一提起她，总有人接茬：喔，善塘铺里的奶奶……不管大人、小孩，大家都喊她奶奶，盛赞她的种种美德，传说她的许多善事。我家的房子紧靠路边那口荷塘，塘边几棵大树，枝繁叶茂，像一道绿色的屏障。一条阡陌小路，载着浓浓的绿荫，晃晃悠悠地伸到我家的门前。阳光下的走廊上，总是坐着和蔼慈祥的奶奶。这无疑是个好去处。过路的，闲聊的，认识的和不认识的，见了奶奶都亲热地喊一声，便能喊出奶奶的笑声，和奶奶的茶水与坐凳。要借个物什，或者手头短缺点油盐钱，有奶奶在，只要一开口，都不会落空。碰上吃饭时刻，还会被硬拽着坐到饭桌上……我问奶奶，你这样有求必应，救苦救难，不就是大家敬奉的观世音菩萨吗？奶奶瞬即用眼神制止我，说，可不能乱说，哪敢比啊？奶奶说，我们是善塘人，善字当头，一心向善才是。你们长大了，不管走到哪里，都要记住自己是善塘人，善用其心，善待一切。只有这样，你们一生，才能坐得住，站得稳，行得正，走得远。

奶奶还说，你们都是农家娃，切莫忘了出身，切莫忘了归家的小路和乡下的禾田。有事没事，常回家看看，在一块块禾田间走走。走进禾田，你们就会感受到春天的脚步。一田汤汤的白水，随着清新的泥土哗啵哗啵地翻转着；一蔸蔸嫩绿的秧苗，莳下去，莳下去，星星点点地起绿……荷锄一杆烟的功夫，只见一块块禾田，拔节，铺成齐腰深的一片片绿毯，你连我，我连你，放眼望去，无边的绿毯接到天边去了。到秋天里，落下满地的金黄，乡亲们个个兴高采烈，村庄上空飘荡着和和美美的气息。有一天，我边走边语：禾禾禾，和和和……我忽然发觉：乡下的禾田，熟悉的禾田，原本一直都是那么的和谐！齐齐整整也好，累累垂垂也好，绿汪汪也好，黄澄澄也好，抑或是冬天的一片空旷也好，铺在乡村的任何一个地方，都是一幅乡村最美的画图，美得自然天成，美得无言、无缺。这禾田，这和谐，是不是一直在向我们昭示着什么？奶奶没有说穿，奶奶只要我们常回家看看，在禾田间走走。也许，只有如此，我们一颗浮躁喧嚣的心，才能宁静、清醒、觉悟、明慧。和谐心灵。心善就是天堂。

奶奶一生，吃苦、耐劳，能干，聪慧，虽然文化不高，认不得多少字，却把一切都看得清明。每天大清早，奶奶都要我去村头老井挑水，把家里挑得缸满桶桶。奶奶常说，越早水越清，越早水味越正。小时候挑水的情景，我记忆犹新。第一回挑水，挑了大半桶，水总是免不了淌出来。第二回，少挑了许多，想是不会淌出来了。挑起来，一路轻快，欢喜到家。回过头一看，哟，星星点点，湿漉漉的，怎么淌了一路？第三回，奶奶要我把桶子里的水满上，再看看。我依了，竟然没再淌出来。奶奶满意地摩挲着我的小脑袋，说，看，看看，一桶水不淌，半桶水淌得厉害。

挑回来，一身汗，我伸勺一舀，咕咚咕咚，一口气喝干，手一抹嘴上的水珠，骄傲地看着奶奶。奶奶又笑着问我，甜吗？我一回味，果真甜，以前咋没觉出井水的清甜来呢？奶奶看着我一脸的疑惑，说，就是嘛，自己挑的就是甜哩！……星光、月色、青草、露水、虫鸣、狗吠、鸡叫、鱼肚白，天天一天，奶奶总是吱呀一声第一个推开大门，看得很远、很远，然后，清清朗朗地大声告诉我们：山青水清，人勤水甜，大地清明……

小时候，奶奶还跟我讲，奶奶是伟宝（我的小名）的奶奶，也是大家的奶奶。奶奶这样说，果真也是这样做。有好东西吃，总是这个一点，那个一点，一个小孩不漏地散发着。谁家小孩听话了，奶奶就轻轻地摩挲着他的脑袋，不停地夸奖；若是哪个犯错了，也从不偏袒哪个，对我也一样。那个时候，我很是不解，别人的奶奶就是别人的奶奶，我的奶奶就是我的奶奶，怎么也是大家的奶奶呢？现在，我似乎明白了些什么。

奶奶还总是那样絮絮叨叨，对我们小孩儿说，你们还小，要懂事。本事不是娘肚子带出来的，要靠一分一分地积攒起来，攒鸡屁股（鸡蛋）一样，攒足本钱了，心里有底，就会遇事不慌、处变不惊。本事，是壮身的，多了，不压身；少了，挠头掏手心都不行，手心上哪能煎出个鸡蛋来？本事，少不得，也虚不得。虚了，再装，打肿脸也充不上个胖子来……其实，奶奶对我们并不是太严格，对我们的玩耍也只是适当地加以管束。很多时候，她都是由着我们一班细伢子蹦蹦跳跳，带着我们一起去看热闹、赶场面。

有时候，奶奶还会带着我们去爬屋后晒谷坪边的小山头。爬山时，她又絮絮叨叨，说，要昂首，要挺胸，眼要看前方；向上，向上，再向上，不得停歇。做人做事，都得这样！……我们站在山巅，一齐向山那边喊，喊得群山响应，林海阵阵。眺望远方，满目翠绿，万物迎春，千山时花。静下来，我们躺坐在软绵绵的山坡上，看着弯弯曲曲上山的路，一阵绿色的山风拂过，心身清怡。奶奶说，你们以后要爬的山还会很多很多，要一直保持今天这样向上的好心情。我们一个个似懂非懂，鸡啄米般的头点个不停。现在，体味体味、琢磨一下，那时的心情，是不是应该就叫"向上的绿色心情"呢？若真是如此，在今后人生的爬坡中，我们一定要时刻保鲜着这份"向上的绿色心情"。

奶奶说，春天了，春天了，大地迎春，大地仁春。奶奶认得"仁春"二字，我也从小认得"仁春"二字。奶奶就叫王仁春，她有一个小小的印章，字虽小，笔画也细，却一笔一画，清清楚楚。奶奶常常拿着这个小小的印章，时不时地又拿回一张手掌宽的纸片片（汇票）。然后，奶奶郑重其事地戳下一个个红砣砣后，我们一班细把戏就会有好吃的、好玩的。那个时候，我们围着奶奶，踮脚看着那张小纸片，全神贯注地盯着那个小小的红砣砣。奶奶笑了，笑得很开心，用手指指着，说这是个"仁"字，说这是个"春"字。"仁"字是什么？是一个人正直地立着，说一不二。"春"字是什么？是三个人过好日子哩！我们一个个不解。奶奶要我们一个个伸出手掌，用手指头在我们每个人的手心里一笔一画写着，肉肉地，痒痒地，温温地。奶奶说，仁嘛，左边是个立人旁，右边是个"二"字；春嘛，分开来，上边是"三"、"人"，下边是个"日"字。我们一个个恍然大悟，都跳起来，一个个像中了彩一样，连声说，就是嘛，就是嘛。奶奶说，三个人过好日子，就是你们的爹，你们的娘，还有你们这些小把戏。讲文一点吧，就是男人、女人和孩子；讲大一点吧，就是天、地、人，泛指天上的神仙、地下的鬼魂和大地上的生灵。我们听不了这许多，一个个都急急地问：奶奶，奶奶哪去啦？奶奶笑着说，我在看着你们，你们一家家在过着好日子就好。别管我，我开心还来不及哩。

大地书

后来，我们一班细把戏一个个都离开了乡下。过不了多久，我们就回乡下去看奶奶。奶奶很高兴，絮絮叨叨说她敬过神的，神灵的保佑！她说神灵得很，不然你们都身体硬邦邦，精神兴旺旺，工作顶呱呱，平安无事的一个个！奶奶送我们走时，要送好远，一程又一程，看着我们说，你们赶上好时候了，要攒起劲！别老想着奶奶。边说边回过脸去。我问，奶奶，你怎么啦？奶奶擦着眼睛，爽朗地一笑，说，奶奶高兴着呢！走，走好！奶奶会敬神保佑你们的。奶奶似乎看出了我们的疑惑，说，傻小子，你们记着，神就是自个儿！这样，啥都不怕，啥都不愁。又很响地拍着胸脯，让人不能怀疑。是啊，春来自意，月安于心！

奶奶的絮絮叨叨，就如同她的那架纺车，咿咿呀呀地，悠扬而绵长，一直唱到火塘边的油灯快干的时候，还是那样的好听，令人动情。奶奶要走的时候，把我叫到她的床前，絮絮叨叨："人嘛，一生一世，就两个字，一个是生，一个是死。生就好好地生，死就静静地死。心存清明，一世淡好。"奶奶还说，"想奶奶了，有什么好事，有什么委屈，有什么疑惑，清明那天，都要一股脑儿告诉奶奶，让奶奶放一百个心。"奶奶说得平平淡淡、安安静静，眼角竟还露出浅浅的一丝笑意。听到这里，我心酸了一下，眼里簌簌地掉下几滴热泪。我动情地品味着奶奶的絮叨，心海汹涌。

年年清明，今又清明。山青水清人更亲，故乡星星亮晶晶，雨相心想梦清明。

也许有人会问：众生芸芸，置身尘世铅华中，人生看得几清明？

想想，其实，如奶奶说的一般，简单明了——心路静好，大地清明，九天敞亮。

大地无乡

近来常常做梦，梦见一个人立在大地上，四顾茫然。孤独的我四处游走，找寻，盼望，总是找不着一处熟悉的风景，听不到一声亲切的乡音土语，看不见一个亲人和乡邻，只有无穷无尽的黑和深不可测的寂静缠绕着我。我想，我是找寻不到我最初的童年了；我想，我是回不到故乡的怀抱中去了。我怕，无比地后怕。我怕无边的黑把我的目光和心一点点地侵蚀，我怕再也等不到天亮；我怕会迷失方向、迷失自己。我在梦里抓呀抓，哪怕是故乡的一根救命稻草……

故乡的路程其实很近，却离我很远。我想，这些年也许是我走得太远了，飞得太高了，远离了故乡的心脏。我一个人在城市的胃里行走，是那些汤汤水水把我的胃伤得不轻，整日里的熙熙攘攘更让我的心烦躁不安。走起路来，我也没有从前那样脚踏实地，稳当当的，总是感到轻飘飘的，脚步踉跄。我从前的耳聪目明也在一日一日地削弱和减退。春日里，我常常听不见染绿的声音；冬天的一地雪白，也经常让我目眩；窗外的风风雨雨，总是让我担惊受怕。

我看见很多人走在路上，与我一样，来来往往，忙忙碌碌，脚步匆匆，眼光关注而又急切，仿佛是去奔赴一场生命的盛宴。我不认识他们，他们也不认识我，形同路人。我怔怔地看着他们，想和他们搭讪，他们一个个只顾急急地行走，根本不看我，丝毫不顾及我的感受。我不知道他们要到哪里去，他们能够去哪里，最终又会去哪里？我定定地想：一个人走在大地上，当他无法把心靠近脚下的土地，嗅不到故乡的味道，看不见袅袅的炊烟时，他是找不到回家的路的……

大地书

　　我久久地站在笔直的水泥村道旁，望而却步。当俯下身来时，我看见成群结队的蚂蚁。顿时，我觉得自己渺小得就像一只蚂蚁，甚至还不如一只蚂蚁。它们也许小得只是一只蚂蚁，也许贱如草根，却总是无比的勤劳、团结和强大。潮湿温暖肥沃的土地，是它们的安身之处、立足之地、生命之本。你看看，一只只蚂蚁，总是一起工作，一起建筑巢穴，一起捕食。一个个，拉的拉，拽的拽，即使是一只超过它们体重百倍的螳螂或蚯蚓，也能被它们轻而易举地拖回巢中。它们尽管没有飞翔的翅膀，从低处爬行，但也能跃上树枝，登上高楼。

　　有一天，我读到美国学者吉姆·罗恩说过的一段话：多年来我一直给年轻人传授一个简单但非常有效的观念——蚂蚁哲学。我认为大家应该学习蚂蚁，因为它们有着令人惊讶的四部哲学。第一部：永不放弃；第二部：未雨绸缪；第三部：期待满怀；最后一部：竭尽全力。这是多么令人叹服的哲学！读完，我的心灵也为之一颤！

　　是啊，我一个人在城里打拼多年，尽管使出浑身解数，却总是势单力薄，无法找到一个生命的出口。至今，我仍然懵懂。结果，我离开生命的故土，单枪匹马，在铜墙铁壁的城市中把自己弄得身心疲惫，甚至撞得鼻青脸肿。原本，我远远不如一只蚂蚁，我根本不懂得一丁点儿的蚂蚁哲学。蚂蚁有很强的求生欲望，我们常常看见被水淹没的蚂蚁，它们总是努力地挣扎，拼命地爬上爬下，找寻生命的出口，脱离危险和困境。是的，热爱生命的蚂蚁启示我们，我们也应该热爱自己宝贵的生命。生命是短暂的，生命更是美好的。感受生命，珍爱生命，生命之花才会盛放出永不凋谢的花朵。我们了解蚂蚁，就是了解我们自己，了解生命的意义。事实上，儿时奶奶早就问过我：蚂蚁有几条腿？蚂蚁怎样搬家？蚂蚁如何上树？蚂蚁啃不啃骨头？蚂蚁是一群还是一只？……可惜奶奶的满嘴"蚂蚁"问题，儿时的我不甚了了。缘于儿时的我爱坐在地上玩耍，我一直无比地厌恶蚂蚁。一听奶奶说起，直觉得蚂蚁连线地爬上来，爬了我一身，麻痒难受。

奶奶晓得我的好恶，笑着说，还记得蚕宝宝吧？其实，我知道奶奶又是在笑我了。小时候，奶奶总爱笑我像一个蚕宝宝，白白的，肉肉的，胖胖的，嫩嫩的，尤其好吃好睡。奶奶见人就说，宝宝馋，宝宝蚕；馋宝宝，蚕宝宝，饱养蚕宝宝呢！我总是不明就里，但也不好反对奶奶，一任奶奶笑说。后来，我和一班小伙伴也学着大人们养起了蚕宝宝，发现了很多问题，就和奶奶理论。蚕宝宝刚从卵中孵化出来时，细得像蚂蚁，黑黑的，身上长满细毛。我双手捧着纸盒走到奶奶身旁，抬起头一脸挑衅地看着奶奶。奶奶并不回话，笑容可掬，慢慢地说，过两天，过两天再看看。怪了，两天后蚕宝宝身上的毛立即不明显了，一眨眼，蚕宝宝胖乎乎、肉嘟嘟地，蚕宝宝长大了！我满以为是奶奶耍的障眼法，要奶奶说个究竟。奶奶竟神神秘秘地，说我跟蚕宝宝一样。我说奶奶骗人，哪儿跟哪儿的事哩？奶奶就一五一十地说，讲我刚生下来时，也是黑瘦黑瘦的，皮皮扯起好长好长，毛手毛脚，皮包骨头。后来我就跟蚕宝宝一样，整日地吃了睡，睡了吃，养得白白胖胖，滑嫩光鲜。只不过，蚕宝宝吃的是桑叶，我吃的是奶水、米粉；蚕宝宝睡在软绵绵的绿色桑叶的华被上，我酣睡在母亲温暖的怀抱中和铺满干草的大床上。奶奶说，尽管那时候日子过得紧巴，一家人总是勒紧裤带省下来给我吃。奶奶还说，养蚕宝宝跟养儿没有什么两样，都娇嫩得很，冷不得热不得。冷时，要用干柴干草给蚕宝宝取暖。这样，蚕宝宝才会长得快，长得好。

如奶奶说的一样，转眼间我也长大了。长大了的我来到了城里，来到城里的我似乎忘记了蚕的生长全过程。或许是我只记得饱养蚕宝宝的幸福和快乐，或许是奶奶没有跟我细说蚕长大后破

大地书

茧成蝶的道理。其实，我应该早就知道的，只是孩童时的我贪玩，懵懵懂懂。及至我在学校里才学到这样的书本知识：长大了的蚕，过了一段时间后便开始蜕皮。约一天的时间，它不吃不睡也不动。蚕经过第一次蜕皮后，就是二龄幼虫。然后每蜕一次皮，就增加一岁。通常，蚕要蜕皮四次，成为五龄幼虫，才开始吐丝结茧。

这时，五龄幼虫需要两天两夜的劳累，才能结成一个茧，并在茧中进行最为痛苦的最后一次蜕皮，成为蛹。最后，蚕破茧而出约十天后，羽化成为蚕蛾，破茧而出，获得新生。只是，课本上的东西，我学了就丢了。我知道，观察蚕破茧成蝶的过程是需要耐心的。要用心去体会。而现在，我更感到我学习蚕破茧成蝶的重要和迫切。我曾想，倘若奶奶儿时教我懂得这一道理，倘若我早已洞悉蚕在其生命轮回过程中每一个隐秘的细节，我不至于现在这样的痛苦、彷徨、苦闷、窒息。

破茧成蝶，无疑是心灵的一处驿站，是生死轮回的一个美梦，是生命的一次复活，是人生的一种境界。为了美、为了自由、为了大爱、为了希望……蚕能破茧成蝶，况且人乎？于我来说，一切一切的困境和痛苦，又有什么可怕？！放眼望去，大地上到处都是一个个白茧，圆圆的，温润的，堆积如丘，阳光点点照耀着，晶莹透亮，光彩夺目，天地间一派幸福和梦幻。

静下心来，我猛然觉得：一个个白茧，是一处处安心的天地，无穷的丝是它对大地缕缕不绝的爱；一只只飞蝶，是一个个生命在绽放，梦想在放飞。我不禁感喟良多，唏嘘不已。

安静的时候读古人，发现古人高明睿智，佛心慧语。大诗人白居易感喟最多，在《初出城留别》中有"我生本无乡，心安是归处"，《种桃杏》中有"无论海角与天涯，大抵心安即是家"等语。东坡居士也说："此心安处是吾乡"。

是的，大地永无乡，心安是吾乡。人在凡尘，不如意事十之八九，但常想一二，心存阳光，快乐相随。俄国历史上著名的探险家欧文·姆斯是第一个活着走出塔克拉玛干大沙漠的人。当人们追问其秘密时，他笑着回答："心存阳光，你就是自己的神"。俄罗斯著名诗人巴尔蒙特又有这样的诗句："为了看看阳光，我来到世上。"

　　阳光下，一大片一大片金黄金黄的油菜花，在风中摇曳，灿烂绽放。一只只蜜蜂嗡嗡地醉入这偌大的花海中，它们激动不已，忙碌不停，在花丛中穿行，飞上飞下，快乐地舞蹈。它们永远不知疲劳，采花酿蜜，甜美人间。有资料显示：一只蜜蜂为了采酿一公斤蜜糖，大约费时一年零三个月，采花七百万朵，飞行的路程相当于绕地球六圈。尽管如此辛苦，蜜蜂们依然子子孙孙乐此不疲，兴趣盎然。想到这里，我为这些小小的生命感动不已。"采得百花成蜜后，为谁辛苦为谁甜"……

　　离开这片醉人的风景，我看到乡村最美最朴实的风景——女人和鸡。立马，我看到了从前的农村：一户户农家，最惹人喜爱处，就是一只只鸡屁股。鸡是农家的宝贝，吃饭靠它，穿衣靠它，娃娃读书靠它，添置家什也靠它……一切的一切，都靠女人养鸡，从鸡屁股眼里抠出几个蛋钱。那时的农村，家家都要买几只小鸡仔养着。这样，女人心里才有底。女人身前身后，离不开跳上跳下啄食的鸡仔。在女人看来，自家的儿女也是一只只小鸡仔，养着，就有了盼头。当儿女大了，男的就要顶起家里的梁柱，不能阴只能阳，要能够"打鸣"，女的就要"咯咯咯"地会下蛋。如今的乡下，开销早已不是从前的模样，家家的小"鸡仔"也都走出门去，引吭高歌，唱响生活。唯一不变的是，在家的女人还是那样拢养着鸡，晒着和煦的阳光，怀想着从前。

　　也许，女人在想：鸡是什么？鸡，是又一只鸟！在她们的心里，是飞不走、永远飞不走的一只小鸟。我想她们肯定也是这样

大
地
书

想的，我也是这样想的。这样想着的时候，我回到了故乡荷塘前那棵开枝散叶的大树下。阳光透过繁茂的枝叶，斑斑点点地洒落在我的身上。

30多年前，我沿着小溪走出村庄，现在我又重回到故乡的小溪旁。小溪还是那样缓缓地流淌，悠悠地哼唱，阳光一点儿一点儿地追赶着，一路走走停停，听小溪不停地歌唱。我蹲下来，掬一捧清清的溪水，看行云流水，看春光点点，看万物淡然……看着看着，我发觉自己变成了一尾小鱼儿，在溪水里游动、嬉戏，自由自在、欢快地追逐着。远处，有三两孩童骑在牛背上，一个个悠然自得，大声地念诵着《三字经》"……犬守夜，鸡司晨。苟不学，曷为人。蚕吐丝，蜂酿蜜。人不学，不如物。……"带着晚霞一起回家。他们的背后是绵延的大山，安宁而又平和。

大地黄好

中年以后，我总是想回到心中的故乡，梦里也总是怀抱着一地的黄金。

似乎是一夜之间，大地铺满黄色，绵绵不绝，无边无际，铺到天边。田野上铺天盖地的灿烂、明亮与金黄，令我眩晕。是啊，油菜花黄，像大海一样汹涌壮观。天边的金黄，更是托出天空的碧蓝与纯净。注视大地上盛开的油菜花海，我才真正意识到蓝天下这片生命铺就的明亮天堂，难道不是你，不是他，不是我，不是我们大家默默念念、生生世世向往的人间天堂吗？

小时候，我特别喜欢苦瓜的小黄花。长大一点，则更喜欢强悍呈现的油菜花，集体光芒的油菜花，生命节日的油菜花。油菜花让我着迷，油菜花给我力量，油菜花更是赋予我无穷无尽的遐想。我知道，我是一滴水，油菜花是海。它以它的热情、实在和力量，赢得劳动人民的青睐。它不矫不艳，不俗不媚，不孤僻，不怪异，不名贵，却以盛大的规模、纯净单一的品种、整齐划一的步伐和集体力量的展示，让花的世界震撼，让生命的力量绽放！现在，我才知道为什么老百姓是如此喜欢它，皆因它是乡野之花，是老百姓自己的花朵，是生命之花，是幸福之花。它的朴实，它的低调，它的坦然，它的灿烂，它的奔放，它的大气，它的热烈，都是老百姓的本性，都是老百姓的天然写照。

　　张承志曾这样写到油菜花——它随风散洒，遇土生根，落雨花开，安慰天下。看啊，春回大地，油菜花开，一块又一块，一丘又一丘，一片又一片，一处又一处……阳光下竞相盛开，乡野大地尽披黄金甲胄，旷大无垠。有村落的地方，有乡土的地方，就有油菜花；有油菜花的地方，就有生命的气息和强烈的热度，就有阳光洒下的一地喜悦与农人的一脸幸福。正是这随处可见的油菜花，这《百花谱》中难觅的油菜花，点缀了乡村贫瘠的土地，填补了老百姓的简单生活。难怪有人说，油菜花是造物主用它神来的巨笔把太阳研制的金粉洒遍了广袤的田野，用它最绚烂的色彩、最壮观的仪式、最炙热的激情、最朴素的语言，绘就大地上最美的油画，涂抹了人世间的七彩生活，绽放出生命中最热烈的希望和最壮观的节日，明亮了所有人的视野，点亮了农民们的信心和希望。

　　四月的天空，是油菜花的天空。阳光下，大片大片的金黄，黄得鲜亮，黄得惹眼，黄得炽烈，黄得甜蜜，黄得沉醉，黄得幸福，黄得美好。油菜花开，占据了整个春天的时空，发酵了生命的热度，大地上的万紫千红尽失颜色。五彩的蝴蝶展翅翻飞，成群的蜜蜂嗡嗡不息，一切有生命的东西都向油菜花海聚集，向着一片金黄沉醉，向春天致敬，向生命致敬，向大地致敬！

看见一地的油菜花，我就会想起少年时初恋的萌动。那时，我和我家的小黄狗也总是加入到它们兴奋的行列中，在田野中横冲直撞，在油菜花海里癫狂。当然，还有一班和我一样的黄口小儿、黄毛丫头，一个个把少时的萌动和梦幻，大把大把地投入到无边无际的油菜花海中。田野上红光满面的老农，默默耕耘的老黄牛，犁尖翻过一波一波裂开美丽花纹焕发生命气息的新鲜泥土，还有远处村庄袅袅的炊烟，都被无边无际的油菜花的金黄包围着，被无边无际的温暖包围着，被无边无际的喜悦和幸福包围着。

我仿佛看到几个身强力壮的庄稼汉，幸福洋溢在脸上，力量在他们手臂突出的青筋上鼓鼓地跳动。一阵阵高亢快乐"哟呵哟呵"的号子声中，一个个黄土般垒就的汉子，一下一下有节奏地在榨油坊中挥汗如雨，眼睛晶亮，红光满面。一筐一筐油亮油亮的菜籽，黄亮亮、香喷喷的菜油扯线线似的流个不断，满屋子飘散的菜油香，一圈一圈地升腾起来，风一吹，整个村庄上空都是。行走在油菜花香的村庄，谁都会狠狠地嗅一嗅，再嗅一嗅。家家的女人们，个个都会过日子，她们一个个把日子过得像菜籽一样精细、圆润，把平淡的日子过得油亮水汪、香喷喷美滋滋的，眼前跳动着幸福的火焰。这时，不知是哪个后生发了情，嚎唱起了洋花小调：菜花黄，心草草绿；菜花香，心眼眼亮；菜花花，心花花呀红……

我很是激动，不禁套用北岛的诗句：在油菜花中，生命在烈烈地绽放／在油菜花中，人民默默地永生……

那个时候，我有几次想随晚爹爹早出晚归，都被晚爹爹赶走。其实，我最是喜欢和晚爹爹的老黄（狗）待在一起，捋顺它绒绒的黄毛。尤其在春光里，在一地金黄的油菜花海里，我坐在油菜花前，晚爹爹的老黄狗就趴在我的身边。我捋一下它的毛，看一下天边，满眼的金黄，满地的黄金，让我浮想联翩，目眩神迷。老黄狗并不知道我的所思所想，看一下我，再望一下天，再看一下我，再望一下天。久久地，我们相视无语，在黄黄的日头下，我和它都慵倦而卧。风过菜花黄，山村丽日长。老黄狗的耳朵最尖，一跳一跳，追赶着春风和春天的气息，去寻天边的金黄去了。三两下，老黄狗不见了踪影。独独留下我，在一地金黄中想入非非，百感丛生。

　　这时候，我想起晚爹爹，想起晚爹爹那条捋顺的老黄狗。晚爹爹是个老把式，起早摸黑，黑价白日，很多日子里，一任他站成田野上孤独高大的背影。白天，老黄狗一蹦一跳，欢走在前，他高高地擎一把锄头，走向广袤的田野，走向田野的深处，走进生活的深处。他这儿看看，那儿摸摸、拍拍、跺跺，或者下下锄，间间苗，放放水，施施肥……晚风习习，他荷锄而归，驮月追星，收获一天的好心情，响亮地一路吹着口哨，满载而归。老黄狗似乎很通人性，跟在主人身后，一路见着人，总是和善地摇着尾巴，亲昵地用脑袋拱着。借着老黄狗，不知是哪家黄口小儿不怕臊，怪声怪腔地唱起："黄狗黄狗你看家，我在山中采红花。一朵红花采不了，双双媒人到我家。"

　　在稻黄麦熟的时节，晚爹爹更像田野上的将军，指挥着千军万马。他走进田野，走近一块一块整齐的稻田，金风飒飒，大地黄好。晚爹爹走在这样的时光里，走在田野上，不时地深吸几口，似乎想把饱含着稻谷清香的新鲜空气一起吸进五脏六腑。只一会儿，晚爹爹的脸上就像喝了苞谷烧般微微泛着红。我知道，晚爹爹放眼四望，满目皆是稻黄。他实在是太喜欢这有生命的黄，有成就的黄，有汗水的黄，有收获的黄。这是饱满的黄，是茁壮的黄，是丰硕的黄，是充盈的黄。晚爹爹和大人们总是站在这浩浩荡荡的黄的面前，滋生感恩之情、崇敬之心！我和小伙伴们只知玩耍，在田垄里，在黄黄的草堆上嬉闹、追赶；在有月光的夜晚，在高高的草垛上，在晒谷坪里，在谷仓中，我们在玩游戏、捉迷藏。玩着玩着，我们往往就睡熟了，裹着一身的稻香进入了梦乡，一个个睡得很甜很美，直到自家的爹娘扯了我们的耳朵，才把我们一个个从甜美的梦境喊醒。黄黄的稻草，铺在身上，总是那般温暖、软和、贴心、绵长。抓一把澄黄澄黄饱满的谷粒，又是多么让人安心、踏实与憧憬。

稻黄麦熟，金橘挂果，瓜熟蒂落。这样的季节，是收获的季节，是喜悦的时刻。农家办好事办大事，往往都是选在这个时候。乡里乡亲，亲朋好友，十几二十里路赶过来。道一声喜，讲几箩好话，问一下今年的收成，看瓜果满屋、谷麦满仓，大家笑逐颜开。然后，相让着上桌，吃得满嘴流油，扯着家长里短，谋划来年，祈祷五谷丰登。离开故乡多年，滚滚红尘中，见惯了百花争艳，姹紫嫣红，绚丽多彩，却总不如我心灵深处那一地稻黄怡人、那一天稻香弥漫。多年以后，我才知道，这季节深处的黄，生命深处的黄，流向田野村庄，流进千家万户，尽管不是大富大贵，毫不张扬，却以它的质朴与实在、温暖与美好，滋养了我们祖祖辈辈脸朝黄土背朝天的农民，世世代代，千年万年，生生世世。

在农闲的时候，在过年过节的时候，农民总是忘不了神灵的恩典，忘不了祖上的庇荫，总要诚心诚意地敬神、祭祖。每到这个时刻，家家户户的大人小孩，一个不少，个个神色庄严。供桌上摆满了各种供品：一大块长条条黄亮亮的腊肉摆在中间，一只煮熟的黄亮亮的大公鸡伫立一边，一条大鱼端上来也是熏得黄亮亮的，两大盘黄橙橙的橘子，还有糖果、糕点。点燃红红的蜡烛，上香，烧纸钱，然后按长幼次序，一个个作揖磕头。我记得，故乡的人总是要烧好多好多的纸钱。这是生者在为故人祈福，也同样希望故人能保佑家人平安，大家都能过上美满的生活。尽管，他们自己正挨饿受穷，却总是不灰心不气馁，不放弃不抛弃，就算风雨再大也会雨过天晴，就算前路迷茫也要一路向前。他们总是相信：土能生万物，地可产黄金，纸会变成钱，好梦万万年。

那个时候，我总爱围着五伯转，好想找一个机会去打几张钱纸。五伯却从没让我得过手，他说小孩子打小不能掉在钱眼里。"打钱纸"，五伯甚是讲究，总要先把手洗干净，然后一手握"钱錾子"（一种"打钱纸"用的铁制模具），一手握木槌，"嘭、嘭、嘭""嘭、嘭、嘭"，在切成四寸宽长条条的"香票纸"（即黄土纸）上，一下一下，整齐地打印出铜钱的印痕。五伯还说，纸的层数要恰好，多了，底下的没有印痕；少了，上面的容易戳穿；还有，用力要均匀，轻重要掌握得当。我不得不叹服五伯的手艺，却总是离五伯远远的。烧纸钱前，奶奶要我先去敞开门，然后口中念念叨叨。正式烧的时候，奶奶教我纸钱要顺着烧，不能倒着烧，不能用棍子乱捅，要自然燃烧，要烧化了。烧化了，一家人要团团围住，恭恭敬敬。奶奶说，阴阳一理，纸是钱，钱如纸；土是金，金如土。奶奶边说边看我，我懵懵懂懂。时至今日，我才有些明白。也许，如高僧禅语："此有故彼有，此生故彼生""心生则种种法生"。

从土黄色的土砖屋里走出的一个个农家娃，一双草鞋，走千山，涉万水。江水长，黄河黄，天高云淡，金风飒飒，秋草黄，日月长。问苍穹：大地之上，何草不黄，何日不行？

古以五色配五行五方，土色黄，居中，故以黄为中央，正色。以"土为尊"，惜土，养土，净土，敬土。土地，是万物生灵之源，是平民百姓生存之根，是社稷江山稳固之本。如是，便有历朝历代天子都以黄色为正色，穿黄袍，皇家宫殿和建筑及其装饰多用黄色，器皿多"鎏金"（即"涂金"）。祭祀时，更是要穿黄色的衣服，以示隆重、庄严。皇帝恩赐，素以赏黄马褂为隆恩浩荡。莘莘学子皆以青灯黄卷为业，希望有朝一日，高中黄榜，封妻荫子，荣归故里。因了黄卷之中，圣贤备在，书中自有千钟粟，书中自有黄金屋，书中自有颜如玉，书中车马多如簇。其实，黄色，是秋草黄，是土地黄，像金子或成熟的杏子的颜色。

孰不知，黄色就是农民的颜色，是大地的颜色，是太阳的颜色。或橙黄，或牛黄，或鹅黄，或鸭黄，或雌黄，或雄黄，或卵黄，或豆黄，或枯黄，或赤黄，或苍黄，或石黄，或淡黄，或土黄，或鲜黄，或金黄（粉），或稻黄，或麦黄，或菜花黄，或杏黄，或橘黄，或姜黄，或柳黄，或藤黄，或槐黄，或栀黄，或柠檬黄，或落日黄……莫不与老百姓的生活息息相关，血肉相连。难怪汉代董仲舒有言："美不能黄，则四方不能往。"

大地黄好，人间沉香，天上仙境。人一生之中最美的风景，最终就是把自己深深地埋进温暖厚实的黄土里，安睡在大地上。这样就好，回到故乡，怀抱黄土，眺望远方，慢慢地，你的心头就长出芳草来。

大地静美

就是这么一幅简单的农民画——《老书记》，曾经轰动一时，围者如堵，驰名中外。先是上京参展，随即巡展全国八大城市，后被印制成年画、挂历、水印木刻等广泛发行，据说当年的发行量仅次于《毛主席去安源》。

今天，在我看来，这是一幅淡定静美的画，令人经久不忘的乡村一角。

老书记很安静，很生活，很唯美。尤其眼神是那样的专注，令人不忍打扰他。就让他那样久久地静坐着，专注着，思索着，远远地进入画面，定格为一个时代的印记。

画中的他，是真实的，令人动容的，尤其给人以美好想象的空间。所以，我想，他一定是个好书记，大伙儿想必都喜欢他。（小时候，"好"与"坏"是我们通常判断一切事物最根本的标准。）在老书记的脚下，一切都是那么安然和美好。那石头，被铁链缚住，一侧有枕木固定，安安稳稳踏踏实实地躺在他的面前；那铁锤，那钢钎，那比拇指还粗的箩绳，那带着时代烙印的黄背包，都静静地侧靠在他的身边；头顶烈日的草帽此时也总算歇下了，被随意地摘下来翻在背后，膝上平铺着一本看得津津有味的书，书脊中间还搁有一根随时用来勾画重点的铅笔；烟斗衔在嘴里，他一手握着火柴，一手漫不经心划着火柴准备吸烟；尤其他头顶上那有些灰白的短发，向后满是精神地翻卷着……看来，这一切的一切，都在老书记的安排和掌控之中，一件件物什，就像一个个鲜活的生命，谨遵他的吩咐，静等他的号令，该歇息时歇息，该集合时集合；只要他一声喊，一个手势，个个就都精神起来，立马跃跃欲试，冲锋陷阵，与天斗，与地搏，山河为之让路，风浪退避三舍。

那个年代，是人定胜天的时代。我一直都在揣测着，作者为何不画一个恢宏的场景：红旗猎猎，人声鼎沸，开山修河，围海造田，老书记指挥千军万马，气吞山河势如虹，呼星呵辰使山崩。就是不搞这样的大场面，老书记也应该工作在劳动第一线，有声有色，声情并茂，有绿叶有红花，干部要有群众来陪衬，否则就不能显示出老书记就是老书记。

　　在我的印象中，老家农村的老书记就是老书记的姿态。那个太大子，是我最憎恶的老书记，他常常牵着奶奶去大队部批斗。不仅如此，他不是揪这个，就是斗那个，颐指气使。他整日里在高音喇叭里高声大吼，骂骂咧咧，在村子里"横冲直撞"，肆无忌惮，无人敢惹。太大子每次来我们家，奶奶都是把我护小鸡样的护在身后。我站在奶奶双腿的缝隙中，看见太大子总是怒目圆睁，凶神恶煞，令我不寒而栗。在我们村子里，若有哪家的小孩儿哭闹不听话，就有人说，太大子来了——一声喊，小孩儿立时噤了声。当着太大子的面，村子里的人大都像"哼哈二将"一样，背地里却个个指指点点、嘀嘀咕咕，隔好远都戳他的脊梁骨。唯独奶奶，当面不怕他，背后对他更是不屑。奶奶其实也是穷苦人出身，只不过曾经做过不久地主家的小妾，就被太大子上纲上线。有人讲，太大子家一直和我们家有过节，有企图，于是寻着这机会对奶奶下狠手，在大队部好多次把奶奶"放飞机"、"吊半边猪"。奶奶每次去大队部，总是穿得齐齐整整，临阵不乱，坦然面对，咬牙坚持。奶奶每次回家，我都要围着她全身上下前前后后左左右右看个够，看奶奶哪里青了，哪里紫了，哪里肿了，哪里瘸了，哪里有了血痕。奶奶总是笑，我就咬牙切齿，说总有一天我要找太大子报仇雪恨。奶奶抚摸着我的小脑袋，说，报仇不如看仇，看他能横行多久？果真没多久，太大子的书记位置一下被捋了，大伙儿再也不用担惊受怕了。太大子整个人蔫茄子一般，耷拉着脑袋，远远看见有人就急急地躲开，仿佛幽灵般悄无声息地消失在村子里。好在乡里乡亲的都不记仇，善良、仁义得很，一个个竟有点不好意思一样，还主动地和他去搭讪。村子里也就恢复了往日的正常。日子如水，平静无风，倒也一日挨过一日。

　　接下来，我们村子里的书记是伍书记。他的大名叫伍开田，他是想有番作为的，看他的大名，大伙儿就可想象一二。他常常在大会小会上做报告，传达精神，安排工作；一、二、三、四……几大点，1、2、3、4……几小点，前前后后，上上下下，讲清楚，摆明白，吃深吃透。每次开会，他总是先动员，再强调，最后做总结。声音先是慢条斯理，慢慢地中气十足，最后竟是慷慨激昂，高亢入云。只是，他这样起劲，下面的人，一律我行我素——男的，抽的抽旱烟，搓的搓草绳，还有的把呼噜打得山响连连；女的呢，打毛线的打毛线，钻鞋底的钻鞋底，有的大大方方敞开大奶子奶细伢子，也有的正在家长里短讲得过瘾，唾沫飞溅；孩子们一个个不停歇，你追我赶，跳上跳下，摔跤，跳田，飞飞机，丢手绢，过家家……有一两个小的赶不上趟儿，或者一不小心摔在地上，亮亮地哭两声，只一会儿就站了起来，把脸上的灰抹一下，又抹一下，抹成一个三花脸，伙伴们就笑他，他也跟着破涕为笑，再次加入到那一片欢笑吵闹和无忧无虑的天真场中去了。当然，也有几回，伍书记报告做得累了，晒谷坪里竖起两根柱子扯起幕布放电影，那又是另一番场景，一个个停下手中的活计，就连孩子们也定住了般，屏息静气，一个世界安静了，另一个世界又是另一番热闹。

伍书记在我们村里一干就二十多年，大伙儿都说他的心思好，人也好。他不做报告时，就像一个老农一样，该上工时上工，犁田打耙，撬石扛树，担粪挖土……该歇脚时他却歇不下来，一个人总爱在田野里转，从嫩绿秧苗苗开始到一日日往上长的青绿禾苗，他无一日不"看青"；稻子长穗了，稻子黄澄澄地压弯了，熟透了，他"护秋"、"收秋"。他也爱上山看树，上水库边看水。有时，他一看就是一早晨，或者一晌午，或者半夜天，这样的时候，他是沉静的，充实的，喜悦的。只是，每到深夜，他的脑袋里总是静不下来，空空荡荡，烦躁不安。在村子里，他处理一应大小事情，总是不偏不倚，一碗水端平，因此村子里盗鸡摸狗鸡飞狗

大地书

叫的事情并不见多。在那些年月里，却总有人家里头缺粮受冻，总有夫妻俩为了油盐钱吵了嘴，弄出一些不小的声响，惹了一村的平静。这种时候，伍书记也去，却解不了事。他若说得急了，人家暴跳地问他：你能从兜里掏得出粮食吗？你能变戏法似的拿上几个油盐钱吗？于是，有人就见到伍书记每每在这个时候总是皱眉烂额的，看看天，跺跺地，阳光如昨，大地依旧。其实，大伙也记得伍书记在任时有过一次大大的作为，他把村里的榨油场废了，办成了村里的第一个小学。那些天，村子里沸腾起来，村子里的大人小孩都朝学校走，伍书记总是第一个早到，唱着国歌，带着大伙儿高高地升起一面鲜艳的五星红旗。升旗毕，大地又是一地沉静，太阳出来了，闪闪烁烁，一点儿一点儿地高挂起来。

凤娥姐就是从这个学校走出去的，我也是从这个学校走出去的。走出去的，一个，两个，三个……后来是，一批，一批，又一批。走出去，有转了个圈儿，又回来了的；也有走出去，不回头的。走出去的，凤娥姐是最早回来的。她高中毕业回村，一根粗辫子在村子里甩来甩去，还常常哼唱着小调。村子里并不因了凤娥姐的走动而有些许不同，炊烟还是那么淡白淡白，有气无力，黄黄的太阳下，有老人和狗在打着盹儿，鸡们有一搭没一搭在啄着虫儿，远处的老黄牛从山岗上慢慢地下来了，一声长长的哞——拖得人人都想早早地回家困觉。凤娥姐就不，总是在村子里这儿看看，那儿看看，一双漂亮的大眼睛转个不停，长长的眼睫毛扑闪扑闪。在那些日子里，她先是来到我家，嚷着要跟我妈妈学裁缝，也怪，没几天她就能把缝纫机踩得"扎扎扎扎"地响个不停。后来，她又跑到大队小学校里拿起粉笔，"横竖点撇捺折勾"，一丝不苟，把一个个细伢子"咿咿呀呀"教得滚瓜烂熟。终没有多久，凤娥姐又在大队部里像模像样地当起了团委书记。惹得凤娥爹妈嗔骂道：死妹娃，看看能疯多久？一点儿不正经。凤娥的爹妈所说的正经，是农村女娃应该正经地做姑娘，正经地嫁婆家，正经地生儿育女孝敬公婆，正经地收媳嫁女熬成婆婆终老乡里。

　　凤娥姐自从进了大队部，就一根粗辫子跟在伍书记后面甩来甩去。伍书记很看重凤娥姐，常常在人前人后夸她的聪明才智，夸她的深思熟虑，夸她的宏图远大。但没有一个人把伍书记的话当回事。直到有一天，伍书记跟乡里的书记正儿八经地说自己也该退下来休息休息了。伍书记早不退迟不退，偏偏这个节骨眼上退下来是早有打算的，原本是想把凤娥姐推上去。村子里有些人就嘀嘀咕咕：这怎么行，这怎么行呢？甚至有些人还风起云涌起来，找乡里领导，找伍书记，找村子里辈分大的老人，找凤娥爹妈，一个个起劲劝说，横加干涉。还有许多人当面背后都对凤娥姐不屑，哼，一个黄毛丫头，也不看看自己几斤几两，岂能搅得动水响？爹妈听了村子里上上下下的话，很是担心，不准凤娥姐七里八里，男不男女不女，逼着凤娥姐嫁人。没多久，凤娥姐拗不过爹妈，嫁了大院子的后友，一根田埂就抬到了婆家。爹妈料想，嫁了人，应该会服服帖帖，不再东跑西颠了。也就过了三两天，凤娥又出现在村子里，风风火火，愈发地精神。她不仅报名参选村支书，而且还到处发表什么竞职演说。村子里有些年龄大的人都躲得远远的，异样地笑看凤娥姐。只有一班小青年跟在凤娥姐后面屁颠屁颠的。我也一样，爱跟着凤娥姐，爱看她一双黑黑的大眼睛，爱看凤娥姐扑闪扑闪的长睫毛，爱看凤娥姐一根甩来甩去的粗辫子。

　　有一回，凤娥姐问我：村子里为何时不时就有人打架相骂？为何又有些人不明不白不阴不阳地没影（死）啦？一听，我眼前立马浮现了几个人，有些后怕：数九寒天里，冬月婶饿得不行，敲开水库上的冰块去捡翻了白眼的死鱼，咕咚一下掉进冰窟窿中；秋菀子，一个粗壮的大汉子，在眩晕的金黄色的阳光下，在

大地书

秋天无边无野的金黄里，一个人抛妻弃子，变作一柱黄烟，飞散了；老是咳嗽的三伯，时常用一只布满生活茧花的手捂住嘴，终是捂不住吐出来的满手血丝，在一个如血的残阳中安歇了；还有后里哥，讨不到婆娘，阴阴郁郁地，二十五岁不到就成了短命鬼……凤娥姐见我惊恐万分，立马平静地抚摸着我的头说，要知道，穷相骂，恶打架。一个人没有想头了，活着也是没意思的！尽管当时并不深明凤娥姐话里的意思，我却频频地点头。凤娥姐立在我面前，美丽动人，智慧一身，摇曳多姿。我常常在奶奶和妈妈面前尽说凤娥姐的好话，说得凤娥姐简直像天上的仙女一般。有时，我还无头无脑地自言自语：只可惜凤娥姐嫁人了，只可惜凤娥姐又嫁错了人……凤娥姐就是凤娥姐，她不信命，不认命，也不听软磨，也不怕硬来，义无反顾地提出离婚。如此一来，有些人放出话来，要是这样的人带头，岂不乱了套了？

　　凤娥姐还是凤娥姐，仍然把自己打扮得漂漂亮亮，在村子里走来走去，还常爱站在村口的小山坡上去望远方。她也和伍书记一样去看水库，看时，眼珠子却滴溜溜转，她一边看一边给一起去看的几个小青年描绘蓝图：圈养鱼，置几艘游船，宽阔平坦的水面上，银光点点，碧波荡漾，水波鳞鳞，鱼跃人欢，风景无边，商机无限……她还和伍书记一样，一丘丘田土看过去，肥的、瘦的、高坎的、水田的，向阳的、背阴的，都要一一分清，因地制宜，科学种养。她说，该种植水稻的种水稻，该养殖的就养殖，该栽种凉薯的种凉薯，该栽烤烟的把烤烟房砌起来，把烟叶铺种开，该种金银花的就要大面积开发……就在那一年，村委会总算换届选举了。连选了三场，凤娥姐都是遥遥领先。那一年，凤娥姐离了婚，此后多年一直独身。那一年，我也离开了生我养我的小山村。

　　多年来，奶奶一直托人带话，要我回乡下看看，问我还记不记得凤娥姐，问我还记不记得小光？我问奶奶，凤娥姐还是那样美吗？小光是不是出息啦？我可记得他是我们小伙伴中那时最爱流鼻涕最胆小的一个。去年秋天里，我跟奶奶说，我想去会会小光，想去看看凤娥姐，想去陪陪伍老书记。我还要在平静的村子中走走，去田野里转转，去山上握握长高长粗的大树，去水库里试试瘦下去的秋水。奶奶很高兴，我更是高兴地说，奶奶，其实我最想陪您静静地晒晒太阳，吃上几块香喷喷的腊肉。奶奶，您还记得吗？小时候，您总是把腊肉存放好长时间，在别人没有肉的五黄六月，您总要在那个铝制的小碗里给我蒸出几大块黄亮黄亮鼓鼓冒油的腊肉。这个时候，您总是微笑地安坐在一旁看着我，看着我吃得猴急，看着我满嘴流油，看着我打着长长的饱隔。奶奶说，哪还不早点回来，快快坐明天的早班车回来！你回来看看，村子里很多人新修了屋，都是一座比一座豪华的高楼。村子里还修了水泥路面，一直通到我们的屋门前……奶奶的高兴从电话那头涌到我的面前。奶奶还说，晓得不，小光搭帮了凤娥，小光再不是以前那个小光了！若不是你凤娥姐费了好大的劲找到县长和县委书记，争取到了项目，又帮他担保贷款，就是借小光一个胆，也是没有丁点作用。你回来，要小光领着你去看他砌得考究的四个烤烟房，还有那正在疯长着的大片大片的烟叶。晓得不，小光请了好多人帮他打工，有得大赚了……

　　去年因抗冰，我没有如期回去。现在，我回来了，我回来了——小光来了，凤娥姐来了，乡亲们来了。真的，老家真是变得太多！没变的，是乡亲们的人情冷暖，浓浓的乡语，大山的静穆，土地的肥沃，泥土的清香，五谷的醇香，还有那醉人的米酒，温暖的火塘……我一夜无眠。第二天，在晨曦的恬淡中，我一个人早早地上到村口的小山坡上。这个小山坡，是我小时候最初的向往和放飞梦想的地方。雾霭中，我看见凤娥姐也早早地立在那里，早晨的第一缕阳光从山头射下来，缓缓地爬满她平静的脸庞。凤娥姐还是那么的美丽年轻，黑黑亮亮的眼睛还是那么有神，长长的眼睫毛依旧扑闪扑闪的，只是那一根粗辫子消逝了，那一脑飞散的短头发，有好几根都灰白了。我走近了，凤娥姐正看着远方，似是自言自语，又好像是回过头来对我说，风和日丽，春回大地，大地像孩子！我的心怦然一动，久久地陪凤娥姐立在村口。她不时地引我四处远眺，嚯，远处成片成片的金银花在冉冉升起的阳光下开得烂漫，铺天盖地的金黄、银白，黄白相映，被翠绿的叶蔓衬托着，那气派，那场景，那丰收的气象，我想我是陶醉了。这时，一阵微微的风飘来，一股股金银花清香的气息，迷醉沁人。

回到院子里，整整一个晌午，接着整整一个下午，我，一家一家地串门，一句一句地嘘寒问暖，家家都很热情，待我如上宾。来者不拒，我大口大口地喝着米酒，有滋有味地吃着农家菜，紧一句慢一句地聊着从前的时光和熟谙的人事，又时不时问些村子里的柴米油盐和趣闻逸事。久久地，平静地，看着眼前熟悉又陌生的村子，认识和不认识的亲人们，古朴或时髦的种种情状。家家桌上热烘烘的腊肉，还是那般香气扑鼻，肥旺透亮，随便夹起一块，足足有二三两，我大快朵颐。这时，我想到了奶奶，想到了伍老书记和那个我现在已经恨不起来的太大子。特别是眼前的凤娥姐，让我明显感觉到她老成了许多。一打听，才知道凤娥姐这些年经历太多，直到前几年才找了同村一个比他大10多岁死了老婆又病蔫蔫的男人。凤娥姐起早摸黑，又当爹又当妈，硬是把他的一双儿女双双送进了大学。这些年里，没有人知道凤娥姐的心思，只知道她爱站在村口的小山坡上常定定地看着远方，凤娥姐把一生最美的时光都留在了这个静美的小山村。只是，眼前一切的一切，已是日光流水，物是人非。我看着门外的一派阳光，和阳光下一片和煦的天地，不禁唏嘘不已。

正在这时，村街一栋高楼里飘出罗大佑一首叫《大地的孩子》

的歌："广广的蓝天映在绿水／美丽的大地的孩子宠爱你的是谁／红红的玫瑰总会枯萎／可爱的春天的孩子长大将会像谁……"落寞的歌声或许惊了天上闪闪烁烁的一派阳光，惊了村街那头农家屋顶冒出的袅袅炊烟，惊了在村街上玩汽车玩具的一帮小孩，还有一堆围桌摸纸牌的老人，和一条卧在村街水泥路面上晒太阳的老黄狗。我抬起头，擦了一下双眼，目光穿过村街、农田、小桥、流水、远山和流霞……远处，成片成片的金银花海铺开去，无声无息地蔓延到天边。

　　这一日，我沉浸在乡村的静美中，思绪纷飞。直至夜黄的灯挑起来时，我才醉醺醺地回到我在城市的家。一路上，脑海里总是浮现出很多异样的感受和思索。在书房里，我再一次面对《老书记》，画里幻化出伍开田老书记和凤娥姐的身影。面对这幅淡定静美的画，我的心中淘洗得净朗和安宁，雪洁无瑕，无一丝杂质。推窗望去，月夜静美，星空如洗。恍惚中，我看见天空中纷纷扬扬飞落好多好多金黄的树叶，它们静静地铺在大地的温床上。我仿佛看见自己一步一步向故乡走去，走进那一天一地久违的金黄中，仰天躺在软绵绵的一地金黄的秋叶上，闭上眼睛，树叶和泥土的气息，野花的清香，还有乡村的绚丽色彩，阳光映照下的千年果实，一切都令我晕眩陶醉，周身到处都是涌动的幸福。此时，城市中的喧嚣不再，尘世的烦扰隔断，大地静美而安详！

原载《人民日报》《山花》《北方文学》《山东文学》

大地书

风垛口的老屋

FENG DUO KOU DE LAO WU

山一程，水一程，身向榆关那畔行。夜深千帐灯。
风一更，雪一更，聒碎乡心梦不成。故园无此声。

——清·纳兰性德《长相思》

一

谁不晓得，在农村，起屋生崽是大事，是正事，是最当紧的事。

于是，曾祖父一路忙欢着生了六个儿子，一辈子起早摸黑、累死累活、少言寡语，到头来硬生生撑起了三栋大屋。儿子们娶亲生子，两个两个分在一起，搬进一栋大屋里，开始了他们各自新的生活。

曾祖父满以为他功德圆满，安享晚年了，不想事情并不如己所料。我要说的事情就是由老屋而引起。我要说的老屋就是爷爷与大爷爷合住的那栋大屋，是院子里现在唯一保存完好的一栋老木屋。

曾祖父号连成先生，当然这是别人这么叫的。按这么说起来，曾祖父可能喝了些墨水，受人尊敬。因为，大抵先生者就是文化人的称呼。有人讲我的曾祖父中过秀才，但是无从考证。有人讲我的曾祖父做过几个月的"开明"保长，却是能够佐证的。因为，做过保长的曾祖父后来被关押了，等候处理，却正是"开明"二字开脱了他，原因是很多人饿肚皮时还从他几栋大屋的后窗里或多或少领过一些陈谷子。

看到三栋大屋没有被立即充公，曾祖父比看到自己没有被立即处理还要高兴。那些日子，他天天一个人在三栋大屋前前后后转悠，挂着"文明棍"在木板屋上这儿敲一下那儿敲两下，侧耳听听，贴近看看，又用力地把指甲深深地刻进木板里。他是担心老屋的木板哪儿虫蛀了，哪儿空了心，哪儿裂了缝，哪儿翘了角……其实，三栋大屋，天楼地楼，用的都是上好的杉木板，又厚又宽，结结实实，青漆油过，明晃晃的，能够照出人影子，却照不出曾祖父的一片心思。

果然不出曾祖父所料，三栋大屋里都慢慢地安置进了人，一户一户又一户的无房户和住房紧张的困难户大大方方地住了进来，正眼看都没看他一眼。曾祖父预料：林子大了，什么鸟都有。住进来的各是各的家，各顾各的锅屁股，各有各的打算。大屋里的木板上有乱涂乱抹的，做了记号的，钉了钉子的，挖了洞眼的，拆了门板的，火烧火燎的……情形不一而足，让曾祖父很是揪心。尽管曾祖父仍然如往日发脾气一样，把"文明棍"在一块一块的青石板上敲得滴啵滴啵响，再也没有一个人像以往一样屏声息气，而是一伙一伙的都在高声大笑，欢呼新的生活，视而不见他的烦躁和痛苦。

曾祖父后来就变得很郁闷，身子骨一日不比一日。不几年，卧床不起，日日睁眼看见大屋里那些肆无忌惮的人，眉头锁得更深了。查起来，又没得什么病。有一日，曾祖父把他的五儿也就是我爷爷叫到了他久卧的床边上，此时，他已说不出话来，只是用空洞洞的眼神牵引着我爷爷的目光一点一点地去审视大屋，缓缓地一遍一遍去抚慰每一块受伤的木板。最后，他把他空洞洞的眼神定格在了我爷爷身上。

几日后，曾祖父连成先生在他心爱的大屋里去了。曾祖父双眼睁着，久久地不忍离去。

曾祖父对屋如许之多的牵挂，胜过对儿孙的牵挂百倍。也许，正如人所言，一个人身前生后，他总是离不开屋的，只是死后，他是要住进另一世界的屋里——千年老屋。那么，我的曾祖父，来到宝盖头下的他是否会像一个闺女一样安安静静呢？

二

　　我爷爷应该是他们兄弟几个中最为灵聪的一个。因为在兄弟几个中，只有他一个人做了"毕业酒"。据说那"毕业酒"就是在这栋大屋里办的，上的是流水席，谁来了，都一屁股往上坐，敞开肚皮吃喝。那时，曾祖父还在，在大屋里踱来踱去，一根"文明棍"悬在半空，双手握拳，向来客频频致意。这是我奶奶后来给我的形容。她似乎怕我不信，瞅着现今空空荡荡的老屋，说，天楼地楼，堂屋厢房都摆得拍满拍满。要晓得，光大堂屋里就摆了十二桌。奶奶说的不由我不信。

　　然而曾祖父一手创下的辉煌，特别是几栋大屋，就像纸糊的一样不久就散架了，住的住，分的分，搬的搬，卸的卸……最后，只留下我爷爷和大爷爷名下的那栋大屋。起先大爷爷也是要和我爷爷分家产的，盘算着分了家产另置地起屋的，但被我爷爷一句话挡了回去。爷爷说，我又不在屋里，有么子分的！大爷爷还是不甘心，说，亲兄弟明算账，当然也要讲清楚写明白。要不然，住进来的人都像住大众的一样。爷爷说，反正我又不在屋里，我住也是住，谁住不是住？

　　爷爷其时在石江街上教书，很少回来，尽管屋里有曾祖父在时给他讨的第一房媳妇。曾祖父其实早早地给我爷爷讨媳妇是想拴住我爷爷，好让我爷爷全心全意守住全家最后一栋大屋，守住全家最后的一点风光。

　　现在已经没有人讲起我的这第一个奶奶、爷爷的第一任妻子了。有人讲起大屋的过去，仿佛还想起一下我奶奶。但是，仅是一个中性的称谓词，没有多少情感和内涵。因为，那时谁都讲，你奶奶就是这样一个人，看不出她和你爷爷有多好或者有多不好，也看不出她和院子里的人有多好或者有多不好，更看不出她对一切的一切是有想法还是没有想法。我的这个奶奶，后来三十岁上就过世了，却留下三个年幼的儿女。她一辈子没有走出过大屋。曾祖父当初帮爷爷把她娶回来，就说过看她面相绝对是个会生崽能守屋的（人），果然他没有说错，只是没有料到她守不长久。在农村，像我这样的奶奶确实很多，很典型，很普通，普通到成了一个符号，一个沉甸甸、含义无穷的符号。

我的这个奶奶在一个金黄的秋天里去世时，大爷爷也早一年过世了。也就是说住在大屋里的人，已经顺延到了他们的下一代了。

风吹过一秋，很多人都看到大屋门前老树上的一树黄叶落光了。很多人也知道，落光了的老树，来年温暖的春天里照样还会长出一树的青枝绿叶！

三

聋子伯是大爷爷的独子，自然而然，成了大屋里的主角，但他却不发挥主角的作用。原因是原来抢着搬进来的那些人都搬出了大屋，加上我大爷爷和我的第一个奶奶先后去世，大屋里就显得空空荡荡。聋子伯又少打扫检修，大屋就日益显出破旧老相。这时，若聋子伯讨个大屁股的老婆回来，生个青屁股的崽，哭哭闹闹，嘻嘻哈哈，萦萦绕绕，上来些人气也就盎然得多。人气，如伴如魂，大屋也就不会这样孤寂无助了。

也许就是在某一个早上，有人起床，看到这栋大屋时怪怪地看上一眼，再看上一眼，咦，这栋屋老了，真的老了！从此，再不唤"大屋"而直呼"老屋"了。仿佛就是一个晚上，大屋就老了，远去了。从此，老屋老屋老屋，一村子里的人都喊得顺顺溜溜。

所以，村子里的人都晓得，不服老不行。也许，你昨天还碾得起石磨，扛得住枕木，顶得了禾桶，不晓得困一夜，清早起了床，摸锄头的老手虎口生痛了，人也虾弓了许多。聋子伯没娶上老婆，并不是聋子伯聋了耳朵，有什么不是，而是聋子伯其实什么都不错，聋子伯忠厚老实，田里土里，犁耙滚打，样样在行。就是一点，“三天打不出一个响屁”。这样，虽然有姑娘上门来相亲，但来过一回便再也没有第二回了。

看着看着，老屋老了，聋子伯也老了。我爷爷从石江街上回来，站在老屋前面空空的禾坪上，不知是看着老屋，还是看着聋子伯，叹了声气，唉，真个是看着看着不晓得就老了！不久，我爷爷在一个风雪交加的夜晚带回来一个女人，第二天就请了村子里很多人来老屋里喝喜酒。那天，老屋一下子又亮堂了许多，年轻了许多，聋子伯也出奇的欢快和年轻。只有我爷爷带回的那个女人一声不发，低着头。

有一段时间，聋子伯显得有生气，走路兴冲冲。见了人，总问一句：呷了吗？很多人就冲他远去的背影，笑一句：哟，这个老实农民……原来从不打扫检修的聋子伯，也上屋去检过一次瓦，正堂屋的天窗上又特意安上了两块亮瓦，还把老屋前面空荡荡凹凸不平的禾坪扎扎实实地整理了一晌午。

然而，三个月后，聋子伯的女人一声不响地走了，再也没有回来。其间，我爷爷亲自到女人的娘家门上登门拜访，自责谢罪，丢了小不算，还受尽了眼色，也终是拉不回来。自此，聋子伯便像蔫了一样，十天半月都不和人说话，一下子聋子伯就像老了二十岁。聋子伯好像老得不想动了一样，常常整日整日地躺在老屋门前空荡荡的禾坪里的长凳上晒太阳。老屋也像一个不说话的老人，无声无息地陪伴着他，从早晨到黄昏。

我爷爷间三差五回去看老屋，就常常一边围着老屋转一边大声训斥着聋子伯。聋子伯无事一般，看那屋顶上洒下无数光斑，金币满地，他说不上是喜也看不出是忧。

四

我爷爷娶下第二个奶奶时，我父亲已在石江街上读高中了。所以我的这个奶奶到了我的老屋，也先只是一个人。有了这个奶奶住在老屋，老屋就干净敞亮了许多。每一个星期天，爷爷都要回到乡下，住在老屋里。所以隔好几天，奶奶就开始打扫老屋。爷爷回来就高兴，奶奶更高兴。常常是爷爷前脚走，奶奶就开始打扫了，等待着爷爷的再一次回到老屋，看到他的满脸笑容。奶奶尽管这时也大了，仍一日一日把自己打扮得光光鲜鲜的。老屋那些年里也是如此。然而好景不长，大队里开始搞"运动"，先是把巨幅的标语口号白灰灰地刷满我家老屋的前前后后，接着说奶奶曾做过地主婆做过资本家的太太，就隔三岔五把奶奶从老屋里牵出来，挂牌子，戴高帽，还吊"半边猪"（吊一只手一只脚）。奶奶申辩，她是做丫鬟后再做地主的小妾再被卖给资本家做填房的。尽管调查属实，但奶奶仍然没能幸免，因为就是做过一天的地主婆和资本家太太，也是喝过人民的血和汗，就是要斗争的！这是太大子书记口头上明里说的，其实他暗地里早打着我家老屋的主意，但他又不敢一个人明晃晃地独吞了，几次找奶奶要奶奶主动拆开老屋，好让他的小儿在我家老屋的地基上砌起大屋。奶奶不肯松半个字，她一个人咬嘴承受着斗来斗去的苦痛。奶奶知道不能连累了爷爷，她想象得出爷爷若是卷进去后，他这样一个文弱书生无心教书和教不成书的苦痛。那段时间里，奶奶带信给爷爷，说她一个人要回娘家住几个月，让爷爷不要回到老屋里去。

等那阵风稍稍平静了，爷爷却患下了脑瘤病，常常一整夜一整夜地喊痛。奶奶就从老屋里走了出来，到了石江街上陪爷爷一整夜一整夜地心痛。常常，爷爷喊一声痛，奶奶的心就被针刺痛一下。爷爷死的时候已经说不出话来了，只是一再定定地望着奶奶。奶奶似乎懂得爷爷的意思，附在爷爷的耳边说了些什么，爷爷的眼睛似乎亮了一下就睡了过去。爷爷死后埋在了他学校后面的高山上，爷爷在那里能日日听见学校琅琅的读书声，爷爷在那里能眺见回家的路和我家那栋立在风垛口的老屋。奶奶第二日，就回到了老屋里，一同回到老屋的还有爷爷的神龛牌子。这么多年，爷爷和老屋总是若即若离，不冷不热，时远时近。只有奶奶知道爷爷真正的心思，所以，奶奶把他带回了老屋，永远地住了下来。

后来的日子里，奶奶带养了我的四毛哥哥。四毛哥哥是奶奶当资本家填房时的孙子，因家道败落扶养困窘，奶奶于是找上门去帮困的。这时，我的聋子伯很敌视奶奶。原因也许是四毛哥哥的那一声哭一声笑无由地刺痛了他的心，他常常大口粗骂着四毛哥哥是"野孩子"、是"野种"。四毛哥哥可爱得很，常常爬到聋子伯的身旁去扯他的胡子，一两次聋子伯还训斥着他。后来，扯得聋子伯心痒痒的，聋子伯也喜爱四毛哥哥了，常常用他的粗胡子去刺四毛哥哥的嫩脸蛋，刺得四毛哥哥哇哇地大哭，惹得奶奶大声地笑骂聋子伯。日日，院子里的人便听到这纯净的哭声和开心的笑声在老屋上空回荡。

再后来，四毛哥哥长到十二岁离开了奶奶，离开了老屋。

资本家的后人后来感恩奶奶，多次来人劝奶奶去高沙街上享清福。奶奶也许动过心，但是嘴巴把得铁严，说，我去不得，我答应了他的（他，我想应该是我爷爷，也就是后来奶奶口头上常常幽怨的那个耗子皮皮），我要守屋的！

奶奶从无生养，却生养得更多，亲人更多，这无疑源于奶奶无私的爱心和执着的责任心。

三十多年后，四毛哥哥又回来过几次，看奶奶，看老屋，看聋子伯，看他儿时玩耍的伙伴们。这几年，四毛哥哥年年清明回来，给奶奶扫过坟后，满院子里转悠。他讲，变了，变了，真的是什么都变了……我看得出他很失落。唯一看到我家的老屋，他好像找回了许多的美好，滔滔不绝地说着他在老屋里的美好时光和温暖记忆。

五

四毛哥哥离开奶奶后，我被送回到了老屋。那天，是奶奶把我从石江街上接了回来。刮着风，飘着雪，三十多里山路，奶奶五点钟天不亮就起床，背着背篓，拄着拐棍……回到老屋前，老屋上上下下雪亮雪亮，也像孕育了新的生命一样。奶奶呵了一口气，把一团白雪放在手中擦了两下，然后，进屋，在我爷爷的神龛牌前鞠了三躬，把我放进早已暖和的木火盆上。我就是这样在雪天雪地里来到了老屋，来到温暖如春纯净如雪的一团天地。也许我是周家正统血脉的原因，聋子伯和一院子的叔伯婶娘、爷爷奶奶们，都凑上前来，老屋顿时有了几分热闹。不久，母亲也回到了老屋。一回来她立即请了院子里很多人的客，在老屋堂屋里摆了几大桌。虽然每张桌子上只是摆了一大盘汤圆，但是，一堂屋的腾腾热气，一堂屋的笑声喧哗，再就是一个个吃着汤圆，蜜在嘴里甜在心里暖和在身上，立即，亲密无间热闹欢快的氛围弥漫了整个村庄的上空。

接下来，母亲便日日忙碌在老屋里，很少出门，她要靠缝纫衣服来挣取工分换到口粮。我常常深夜在梦中醒来，总看见母亲在微弱的煤油灯下与缝纫机亲近，那缝纫机总是光芒闪闪地向我炫耀，自豪地发出"扎扎扎"的声音。至今，我在城市的夜梦中醒来，有时也好似幻听到一阵"扎扎扎"的声响，还误以为自己睡在老屋中，回到了童年。

尽管这样，母亲也难换回很多的口粮，喂饱我们"嘎嘎"叫着要填食的这群"小鸭子"。我们这班"四属户"的"狗崽仔"在晒谷坪里是很难有欢快和踏实的时候。但是，我们在肚里"咕咕"叫的时候，总要跑到老屋的后门上，总爱搬一根高凳踩上去，久久地翘望下坡园里那条细长细长弯弯曲曲的土路。这里，将有一辆神奇的自行车出现！自行车，自行车上变幻出的尽是些美味佳肴！父亲，父亲总是在我们望眼欲穿的时候，推着他那辆宝贝疙瘩——自行车恰时地出现了。

老屋的后门，一般的时候都是关上了的。奶奶总是说风大，说下坡园里的风对着吹，像风车口一样，不准我们开门。我们就跟奶奶讲，我们要看金黄金黄的油菜花，我们要看绿油油的麦田，我们要看黄灿灿的稻浪。其实，我们最想看到的是父亲推着自行车出现。所以，只要一打开老屋的后门，我们笃定就会有希望出现。

六

那是个雨后的早晨。天上的黑云不见了，一切都亮闪闪的，清清爽爽，干干净净。温暖的阳光缓缓地从山那边爬上来，慢慢地覆盖了我家的老屋和偌大的村庄。还有阵阵的微风吹过，凉凉的，甜甜的。一村子的人三三五五走了出来，或端了饭碗，或提着烟袋，或手握鞋底，或抱着吃奶的伢崽，他们一个个好像都喝了甜酒一般，脸上现出了一片幸福的酡红……相互打着招呼，一个一个，光光鲜鲜。仿佛一夜之间都养足了精神，一场大雨又把大伙全身上下洗得干净清爽了。大伙都齐齐地挤到我家老屋门口左边那扇大大的木墙前，用手指着，喊着：哎哟，我的号在第二排前打头哇！这不太显摆了吗？我的呢？咋没看着哩！再看，哦，找到了，找到了，是堂堂正正坐在正中间哪！嗯，我的号硬是写得几带劲，几神气！瞧，那一横那一竖，端正笔直；那一撇那一折，孔武有力……就有好多人在比比画画，啧啧不已的；也有看着嘴里不作声，心里头舒舒服服，吧嗒吧嗒在我家老屋那扇大大的木墙前美美地吸上一杆烟又一杆烟，久久地不走；竟还有一些跳着笑着的。我也站在人群里看，个太矮，看不着，使劲往高里跳，蹦跳了几次，也只看到黑压压的一排又一排的名字，但却一个字也看不清楚。我又从人群里钻了出来，走到远处的高地方，看是看到整张的红榜，却更是黑黑的一片。再次钻进人群里，还是看不清一个名字，但这回却看到榜头上的一行大字：扇塘村选民公告。我一愣，怎么写这个"扇"字，莫不是写错啦？正待我琢磨时，有人惊叫起来：奶奶呢，奶奶的号呢？这会儿，一堆堆人全都骚动起来，一个个你看我我看你，一脸的焦急，就一双双眼睛再去扫那红红的选民榜。扫一下，再扫一下，又扫一下，硬是寻不见，就嘴上都说：不急，不急，看漏了，定是看漏了！就一个一个号从前找到尾，又从末尾往回寻，愣是找寻不见。怪了！大伙都为奶奶着急，愤懑，骂人，说哪个狗脑壳记屎的，竟敢把奶奶的号拉掉了？！

　　整个下午，在我家老屋那扇大大的木墙前，奶奶踮起小脚在看一榜写得密密麻麻的名字。看一遍，又看一遍，奶奶的头就低了许多。这时围观的人已经散去，只留下我和奶奶，我跟在奶奶屁股背后，牵着奶奶的裤腿。我昂高了头看着奶奶，也看着红红的选民榜，心里急得不行，等待着奶奶报的喜讯。奶奶却回过头来，牵着我的手，阴阴地说，伟宝，不看了，我们走。我问奶奶，没写上，难道没写上？奶奶说，别乱讲，怕是奶奶年老眼花，看走了眼，可不敢乱讲。忽然，我像发现新大陆似的，喊：奶奶，您叫什么名字？

我同时断定，奶奶肯定不识字，而村子里的人又不晓得奶奶的名字，问题就出在这里。奶奶一字一顿地说着：王、仁、春，三横一画的"王"。我问，哪个"仁"哪个"春"？她说不出，就走进里屋，在箱子里翻了好一阵，找出来一枚私章，让我看。我"哦"了一声，忙找来凳子爬上去。奶奶喊，快下来，快下来！她一把抱了我。我说，高一点，再高一点。奶奶说等一下，把我放在了她的肩上。我刚坐上奶奶的肩头，就看见了，忙大嚷：奶奶，您是第一个，打头的！奶奶在下面笑，说，我讲是看走了眼，你还不信。又说，看准了吗？

那晚，奶奶乐得一夜没睡，跟我说这说那。一会儿说，伟宝，要学文化，别像奶奶一样睁眼瞎；一会儿又说，赶明儿要投票了，赶明儿就要投票了！我投谁呢？投谁好呢？想投谁就投谁，再不是上头说了算。可不敢乱投呢，可不敢乱投呢，要投就投好样的，能带着大伙挣前程的……

从那以后，村里搞了责任制，母亲在老屋里进进出出，白天她忙田里地里，夜里她打衣服赚钱，加上奶奶饲养鸡鸭，喂猪放牛，我家日子过得红红火火。

后来，我家买了村子里的第一台电视机。到了夜里，老屋就是闹哄哄的一片，欢声笑语不止。老屋就像一个不歇的老人，紧紧地盯着电视荧屏，直到"晚安"。

七

日子一久，母亲和父亲就筹划着起屋。我记得母亲带着我去过父亲工作的县城，和父亲彻夜商量过几回。母亲在家里是极节俭的，卖了粮，卖了猪，卖了鸡鸭，卖了菜蔬瓜果，所有的钱除了留下我们的学费钱后一个子儿不留全部交给了父亲，要父亲存在县城的银行里。母亲从不记数，母亲只问父亲，钱够不够？钱够不够？够了就起屋！母亲讲，要起屋，不起屋不行。母亲再讲，一是老屋也太陈旧了，二是和聋子伯一人一半总不是个事，当然，更重要的是她想给我们后代置下一大爿家业。母亲就忙着选址，忙着备材料，忙着请客求人。一应俱全了，事情却恼了火。不管怎样讲，聋子伯死活不进油盐，他既不同意分家，也不答应出钱，更不愿意让出来。还有，奶奶也坚决不同意拆掉老屋另置新屋。

最后的结果，父母做了较大的让步，把老屋整修翻新油漆了一番，再给老屋砌了灶屋拖了拖屋，又在屋的四周打了高高的保墈。老屋焕然一新，就连老屋门前的老树都发了新芽。

然而，没过了几年，我们全家都"农转非"迁进了城里，离开了老屋。只是过一段日子，我们就回一趟乡下老家，去看奶奶，去看老屋。总要想方设法说服奶奶去城里住一段日子，奶奶总是推辞，说乡下的老屋还得照应，说家里一些坛坛罐罐里存放着东西，怕霉，怕坏，说天气好点再来……奶奶到死也没有离开老屋。

奶奶守在老屋的时间最长。她和爷爷有过短暂的快乐时光，稍后便是有风有雪长长的担惊受怕的日子。我记得爷爷死后，初一、十五奶奶都要烧香点灯，在神龛前和爷爷的牌位要说上一阵的话儿。奶奶总是带着幽怨，说，你个耗子皮皮（爷爷的外号），丢下我不管，一个人去那边轻松快活，让我单单的，一个人守着这座老屋……好在奶奶后来带了四毛哥哥，四毛哥哥走了后又带了我，这些时光里，奶奶和我们都拥有了很多的快乐，也让她忘掉了自己以前的那些不快。只是奶奶把我们一个个喂饱了，喂壮实了，翅膀硬了，我们又像一只只麻雀子一样，飞走了。

奶奶前几年去了，老屋里还有聋子伯在住着。但聋子伯住着纯粹是个名，一天到晚到处游逛，常常是半夜二三点钟后回老屋里打一会儿盹，一早又出门去闲逛。自奶奶去了的第二年，母亲回到老家好说歹说才劝动了大娘住进了老屋里，老屋里才有了烟火，有了生气。但是，母亲还是放心不下，时不时回乡下老家，去照看老屋。一回来，就和我没完没了地说老屋，哪里斜了，哪里蛀了，哪里烂了，哪里朽了，然后，就一个劲地心痛不已。

前几年，晚叔的几个崽还跟我父母说要买我家的老屋，还答应给聋子伯另起一间屋。其实，他们是看中我家老屋下那宽阔的地基了。说起地基，村子里真是有很多人看中了我家老屋的那块地基，他们都讲，别讲是个风垛口，风水好得很，要不然，看他家的后代一个个都来得咯样好？……讲着讲着，我们全家也慢慢觉出老屋的风水好。卖地基的事，尽管聋子伯也答应了，父母就是不肯。父母不是嫌钱少，不卖每年还要倒找大娘守屋的钱呢。父母有父母的考虑，他们说，立起的老屋还是老屋，拆下来就是一堆柴火了，还有，要是老屋都没有了，我们一家还能回得去吗？但是，是不是还有一点老屋地基的风水因素，我不得而知。

今年暑假，退了休的父亲和母亲要带着我的儿子回到老家去，想去老屋住一阵子。我没有像以前那样坚决反对。尽管我终日风尘仆仆，行走匆匆，在城市的尘世中，为生活奔波。当一个人疲惫不堪静下来的时候，我也同样想起我家的老屋，想起老屋门前我在自己栽的桃树上刻下的印记。

那时，每到快过年时，奶奶总要久久地摸着我的头，边摸边自言自语：嗯，高了。嗯，高了！然后，牵我到门前的桃树下，比画着。要我站直了，贴着我的头，拿把柴刀在树身上划一横。呵呵笑，过了年，奶奶瘦一圈儿，树高一轮，伟宝，又长一尺了！每当这时候，奶奶总是笑，笑得很开心。

桃树高了。老屋老了。奶奶去了。

桃树上的印记越来越清晰了，身上露出一刀一刀的伤痕。老屋脸上，盘桓着一圈一圈的皱折和沧桑，荣辱与苦乐。

八

这么多年。

我家的老屋，你还好吗？

你讲，好，立起来就好！

这么多年。

我家的老屋，你站在那里是不是太劳累太悲苦啦？

你讲，再苦再累也歇不得半刻！

这么多年。

你就是这样，一年又一年，风一更，雨一更，雪一更，你也不管，你只是一日一日地立在善塘塘坎上的风垛口里，像个怀旧忧虑的老人注视着周围越来越多的红砖水泥楼房，和许多离开乡村的匆匆的脚步声。你，一直还是那样，不声不响，处变不惊，历险不惧，平平静静，临风而立，遇雨无泪，沐雪而净。于是，你立着立着，便立成了一尊知者的雕塑，一处沧桑的风景。

有许多人，从你面前经过，总要驻足打量，生出许多的感慨。隔老远，村子里的人都如我一样，只要看到你这栋立在风垛口的百年老屋，就知道回家的路不远了，信心倍增，个个就加快了欢快的步伐……

老屋，你也许会老，但不老的是你的精神和情怀，你是我们一代代人的根和魂。

老屋，你就是这样，傲立在时代的风雪里，温暖在几代人的心中，直到永远，永远！

原载《芙蓉》《百花洲》

风垛口的老屋

清明的猪

QING MING DE ZHU

父亲退休后最重要的事，就是每年清明时节都要回一趟乡下老家。他总是早早地在挂历上用红笔圈好日子，何时去石江给爷爷挂青，何时去老家给祖辈们上坟。然后，他一个劲儿地给我打电话，问我抽不抽得空儿，问我找没找得车。又喋喋地说，你二伯的儿子要从广州赶回来，你亮哥一家要开车回去，你隆回的玉信大爷的几个子女都要齐崭崭地回去……

我知道父亲话里有话，更懂得他说这通话背后的要求。父亲一贯不跟我提要求，他一向节俭、低调办事。然而清明回乡，他却看得很重，总要设法置办得正式、隆重一点。我也知道，尽管父亲从老家出来四十多年了，那儿却有他太多少时的欢乐和困苦，那儿牵了他一生的情、不变的心，父亲的根须已经深深地扎在那儿了。我在电话这头回应着父亲：晓得，晓得，我回去就是了。

是吗？真的吗？你确定？父亲在那头连连问了几声，我却分明感觉得到他那如孩儿般的高兴劲儿溢于言表。得到我再一次的肯定，他忙一个劲儿地嘱咐我：要记清日子！要记着带琨儿一起回去！要记住一定得找辆车，出一点钱也值得！还不要忘记多买一些鞭炮和好看的花炮……父亲在电话那头没完没了，我感觉到他无数的高兴和少有的庄重，一起涌到我的耳边。

我知道，父亲放下电话后，会立马行动，跑上跑下，买蜡烛、香棍、纸钱，置办三牲祭礼，一应俱全；若遇上天气不好，父亲还要提前给我们每个人都准备好雨伞、雨靴，做好一切准备，随时出发。

赶了个早回去，雨后的乡村清爽如画，静美安谧。清明，年年这个时候如期而至，却总是那般新鲜，新鲜如雨后青竹，高高地站在山巅的晨曦里。它看着路上急匆匆的行人，侧耳倾听远远近近的脚步声。此时，它像一个清静超然的智者，更像一个有着大地情怀的长者。今天，它完全当成了自己的生日似的，它早已不声不响地摆开了热烈欢迎的场面——满山青翠鲜嫩，丝丝暖暖的春风送来蛙鸣阵阵，桃树红了，梨花白了，小草绿了，小鸟跳跃在枝头，小溪潺潺流动，还有油菜花开一望无垠的金黄，给大地披上了节日的盛装，到处充盈着春天的气息。

父亲问禄山叔，年生回来了没有？禄山叔本是在跟父亲热切地问这问那，一张脸好像回到了新鲜嫩绿的童年一样。随着父亲的这一声问，立马噤了声低了头，定定地看着门前三两只鸡鸭蹒跚着的禾坪。父亲又重问了一句，禄山叔才昂起了头，头上却像犁了一垅沟沟壑壑，茫然地看着父亲，然后长长地一声叹息：还讲么个？当不得一个猪呢！——父亲"哦"了一声，若有所思。

农家的猪，是个宝贝哩！吃肉靠它，换钱靠它，当家人的脸上是结个南瓜花还是起朵愁天云，起起落落都得看它的脸色。它吃得欢响，它呼噜大睡，它厌食无语，简直就跟播报农家人一天的天气——阴晴雨雪一样。农家人喜欢它，是它长得快，性温驯，易饲养，适应能力强。尤其繁殖又快又多，一下一窝，一下又一窝。大耳朵，大鼻子，吃了睡，睡了吃，滚圆滚圆的一个个，窝在地上，眯缝着眼，单纯、憨厚、可爱。它的善良、温顺和大聪明，既不像牛马那样俯首帖耳，也不像山羊那样蛮横凶狠，既不像猫那样忘恩负义，更不像狗那样谄媚乞怜。于是，有人这样赞美它：猪在大地的儿女中间，它的心地最善良，在爱的阳光沐浴下，它满怀信任与忠诚。享受无限的自由，胜于有限的钱财。

家家栏里的猪，简直就是各家各户一年的前程和奔头。于是，猪的命运，总是牵着一家人的鼻子转，大喜大悲，大起大落，抑或无惊无险，平平安安，从从容容。谁个家里，都得精心饲养它，不敢有一点的疏忽和懈怠。只有把这宝贝疙瘩，养得白白胖胖、红绿花色、膘肥体壮，再苦再累再穷再窘再无援无助，心里头也会有一点底。一个人，在空荡荡的屋子里，在冷寂的黑夜里，总是默默地叨念着：不怕，栏里还有一头猪呢！仿佛，这时就看到一片光亮和黎明，在山川田野之上冉冉地上升，愈来愈近，愈来愈真切。

所以，农家人动不动，就拿猪来打比方辨是非。猪是什么？猪似兄弟姐妹，亲如一家，温馨无边。谁和谁见了面，总是爱问一句：养了几头（猪）？有多壮？什么时候出得了栏？就好像家里头养了一个十八岁花朵般的姑娘，或者壮壮实实的一个愣头好小伙，到了待嫁或迎娶的好时节，心里头别提有多的滋润和舒坦。

农家人的天空，是看得到猪的天空。农家人太实在，看得见摸得着，就会有永远使不完的力气和灭不掉的精气神在。不管永远有多远，他们总是永远走在路上，一路朝前走，把一个个日子想得甜甜美美，过得有滋有味。

扯过来一头大肥猪，嗷嗷叫，搁一条宽宽的板凳，摁在上面。只见有人左手一把抓住猪耳，右手握刀顺猪脑侧轻轻一送，一转，即刻又抽出来，白晃晃的屠刀染红了。随之，汩汩地冒出一盆红艳艳的血，满了，满了。放倒，在猪脚上割一个小口子，一根铁棍伸进去如蛇一般游遍它的全身。然后对着猪脚上的口子，呼呼呼地一口气不停歇地吹到底，直吹得自己满脸通红，吹出一个胀得会立刻爆炸的大肥球。舀一勺勺开水均匀地洒遍猪的全身，刺啦啦刺啦啦地刮出一个通体白净，像去了皮的圆滚滚的大冬瓜。一劈，剖成两大片，掏出一肚子的下水，腾着热气。除去过年过节要吃的、走亲戚要送的，其余的全都腌入缸中，熏在腊炕上。来年，一家大小一年不用发愁。五黄六月，个个满嘴流油。

我记得清明上山，那是极其隆重和讲究的。天一开亮，首事们率领祭祀队伍就各行其是。走在队伍中的个个一脸虔诚庄重，举旗幡的、抬猪的、牵羊的、提酒的、吹喇叭的、擎凉伞的、握柴刀的、拿铁锄的、扛响铳的，一一迈开大步，自山脚朝山顶进发，浩浩荡荡，颇为壮观。清明的猪，大伙都看到一头全猪窝在抬盒上，白白净净，猪的全身披红挂彩，神圣庄严。

清明抬猪上山，在我们家乡的次数也不多见。据禄山叔讲，我们一大家人有过六次：一次是继昌公公还在，给文榜老公公立碑；一次是我爷爷和我二爷爷双双做了先生；一次是大队刚分田地那年，大家第一次仓里存了余粮，栏里圈了肥猪；还有两次，一次是松庭的小儿子考上了博士那年，一次是禄山叔的儿子后强考上体育专长生那年；最近的这次就是大前年，老湾七大爷的儿子在广州办厂，钱数得哗哗响，车子一辆辆，一路开到杨里塘祖山上，工具车上卸下一头大肥猪。更多的时候，大家也是每年清明上山，若没有全猪，也总要割上两三斤猪肉，或者从自家灶屋的腊炕上取下一块大腊肉，洗得干干净净，充作刀头，摆放在坟前，祭祀祖先。

清明上山，起先都是男丁的权利。记得我七八岁的时候，胡容、满容她们几个妹娃子跟我年龄、个头差不多，看着我雄赳赳地走在挂青的队伍中，也要追赶着上山，丁山叔、禄山叔死活不准，哪怕她们哭得上气不接下气。到了山上，按长幼秩序，坟前跪倒一大片，个个口中念念有词，三叩九拜。摆上三牲祭礼，焚香烧纸钱放炮火。那时放炮火，我记得是一排一排地放响铳，震得山摇地动。也就是四五年后，男男女女老老少少都可以上山，穿得花花绿绿也不要紧，叩拜时也不是那么齐齐整整了，大队伍也慢慢地走散了，从一族人，到一房人，再到一大家人，直至一个三四口小家，人还是那些人，清明时节也还是分布在杨里塘的祖山上，却绝没有先前的隆重和壮观了，更少了一份神圣。挂完青下山回家，也不见远处的村庄里有袅袅飘起的炊烟。往常，不上山的女人们早已在村口的禾坪里摆满了桌椅板凳，架起门板案几，上面排放着大块大块的猪肉，还有猪脚、肥肠、扣肉、猪肚子，还有猪肝、猪肺、猪心、猪腰子，还有豆腐、血粑、腊小肠，还有粉丝、肉丸、蛋卷、排骨炖萝卜、大白菜……还有挂青用过的三牲祭礼，都能做成可口的菜肴。我们一班小娃子立定在案板前，个个不由得都咽口水。还有天锅里温着的十几个盐水瓶子，我们都晓得瓶子里装的是热喉咙的苞谷烧，那根本没有我们的份，要等我们长成大老爷们才敢享用。这一天，这一餐，大大小小，老老少少，男男女女，望眼欲穿。一年一聚会，叫作吃"会酒"。大家一家亲，大辈小辈排排坐，长幼有序，敬酒夹菜，怀念祖先，念好故人，嘘寒问暖，家长里短，一派丰盛、幸福、融洽、和谐、亲密无间的气氛。

可是，这七八年来，一扫往年清明的气象。不光是没有浩浩荡荡的大队伍，而且挂青的队伍中青壮年几乎为零，老的老，少的少，三个一伙，五个一群，甚是孤零。我知道，乡村里头的这些顶梁柱无一例外地都远走他乡，到南方的城市里捡金子去了。这一天，他们也不是不怀念祖先，也不是不尽孝道。他们或寄上了不多的工钱，或捎回三两句话，央求自己的爹娘，或者安排自己的子女多买几把香，多打几沓纸钱，在祖先的坟前摆上刀头（长头的猪肉）等三牲祭礼，替他这个不肖的子孙祭祀祖先。

村子里唯一一直没有出走的是禄山叔。禄山叔今年也应该五十多岁了，高高大大。禄山叔在我的印象中是很好强的，他什么事都要抢在前头。就是挂青，他也要挂在前头。就是同一天挂青，他必定是早早地起床，带着一家妻儿老小早早地上山，等大伙三三两两开始上山时他已下到了山脚。这时，禄山叔必定远远地响亮地和一个个打招呼，他一路说着：挂了，早挂了，都挂了。大伙上了山，果然见到满山的祖坟上大都竖了青棍，挂了纸钱，焚烧了香纸。丁生叔讲，是禄山挂的。禄山对自己吝啬，对老婆啬啬，对吃穿啬啬，然而挂青这天他从不啬啬。一摞一摞的纸钱，一捆一捆的香棍，一扎一扎的鞭炮，大块大块的猪肉刀头……他舍得花钱买，一点儿不心痛。我问丁生叔，禄山叔何以挂青总要挂在前头，何以只要有点沾亲带故的他都会去挂青？丁生叔很神秘地告诉我说，还不是他想多得到一点庇佑！

当然，这只是丁生叔的猜测，谁也不知道禄山叔真正的心思。好强的禄山叔近年患了胰腺炎，常常痛得要命，可他一直硬扛着，不去医院就诊。他说，不管它，对付一年两年再说。五十多岁的他今年更是打了两份工，一是帮从广州打工回来的小光侄儿栽烤烟，栽一天，四十五元工钱，发一包"红豆"烟，还管一天三顿饭；二是帮大院子的后虎看山。禄山叔不感到累，不觉得苦，很乐意，蛮起劲。他对我父亲笑着说，年底自己要是攒得到一笔钱，再去看病也不迟。父亲一脸黑青，看得出来很气愤。他对禄山叔一番数落：自己的身体是自己的，自己的病痛在自己身上！现在农村明明有了医保，你一个人一年交十元钱划算得很。你为何不交？十元钱又不是要你家砸锅卖铁，十元钱又不是割你的肉放你的血！

父亲是听丁生叔说，整个村都入了医保，只有禄山叔不入医保，一家人都不肯入。丁生叔还跟我讲，若是你禄山叔一家入了医保，你冬花婶（禄山妻）生病去世，也能报销一大笔钱。你禄山叔就不会为了你冬花婶去世的医药费、丧葬费，和他的儿子后强大打出手。我不解，问，两父子怎么还打起来了呢？他说，这也不怪你禄山叔，你冬花婶前前后后花了四五万，后强原先是答应承担两万块，谁知到了临出钱时他不肯拿不算，还翻脸说自己从没应承过。你禄山叔气得打摆子，扇了这个不肖子两个嘴巴子。这个不肖子竟和他扭在一块，动起了拳脚，闹得你禄山叔脸上很难看，三天都没出门。

丁生叔替禄山叔不值，说，你禄山叔把自个儿子送出去，上小学上初中上高中，复读了两年读了自费大学，又求爷爷拜奶奶分在中学教上书，碰了好多冷脸子，不知费了多少心血。要不是你禄山叔饲养了好多猪，简直上天无门。你禄山叔在猪栏门前走出的坑，有钵钵大一个。你禄山叔在那些猪身上花的心思，把一脑壳头发都绞白了。他生怕喂养的猪出点意外，真想时时刻刻守着猪，恨不得和猪同吃同睡。

　禄山叔说，有一年清明节的前一夜，蒙蒙眬眬中他看见自己饲养的那头猪王一号向他缓缓走来，脚步声中蕴含无尽的忧郁与愤懑。他问它："为何这样闷闷不乐？""我的那些兄弟姐妹出生才一个月，便遭不测。可恶的小贩用长长的皮管插进它们的口中，几斤水灌得它们直翻白眼，嘴吐白沫……"猪王一号的声音有些颤抖，肌肉抽搐着，泪水润湿了眼眶。接着又说："等它们长大出售时，小贩秤一勾，它们便好端端地少了几斤，十几斤；稍后，小贩便打了水出售或者卖给屠商再打水再耍秤法，耍魔术般，直多出几十百把斤。折腾来折腾去，把我们搞蒙了，不晓得自己的轻重了。"在家乡不得安宁，迁往他乡也是厄运重重。"有回，我的一帮兄弟姐妹自湖南直下深圳，在某地被一支'多种综合部队'卡住。起先，检查老板的各项票证税费，无错。又查验司机证件，也对。磨蹭来磨蹭去，他们毫不甘心，睁眼说瞎话硬讲我的一个兄弟生了'五号病'，要全部销毁。"……猪王一号几乎有些哽咽了。

　还有很多个黑魆魆的深夜，禄山叔总是隐隐约约听见，乱乱的一片人的叫骂哭喊声，长长短短的一声接一声猪嗷嗷的号叫，和混合着哭嘶了似的车鸣。怕是见鬼了！禄山叔起身往更深的黑夜中走去。怎么会这般荒唐——他买你的猪，你要敬茶递烟；他买你的猪，先不要付钱，记个数随他装车，你还说有钱再付；他买你的猪，不论斤，他扫一眼，比方说，三个（小猪）四十元！一口咬定。你要笑嘻嘻地说，行，行！其实心里直骂娘。你卖的猪，饲料白呷了，连成本都收不回，倒亏得人流汗。于是，你烦了，一把白晃晃的刀，接二连三地进去了又出来，猪肉卖不脱自己呷，自己呷不完送人，送人竟不算人情；你气了，把生下的一窝窝猪崽尽送了人，送不掉就把一个个鲜艳的小生命抛进小溪、河塘、山谷；你怒了，斩草除根，又一把白晃晃的长刀刺进了母猪脑侧，留下长长的一声嗷嗷的号叫……

日有所思，夜有所梦。其实，禄山叔也晓得自己经常做梦，一个个让他担惊受怕的梦。只是，他常常分不清是在梦里，还是在现实生活中。

我说，真是难为禄山叔了。我问，后强两口子现在都在中学教书，教师待遇又不差，应该多多少少有点钱，不会拿不出一个子儿。丁生叔说，你不晓得，后强打牌赌钱，又买地下六合彩。后强老婆不敢管，管就会吃顿拳脚，后强是体育教师，高高大大，蛮横无理。

禄山叔听父亲说我和他们县里的县长有点熟，他立马凑到我跟前，递上一根皱巴巴的"红豆"烟，点火，然后很响亮地说，伟宝，你禄山叔一向不求人，今天求你帮一回，自家屋里的人不说两家话，给我一颗定心丸。我以为禄山叔是找我借钱，笃定了不管他还不还，我都要借给他一点，帮他渡过难关，催他趁早去诊病。哪料他还是关心后强，说后强现在任教的学校要撤并，何去何从日夜揪着他的心。他跟我讲，你要把后强当成自己的亲弟弟一样，跟县长打个电话，最好调到县一中。我先是申明我只和他们的县长喝过两次酒，谈不上关系铁，一个电话哪能这么容易搞得定。又发挥说，现在这年代，办事不是那么容易，单单说可不行，意思意思恐怕也不管用。禄山叔并不知难而退，下定了决心似的，说，你只管去办，请什么客，花多少钱，我都出。末了又补上一句：现在，谁都知道，"舍不得羊套不住狼"！

我惊愕，禄山叔一生节俭，对自己的身体也舍不得花钱，却对小孩子的前程一而再、再而三地花血本。我看着五十多岁的禄山叔一只手习惯性地摁住腹部，疼得他高高大大的身板有点弯曲。我有点不忍心，就讲，我试试看，能不能成我可不敢打保票。禄山叔双眼精亮，摁着的手也迅即离开了腹部，身板复又直起来了，好像高大了许多。我问后强的情况，问得很细，当然还问到后强打牌买六合彩的事。禄山叔开头一直不肯说，在我的一再逼问下，他才隐隐约约地说了一句：唉，你这个后强老弟真是当不得一个猪呢……然后再也无话。我劝也不是，不劝也不是。两个人都怔怔在立在那儿。

父亲问到年生叔时，禄山叔也说到了猪。

禄山叔和父亲讲，年生已有四十多年没回过家了。父母的坟，是朝东还是朝西，他都搞不清了。若不是他禄山年年帮年生家挂青垒祖坟，他们家父母的坟早已夷为平地了。想当年，年生的父母为了让年生吃饱穿暖读上书，他们自己常常是饥一顿饱一顿的，有一年快过年那会儿还瞒着大伙去外乡乞讨。后来，为了把年生送出去参军，跟大队书记河水佬说尽了好话，最后双双跪在人家的面前。这一切，禄山叔说得老泪纵横。

禄山叔说他知道，国家要为清明放假，他很高兴，坐客车坐火车，一路到惠州去找年生。父亲问年生好不好，问年生的儿子好不好？其实，父亲问的好，并不是担心年生和他的儿子过得好不好。年生退休在家，一月能拿两千多的退休工资；年生的儿子开着公司，手下有几百号人。父亲是问年生和他的儿子对家乡人、对禄山叔好不好，可是禄山叔并不上心，他关心的是年生和他的儿子能不能够回家。他关心的是年生能不能够带上全家去给他的父母和祖先正正式式地去挂一次青扫一回坟，也对得起父母的养育之恩和那方山水的养育之情。可是，年生总是顾左右而言他。年生叔带禄山叔去吃酒店，逛超市，上公园里玩。禄山叔对此一点儿兴趣和新鲜感都没有。再好吃的菜，到了禄山叔的嘴里也味同嚼蜡。禄山叔急了，当着年生的儿子问，你们到底有没有回去的意思，哪怕就这一次也行。年生没有搭话，年生的儿子更是无动于衷。禄山叔还动情地说，清明就是回家！他讲年生也该回回家了，都四十多年了，爹娘的坟是朝东朝西是拱是塌你也不管。他讲年生若再不回去烧烧纸钱，你爹娘在地下肯定没有钱花，得挨饿受冻。年生也还是没有吭声。禄山叔气得不行，说，年生，你比我长，但我今天要骂骂你，狠狠地骂骂你，代家乡人骂骂你，代你的爹娘骂骂你。禄山叔的气势如泻了堤的河水，可是好一阵儿，只听到他吐出一句：真个是当不得一个猪！……

　　禄山叔拂袖而去，年生叔一路在后面踽踽地跟着。在火车站旁边一处"放血"的服装摊前，年生要给禄山叔买一件三十元钱的减价衣服，禄山叔丢了一句硬邦邦的话给他：我穿我的烂布，你住你的高楼大厦，不稀罕！在售票大厅，年生要给禄山叔一百元钱买车票，禄山叔也不稀罕，说：我有坐车的钱，就是没有钱也不稀罕，我有脚，走路也要走回家去。"回家"两个字，在禄山叔的口里说得异常的坚定，掷地有声。

　　禄山叔说，他其实也晓得，年生也不会好受，年生也不是不想家。那一夜，他坐在回家的车上睡不着，心里像打翻了五味瓶，想起了很多事：和父母在一起的亲昵；和儿时的伙伴们在一起的乐趣；想到夏天在水塘中凫水的高兴劲儿；也想到清早去山上打柴的辛劳……他还想起儿时有一次抱着小猪崽，抱着抱着就睡过去了，一睡半个时辰，很香甜，还流了口水。有过那么一次后，好多人就当面背面高喊他：小猪崽——小猪崽——他也不恼……

禄山叔还想到年牛，他知道年生今儿个一定一夜无眠。

我似乎在安慰在禄山叔，也好像在安慰自己。我喃喃地说，也许年生叔明年清明会回来，也许后年。总之，年生叔在有生之年，我想他一定会回来一趟。

禄山叔没有说什么，从我身边走过，轻轻地从牙缝里漏出一句话来，说，其实猪和人没啥两样！禄山叔说完，他一个人向远处的清明走去。

我为禄山叔的深刻打了个冷战。禄山叔若不是儿时家贫，若不是成家后的艰辛，若不是农村的种种情态，他今天怎会深谙猪道，也绝不会领略到猪生如此的深刻。

猪是每一个农家的中心词。它在农家的含义丰富，它在农家的情爱深重，它是农家人的盼头，它是农家人一生的标杆、至高的牲灵。否则，他们绝不会动不动就拿猪说事，由猪推理。

猪啊猪，是你把我们拉回到欢乐的童年、艰辛的岁月和乡村的每一个角落，还有看得到猪的天空。

就在我们往山下走的时候，我们碰到哑巴子。父亲问哑巴子，哑巴子咿咿呀呀，比画着手势，指着山上远处的祖坟。父亲拍了拍哑巴子的臂膀，给他敬了一根好烟。丁生叔和父亲同时说道，别看孤孤单单的一个哑巴子，灵醒懂事得很，晓得给他父亲继常挂青哩！我们下到山脚，父亲和丁生叔又回过头去，我也跟着回过头去，看见山上的哑巴子跪倒在他爹娘的坟前，烧着纸钱，香烟袅袅。不一会儿，鞭炮声声。

这时，有一大队人马从远处开过来了，举旗幡的、抬抬盒的、吹喇叭的、擎凉伞的、握柴刀的、拿铁锄的、扛响铳的，浩浩荡荡，颇为壮观。同时，我们也看见了久违的猪。抬盒上窝了一头全猪，白白净净的全身挂了红。不要问，他们必定是往山上去。

在这里，三年前我见过从车上卸下的猪，三年后我再一次看见了在抬盒上窝着的猪——这都是清明的猪，神圣的猪！

谁都知道，在清明的节日里，这是最好的祭祀，最隆重的礼仪。

很多人，很多事，很多的情爱和悲喜，都在这一天聚会、传承，抑或清点、抒发。

我忽然记起一向理性的韩少功先生也在一篇文章中动情地写道："将来有一天，我在弥留之际回想起这一辈子，会有一些感激的话涌在喉头。我首先会感谢那些猪——作为一个中国的南方人，我这一辈子吃猪肉太多了……"

我于是想，不喜走动的猪，从不邀功的猪，随着大家思绪的飞扬与情怀的抒发，它在这一天一定会走得很远很远——

北宋时候，有"京畿民牟晖击登闻鼓，诉家奴失牡豚一，诏令赐千钱偿其值"。一通登闻鼓，老百姓丢了一头母猪的事情竟然捅到皇帝那里去了。宋太宗说了一句感人的话：似此细事悉诉于朕，亦为听决，太可笑也。然推此心以临天下，可以无冤民矣。数百年后的朱元璋，再后来的毛主席，就是现在的总书记总理，也都存有同样的想法，甚至更为热烈急切。他们关心的是老百姓的家中养了几头猪和猪肉的价钱……

红山文化遗址中"玉猪龙"的重大发现，据有关专家考证认为：猪是龙的早期形象，远古中国人以猪为祭物，祈求农业的丰收，而后"猪"被神话为龙，龙又演化为华夏的象征、帝王的化身，成为中华民族的传统图腾。

时间的乡村天空，生命的故乡大地。远方的儿女想家，家中的父母思儿，千言万语汇成一句话。儿女问：爹好吗？娘好吗？家里的猪好不好？父母答，爹好，娘好，猪也好。挥之不尽的思念，深入到心灵的深处，说到底，也总是离不开猪！

所以说，老百姓的猪，中国人的清明，在这一天交汇，说大也大，说小也小。对于他们，哪怕是一丁点小事和细微的希望，都是绵绵延伸到天边，无尽头。

清明这一天，一切都是那么神圣和庄重。

在我的眼里，这一天，也同样是猪的清明。

清明的猪和猪的清明，同样都会让人想到很多。

生前身后。前生今世。喜怒哀乐。酸甜苦辣。是非曲直。挫折感悟。功名利禄。荣辱得失。爱恨情仇。道德情操。悲欢离合。生离死别。……

当你一身疲惫回到故乡的河里，回头再看看，这原本也不过是浪花几朵！

原载《广西文学》

清明的猪

春风桃花土酒

CHUN FENG TAO HUA TU JIU

好久没回老家了，不是我这次回老家的理由。为晚婆婆祝寿，也不是非得去不可。毕竟晚婆婆和我家隔了几层，又少走动，就是要做做样子，带份礼钱回去也就算大大的仁义了。其实，父母有父母的想法，尽管他们已住进县城多年，但是对老家的大小事情从不敢怠慢。我和父母不同，这次回老家，纯粹是因为好长时间没有吃到乡下的酒，我太想吃乡下老家的土酒了。

　　乡下老家，将酒一律统称土酒。也许土里生根储有精气，乡民爱土。土话黏人，故土难离，泥土芳香、养人，粪土也值千金……好似只要喝了这土酒，一个个就有胆有魂见性情了——刀山敢上，火海敢下；不曲不折，不卑不亢，不屈不挠。

　　乡下的土酒种类很多。甜酒系列有糯米甜酒、酒酿酒、双料酒；烧酒系列有米酒、谷酒、苞谷酒、红薯酒、玉米酒、高粱酒、荞麦酒……

　　乡下的土酒，其酿造过程，如一个怀孕的女人。美丽，希望，细心，幸福，丰实，是她的主题词。

　　比如糯米甜酒，过年时家家都要做。先是选了上好的糯米，漂洗白净，泡开，在蒸锅里放上水，蒸屉上垫一层白布，水烧开到蒸汽腾腾之时，把一边沥干的糯米放在布上蒸熟。将蒸好的糯米端离蒸锅，冷却至室温。在冷却好的糯米上洒少许凉开水，用手将糯米弄散摊匀。将"酒药"均匀地撒在糯米上，稍微留下一点点酒药最后用。拌匀后，将糯米转移到发酵的坛子中。放完后将最后一点酒药撒在上面。再用少许凉开水将手上的糯米冲洗到坛子内，然后用手将糯米压一压，抹一抹，以使表面光滑。最后盖上盖子，封严，放在保温的地方。我们农家往往待它如婴儿，用自己的衣服把它包好。时不时要去照料，看它是冷啦还是热啦？热乎乎地，大约三天就好。开坛，发现糯米已酥，汁液晶莹，气味芳香，味道甜美，酒味不冲鼻，尝不到生米粒。这时，你就咧着嘴笑，说声：熟了！仿佛如女人"生了"一样。"生熟"之间，心细如发，柔情似水；"生熟"之时，心花怒放，情不能已。

多吃甜酒，多吃甜酒好！奶崽婆吃了，乳汁白浓浓地溢，畅快酣漓。一个她，又一个她，掀开衣襟，抱着娃，四处转。她本不白净的脸上却很生动、明快，娃儿在怀里，鼓着小嘴一吸一吮，嘴角流满了一线线香甜的乳汁。不多久，娃儿就安静地进入了梦乡。一个她，又一个她，走到院子中间，或者塘坎上，放开喉咙喊着自己的男人：死鬼哟，还不快回屋吃甜酒啰——这些个女人，尽管家里空空荡荡，她们还是能够变戏法似的，掏出一个带有体温的鸡蛋，在一只大碗边轻轻一磕，再用筷子搅稀，舀一勺热腾腾的甜酒冲进碗里，端到男人的手上。然后，就定定地看着那死鬼喝一口甜酒，咬一口丸子。那些个死鬼，往往这时候看着看着自己的大奶子大屁股婆娘，就有土话浑话出口："甜酒冲鸡蛋，日夜不歇干"，"呷丸子呷端端，讨婆娘讨壮壮"……

蒸烤各类土酒时，浸泡原粮、蒸烤酒饭所用的水，有相当严格的要求，有好井水才能酿出好酒；烧火自然要用上好的干柴，火候要恰到好处；使用的器具则是有讲究的，所用的甑子是用老树原木挖空而成。素有"小锅小灶小曲烤小酒，蒸锅天锅木甑出好酒"之说。烤酒时，甑子的中上部留一小孔插上细竹管，是为了出酒。锅底加热时，酒气上升遇冷凝聚为酒，落入酿中的接酒器中，再通过出酒槽流出，酒就成了。先出者度数高，酒劲大；随着蒸烤时间的推移，酒度渐次降低，越后者味越淡，香愈散。

在家乡，家家烤酒都只烤到二锅水，味纯正，劲大又不冲。有很多人家一边蒸烤，一边伸着小木勺在坛子里舀酒喝，说是试味，却是一勺又一勺，吱溜一下，咂咂嘴，吱溜一下，又咂咂嘴，更有甚者，就着竹管热乎乎地哗哗地流淌到肚子里。往往，好多人家蒸烤完了，酒也试得差不多了。

家乡出好酒的原因除了山清水秀柴火好有人细心照料之外，酒药也是极为重要的。据说那酿制土酒的酒药，都是深山里生长的十几种野果风干捣成粉状调配而成。后来有化学酒曲了，也没有一家愿用，尽管化学酒曲方便得多，而且烤酒时，酒量会多些，还烈些。

　　每年农历三月初三，许多人都要早早地上山采桃花，将花瓣清水洗净投入酒坛中，以酒浸没桃花为度，加盖密封，浸泡30日之后即成"桃花酒"。桃花酒，这是一个美得不能再美的名字！听到，你会想入非非；喝了以后，那可真是白里透红，人面桃花啦！这不是吹的，有科学为证，桃花酒确有活血美容之功效。

　　农村蒸烤土酒，往往就是这样，选在早春三月，桃花朵朵开的时候。山清水秀，泉清溪流，酒香在村庄上空袅绕。春风也像有点醉了，晃晃荡荡，一会儿停在这根树枝上，一会儿又停在那根树梢上。她也许是在偷听姑娘小伙的情歌。三月的情歌，如花如画，如风如诉，似小鸟般不停地绵绵啼唱……

　　说起吃酒，农村有农村的标杆。在农村，有大事，办正事，甜酒、烧酒便是当场货。比如清明扫坟，大伙都要喝"会酒"；比如"农忙"、"尝新"、"双抢"首要的是共祭社神，分享社酒、社肉，祈求好年成；端午节划龙船，往河里喂粽子灌黄酒；过年过节，竖屋上梁，生儿娶媳嫁女上寿……在这样的日子里，成年男子是活动的主角，有一种庄严和神圣，妇女在厨房里置办酒菜，一班细把戏早已乐翻了天，兴高采烈，笑语欢歌不绝，酒香从屋里源源不断地溢出，弥散开去。

　　在农村，酒只会越请越有，喜悦只会越来越多，运气只会越来越好。农家，客人来了要敬酒；难事、恼火事，也都是在酒桌上解决的。我们还常常见着一些汉子：喝一口酒，冰冻天也敢下河摸鱼；一二碗酒下肚，滋滋滋地，力就见长、胆就见大了，一个碾子也能提起来，半夜三更，晃晃悠悠，也敢翻过七岭八寨去走亲戚。

其实，吃酒，不仅是吃起来的时候有味，请吃请吃，请请吃吃之中，也是几多的美好，有滋有味。

我还记得，某某家有喜事了，一院子的人都要去凑热闹，吃酒席。那时，没有多少钱，也没有现在这么讲究。你撮一簸箕谷，我扯一块布，他提一篮子鸡蛋，有的干脆把自家屋里生蛋的大母鸡也抱来了……家乡正席前要请客人喝甜酒垫底，吃酒的人早早地过去了。不用吩咐，大家搬凳的搬凳，洗碗的洗碗，择菜的择菜……忙得热火朝天。也有的轮不到事做，就陪主人家的客人讲白话、打牌，那个时候打牌主要是找乐，输了也就拱拱凳子、挂挂胡子。实在无事，就带着客人满院子里转，或者山川田野里看风水。他们不晓得风光却懂得风水，他们知道风水比风光实在，更管用。他们要在客人面前帮主人和这个地方撑足面子，要让客人知道这个地方风水好，瓷实，养人，人和睦，有奔头。尤其是哪一家定媳妇的好日子，女方的人上门相面之前，他们更是起劲得很，甚至还早早地把家里的能够显摆的"宝贝"都搬到办酒席的人的家里，一点儿不心痛。

……

沉浸于对家乡酒的回忆中，班车抵达了我们下车的停靠站。我感觉今天的车比往日要快得多。快，在这时也是一种快意。嗅嗅鼻子，我好像闻到了远远飘来的一股酒香。从这里到我们老家有三公里小路，可以坐农用车。我不想坐，正如我在城市里头一样，无力拥有小车，打"的"嫌贵，又不愿坐"公汽"，大多只好走路了。另有一层原因，我也想放眼望望，看看当今春风三月弄桃花的窈窕风姿。也许是刚下过雨，路上无灰，细沙踩上去清爽作响，公路两边的树叶上还有未干的串串水滴，给人新鲜滋润的感觉。

一公里细沙路面走完了，正好到了后归哥的店铺面前。后归哥是晚婆婆的大孙子，见着我们回来了自然是格外的高兴。我却有一点疑惑：你这个亲亲的孙子怎么在这里开店子做生意还不回去张罗呢？我一个旁侄孙子倒从县城远的地方赶回来了。而且，我知道，晚婆婆三个孙子有两个在深圳打着工，按理说，后归哥要忙得飞才对。当然，我不好问，只怔怔地看着他不停地摁着手机叫喊。应该是五六个电话后，最后一个电话是有关我们的。他是向两公里外的家里通报我们回来的情况，而且还好像调遣车子出来接我们。我当然不肯。我没有能力带车回来已是矮了一截，再坐别人的车回去，岂不是更矮了一截？我仍旧坚持走路，母亲劝了我一句，见我不听，默不作声地跟在我的身后。母亲知道我的心思。

　　进村的路真如后归哥所讲，坑坑洼洼，泥水浸透路面。深一脚，浅一脚的，我和母亲走得越来越慢了。其时，我也真想有一辆车来接我们。往远处看，并不见车开过来的影子。这时，后归哥骑着摩托又跟了上来，他要母亲和我搭他的摩托车，但我还是拒绝了。他又掏出手机叫喊，车怎么还不来？他放下电话，说车打滑，底盘又低，差一点栽进了田里。又接着说，就来了，马上就来！果然，一会儿，车子过来了。后归说是车弟，现在发大财了，开的是"蓝鸟"。我竟不认识车弟了，连母亲也不认识。车弟却认识我们，边喊边开门，不由我们不上车。上了车，他比我快，一边开车一边给我递过来一根极品软"中华"。母亲示意我发烟，我却捏住一根精"白沙"递也不是不递也不是。好在车弟没看我，他一边开车，一边说着十年前他在我工作的小镇上做小生意的事情。我看得出，他还是存有一份感激之情，但更多的是抚今追昔的豪迈。车弟也是晚婆婆的孙子，不过没有任何血缘关系，他是晚婆婆大儿媳妇改嫁后的儿子。他在车里滔滔不绝地向我母亲汇报他的辉煌：他把父母接到了长沙专门请了保姆，他东西南北中开了好几个连锁分店，他儿子读贵族学校一年要好几万……我装作没听见，摁下车门，抬头去看窗外，田野披上绿装，满坡的桃花开得正盛。

一下子就到了晚婆婆办酒席的屋门前。晚婆婆的老屋早已不住了，住在后归哥的新屋里。后楚哥的新屋也在旁边，都是四扇三间四层水泥高楼。见了一些客人，认识一些，装作认识一些，跟他们打着招呼。没有几个人把我当一回事，一桌一桌的客人都在埋头打扑克和纸牌、搓麻将，桌上都堆了钱，数目不小，旁边围观的人很起劲。院子里的人几乎看不见一个人在帮衬。屋坪很大，七七八八地停放了二十多台小车、面的、农用车、摩托车。尽管这样，两栋大屋里却不喧嚣，也没有人来来去去地做事、搬家伙、打下手。就连晚婆婆的二孙子后楚哥、三孙子后良弟也是清闲得很，见我不打牌，陪我站在门口说了一通话。我问他们回来住多久，他们讲待了客明天就走，厂子的事多得很，自己带了车，又方便。我知道他们在外头打着工，但是有多富足，我从来不问，也生怕问到。他们却问我，县城有好门面地基卖吗？我讲，有是有，只是你们在家里刚修了屋，而且县城里头有门面的地基贵得喊天。他们讲，你只管替我们去找，钱不是问题。他们说话的口气让我很压抑。我换了话题，说，待客真是累得很！他们却说，花几个钱，一切不用管，省力省事，好得很。我抬头见他们笑得很神气，而且令我惊奇的是他们两弟兄都烫了黄色的卷头发，好像一个模子套出来的。

晚娘走了过来，喊走了他们。已经中午十二点，我的肚子有点抗议了。我知道，这离开席起码还有两三个钟头。但是，怎么今天不先上甜酒呢？也许是客人太多，忙不过来。我没有事做，就去院子里走走。虽然离开老家快20年了，我自信熟悉它的每一条小溪，每一块水田，每一片菜地，每一棵大树，每一栋老屋，每一缕炊烟……然而，转来转去，发现自己竟然不认识它了。原先规则的一栋栋老屋在我的视野之中消失了，代之而起的是横七竖八、杂乱不一、冲天而起的高傲的高楼，楼的样式又花样翻新，装饰一个比一个豪华，互相攀高贴金。这屋，谁是谁的？有没有人？我不敢肯定。一家一家，走进去，空荡荡，冷冰冰，老半天没有人出来相迎。有几家确是无人在家，门上一把锁；有几家有人窝在楼上，或看电视上瘾，或围一圈儿打牌起劲儿，叫半天只见声音不见人影。我很是失落，又想起了以往的时候串门，每走一家，都会有人热情相迎，嘘寒问暖。有这么一会儿，肯定早有人给我端上了甜酒粑粑。每到一家，都要硬劝你喝一碗甜酒或者一壶烧酒。你若说，吃了，吃了，吃饱了。主人家就不高兴，说，土酒土酒，自家的土酒！喝下去，一泡尿就撒了。一定要喝得你面若桃花，醉步莲花，笑语串串，主人家才肯罢休。

　　八娘的屋大门敞开，一个人都没有。我从八娘的屋里一出来，心里直犯嘀咕，倒退一步，又抬头看了两眼，咦，八娘这大屋怎么矗立在田中间？上了塘坎，回眼一望，就发现院子里新修的楼房座向都乱了，很多的楼房也如八娘家的一样，远远地看去，似浮在水田上面。我叹了一声，收回了目光。眼前的小溪，在我的印象中以前总是那样活水长流，清澈见底。一群群精灵般的小鱼儿，一下钻进如少女长发飘逸的丝草之中，一下又藏匿在安憩的卵石之下。小溪两边，红花绿草常新，白杨树如一排排军人，白天黑夜笔直地立在两岸站岗。那时候，我常见着院子里的女人们蹲在溪的上游淘米择菜、洗衣浣纱、涮锅碗瓢盆，男人们则在下游擦洗镰刀锄头，箩筐犁耙等。一到夏天，我们一班细把戏更是迫不及待地下到溪水里，抓鱼、摸田螺、打水仗，玩得不亦乐乎。可是，今天的小溪，却像生了一场大病，它再无一路欢快歌唱的声音了。小溪中到处是废弃的塑料袋、包装纸、烂皮鞋、剩饭剩菜，溪水也变了颜色，浑黄浑黄，水面上还浮着死鸡死鸭，都把眼睛睁得大大的，似乎昭示它们是冤屈而死。

　　在塘坎边的老树下，我碰见了玉勇婶娘。她很高兴，我的脸也由阴转阳。见了面，玉勇婶娘主动伸出来和我握手。这一握，我就握出了不一样。不光光是她的手没有以前那么粗糙了。玉勇婶娘在我的记忆中一直定格于一个晒太阳的光团，暖暖的，平平静静的。玉勇叔30多年前在修龙江水库时砸断了双腿，一直瘫痪在家。婶娘总是抱着玉勇叔在太阳底下晒太阳。晒着太阳的玉勇叔如一个小孩儿，脸上就有了傻笑。婶娘却总是那般平静，看着远处的天。我每回见了太阳底下暖暖的一团，就是玩得再怎么样高兴，就是蹦跳起八尺高时，也立刻安静下来。有几次，还帮奶奶把一大碗热腾腾的甜酒粑粑送到玉勇婶娘面前。然后，侍立在一边，看着婶娘一调羹一调羹给玉勇叔喂甜酒粑粑。玉勇婶娘这回大大方方礼节性地和我握手，又在我面前说起她读研究生的华儿，再就是说起深圳的世界。她胖了许多，肉色白净红润，头上戴了一顶呢绒帽子，身穿红艳艳的羽绒服。她说了很多，却没有说起玉勇叔。我预感到什么，便打断了她的话，问："玉勇叔怎么样？"她很平静地说，还不是那个老样子。我从塘坎上向玉勇叔家里走去，婶娘紧跟在我的后面。进了门，无人，我立马上了二楼，急急地喊。有人推着车子向我们滑来，玉勇叔坐在轮椅上。我对着他，俯下身来再认认真真地喊了他一声，玉勇叔很茫然，脸上连傻笑都没有。我们就这么站的站着，坐的坐着，一时无话。婶娘也许记起了什么，说，伟宝你饿了吧，城里头开饭开得早，按理泡一碗甜酒粑粑给你吃，只是我这些年不在家，再无酿甜酒，冲一杯牛奶你喝不？我匆匆地逃了出来。立在新起的屋前，我看到屋坪里那棵老树还在，那太阳下暖暖的一团光亮的影子早已不晓得飘到哪里去了。

后来，我从晚娘的口里得知，玉勇婶娘已在深圳干了七八年了，替一个瘫痪的富人搞护理，一个月四千多块呢！那么，那么玉勇叔呢？我问。晚娘说婶娘在娘家请了一个远房亲戚来照护玉勇叔，一个月才开四百块钱。这回，要不是你玉勇叔害了一场大病，她也不会请一个月假回来，白白地丢了四千多。

我最后决定去看看玉顶叔，主要是想了解娥姐的情况。当年，娥姐是全大队最乖态的一个姑娘，却硬性被父亲逼迫去嫁一个吃"集体粮"的信贷员。据说后来离了婚，跟了一个有三个娃的大队周秘书。玉顶叔看见我，不起身，不喊座，也不看茶，当然更无酒喝，只是他一根我一根地递烟，好在烟都是精"白沙"，对等。玉顶叔一直很"政治"，早先年，上面吹了什么"风"，他就敢下什么"雨"。可是，他最大的官，只当到了村民组长。娥姐是玉顶叔的大女，乖态灵巧，玉顶叔看在眼里，笑在心里。于是，娥姐的人生轨迹便早早地有了"模板"，嫁吃"集体粮"的信贷员，做大队周秘书的填房。后来，娥姐做妇联主任、秘书、村委会主任。这回，听玉顶叔说娥姐做了村支委会书记。玉顶叔说，伟宝，你是读书人，晓得的——共产党的天下，支委会书记，老一呢！其实，我又晓得什么呢？听院子里的人说，娥姐最初是不愿意的，只是当起了芝麻点的一个官后，当着当着就上瘾了。有人说，看看，一个土砖屋，矮塌塌的。一年到头，三四千块钱的补贴费，还乐哈了呢！还抵不到人家一个月的工资呢。玉顶叔不管这些，笑呵呵地跟我说，晓得吗？伟宝，选了三次呢，都是我家娥妹了的票第一！我知道玉顶叔的潜台词：娥姐为他们一房人争了光，耀了祖呢！别看晚娘家三个崽有两个在深圳广州开厂，一个在街上开店铺，起了三座高楼。玉顶叔却很不屑，说，难道他们在外头逛得了一世？迟早总要回善塘院子来的！回来了，神气什么，还不都归我家娥妹子管，都要看我的眼色去行事？玉顶叔说得很"政治"，我有点恼，问："现在村村通公路，你晓得吗？"我是冲着那条总是修不好的进村的公路来的，有点诘问的意思。他说，咋不懂？一公里路上面拨了几万块钱，现在我家娥妹子手里头就有二十多万块钱指标呢，只是大家按人头还要交一些才够用。可是，征地、出工、交款，不是他有意见就是你有意见，交了几次，又退了几次。现在这个样子，怪不得我家娥妹子，她帮大伙早把指标都争到手里头了，没有功劳也有苦劳。对于晚婆婆的酒席，他不问我，我就问他：吃酒去不？玉顶叔的一句话让我噎得够呛：他是他我是我；他发他的财，我当我的官！

我只得悻悻地走了。迎面碰上去放牛的玉棋婶娘，她牵着牛朝下坡园的田垄里走去。牛绳捏紧在玉棋婶娘的手里，短而直，白白的尼龙绳，扎眼得很。想着我们以前放牛，一班细把戏，清晨巴早相约去放牛，牛走在前，人跟在后，迎着山那边初升的红日，走进山的深处，亲近一地绿水的青草。牛"哞——"的一声，眼珠瞪得老大，眼角有水一样的东西，看上去它似乎受了委屈，驻足不肯往前走。一头小黄牛，怎么这样——瘦骨嶙峋、毛发干枯？我定定地看着面前的小黄牛。我知道，现在很多人家家里不养牛了，很多人荒了田。有的人家，就是要耕田，也不用牛，请一台"铁牛""突突突"地去耕去耙。难怪！……

走在半路上，后归哥打了我的手机，说，开席了。我问，有这么快？我不相信有这么快，因为，农村能在三点钟开席就算很准时了。这会儿，我看见手机的时间：12:58。后归哥在门口等我，他说他也是10分钟前刚回来的，因为定了下午1点准时开席。

席上，有几件事情大出我所料：一是我起身环顾左右，不见有几个院子里的人；二是桌上没有热腾腾的甜酒，也无纯正的烧酒，摆了两瓶牛奶、四瓶啤酒、一瓶高度白酒；三是桌上餐具是清一色的不锈钢碗和碟子，不见喜庆的红双喜碗、海碗，桌上那一叠塑料薄杯子、那一堆短小的竹筷子都是一次性的；四是菜花样翻新，分量不多；五是席至高潮，没有答谢和讲好话的，红花鞭炮换成九个大花礼炮。在席上，尽管有后归哥安排小姐夫劝我的酒，还有庆大姑父相陪，我却总共只喝了一杯啤酒，就早早地下楼出来了。在门口，后归哥问我吃得好吗？不能扫了喜庆的兴，我只得点了点头。后归哥就愈发眉飞色舞，说，要晓得，请的都是专业班子，还有一个国家二级厨师呢。五个人，桌椅碗筷全带，煮饭炒菜，端菜捡收，打扫"战场"，我们一概不管。菜也由他们买，我们结账就是。另外，再给办席的钱，40元一桌，15桌也就是区区600元钱，省事又省钱。这个师傅原先是石江煤矿的大师傅，现在退休有空了，出来跑跑。他有名片有手机号码，一个电话摁下，全部搞定。好得很，现代信息社会就是好，真个是有钱想干什么都行！

　　席后，各自四散。晚婆婆喊东喊西，送这个送那个，晚婆婆显得忙乱而又高兴。我跟她说，你都上了九十，不要忙，只管享福了！晚婆婆笑呵呵地说，享福，享福，大家都享福！只是年纪大了，身体不争气了，一身的病。晚婆婆也像玉勇婶娘一样握着我的手不放。我说，晚婆婆，你要多保重身体，有个伤风脑痛要记得及时去光庭爹那里看病。光庭是院子里的赤脚医生，辈分比我们大两辈。晚婆婆讲，亏你还记得光庭，他也去了广州打工四五年了，现在瞧病要跑到花桥街上去，十多里路呢！

　　看得出来，晚婆婆还有很多话儿要跟我唠叨。我忙起身要走，向她辞行。晚婆婆和晚娘都留我和母亲住一夜。母亲有住的意思，抬头看我。我偏过头去，说，明天星期天值班，一定得走。晚婆婆和晚娘就说，真要走，那也得等一下！她们一起去了内房。我想，不出意外，这可能是我此行唯一获得的一包温暖了。因为，我知道，农村吃酒"回包",用红纸串着,一块几斤重新鲜肥肥的大猪肉,或者一块熏得红亮的腊猪肉,外加几个血粑丸子、甜酒粑粑,喜庆、温暖的气氛立时显现出来。然而,等晚婆婆和晚娘一起出来,她们却是两手空空,走近我和母亲身边,从裤袋里掏出一个小红包塞给了我们。

走时,我谢绝了车弟的"蓝鸟",谢绝了庆大姑父的"面的"和小姐夫的农用车,也谢绝了后归哥的摩托车。我和母亲缓缓地走在村子那条唯一通向县城的机耕路上。母亲时不时回过头去,我却径直往前走。一路上,春风暖暖拂面,桃花朵朵招手,我却无心搭理。有车子间或驶过,溅起泥水串串,我也不犹豫,不择路,不躲不避,继续朝前走。

我也不知道我要走到哪里去,我又能回到哪里去呢?

春暖三月,相思如水。

"春醪酒共饮,野老暮相夸。"

"桑柘影斜春社散,家家扶得醉人归。"

……

我趔趔趄趄走到村头,也就是泥路和沙路交界的地面时,心里忽然冒出了一句话——春风桃花土酒淡,人往前走水东流。

显然,这句话在春暖三月桃花盛开的时节不合时宜。显然,这句话前言不搭后语。

抚今追昔,我却为它唏嘘不已。

原载《大家》

屋檐下蠕动的小倮虫

一

慵懒的太阳下，老屋的禾坪里，总有几个或坐或蹲或半坐半蹲的老人。大地上万物静躺，阳光洒满村庄，一点一点儿爬上老人们历史沧桑的脸上。他们一个个，整日整日地，不动声色，看世间万物，瞅过往云烟。

太阳斜斜地停在天角上不动，落在地上的光亮和影子也不动。二婆婆和往常一样，木木地坐在屋前空坪上的一把木火桶椅子上，也一动不动，很是安详。背后老式的木格子窗，贴着白黄白黄的纸，也贴着五颜六色的窗花。

推开窗，一窗晴日，阳光不锈。望远处，故园大美，岁月静好。

我记得，那时奶奶走近我们，摩挲着我们的小脑袋，眼光飞向远方。她呵呵笑着，说阳光温暖我们的村庄，我们就像一条条小毛虫，在荷塘边那棵老树嫩绿的叶子上爬上爬下，一片片叶子，就是我们永远不变的故乡。

故园梦忆，童真的一切已悄然流逝，我再也不是那个口里含着棒棒糖的小小儿了。

是谁在踮脚张望？是谁在追思回想？一地相思，满天星灯，脉脉难成眠，盈盈常入梦。

天空下，仍见炊烟，日复一日，照常升起。如今，那炊烟，许是因了这些年村庄的平淡，袅袅婷婷，淡白淡白，高远无影，若水无痕。

唯见老屋的屋檐下，一家一家的五味人生，惯常生活在这个黑洞洞的屋子里。品五滋六味，咀嚼人生百态：酸、甜、苦、辣、咸、淡、香、酥、软、肥、浓，冷暖饥饱，喜乐哀愁，辛酸悲苦……一餐餐，一天天，寒暑更迭，经年累月，我们一个个心知肚明。

忽然，一线光亮照射下来，有小孩儿惊叫了一声，大伙看见屋檐下一条白白胖胖的小倮虫，倒爬在屋檐下的梁柱上，一丁点儿一丁点儿地蠕动，一丁点儿一丁点儿地向前。蠕动，向前。向前，蠕动……努力地，辛苦地，坚定地，彻底地，奋发地，向前蠕动着。

蠕动着，向前。每天的生活，就是这样日而复始。

每天新的生活，也就一天一天地崭新开启……

二

姨父个性好强，做人做事，素喜体面。

在村里，他一直干着村医，有几年还兼着农电员，最为风光时当过村长。风风火火这些年，一直从不在人面前示弱，一点也看不出他有过困苦，有过气馁，有过沮丧的时候。

姨父早年参过军，至今有一张身穿军服英姿飒爽的照片，挂在他家正屋厅堂的显眼处。看了的人，无不称叹年轻时的姨父，眉毛是眉毛，鼻子是鼻子。尤其是，照片上的姨父神采飞扬，光彩照人，意气风发。姨父从没讲过他在部队的辉煌，但我总是能从他那张光鲜的照片背后想到很多。

我小时候，总能听到姨妈和母亲说到姨父，虽然话里常常有一些指责和埋怨。但我承认，她们还是一直在不断地肯定着姨父的能干。有一年，姨妈来我家里的次数明显增多，隔三岔五就来，来时哭哭啼啼，走时悒悒郁郁。我不懂，问母亲，母亲也只是哀叹一声。我预感到要出什么大事。

后来，果真听说姨父和姨妈要起诉离婚。其实，事情很简单。姨父在村医务室，有很多人常去瞧病，有老的，有少的，有男的，有女的。当然其中也有无病可瞧的，就说笑来着，也许乡里人打情骂笑有一些无拘，有一些过头。家长里短，七嘴八舌，嘀嘀咕咕，指指戳戳，一股脑儿传到姨妈的耳朵里。

有一天，姨妈气急败坏冲到村医务室，竟当着大家的面，摔了盐水瓶，骂了难听的话，让姨父下不来台。姨父气不打一处出，扇了姨妈一耳光。姨妈哪能受得了，一路哭回家，向爹娘告状，向三个兄弟告状，向两个姐妹告状，向娘家一屋一屋的人告状。这还了得，一大家子人，簇拥而来，浩浩荡荡，兴师问罪。承认错误不算，还要写出保证，一二三，三二一，话里硝烟，掌心煎蛋，眼光如箭，板上钉钉。

当时，姨父哭脸换作笑脸待，姨妈却不肯轻易宽恕他。姨妈条条在理，娘家人个个出来呵斥指责。姨父的脸，红一阵、白一阵，紫一阵、黑一阵，一阵比一阵难看，一会儿比一会儿委屈。姨父终是没作声，一天一夜受斥挨骂，还要做饭做菜，摆酒递烟，端茶端水。大家看不出他是高兴还是不高兴，也看不出他是有气还是无气，当然更看不出他心里是怎么想的。

一夜之后，一觉醒来，按说太平无事，万里无云。俗话不是说，天上下雨地下流，小两口打架不记仇；床头打架床尾和，夫妻没有隔夜仇。夫妻相骂打架，吵吵闹闹，流水不断，生活如斯，日子照样一天一天升起。

日子一天一天升起，照样还得过；一口锅里呷饭，照样还得呷；一张床上困觉，照样还得困。第二天，送走一屋亲戚，姨父心中总算落下一块石头。他来到姨妈面前，眉开眼笑，好话、软话说个不停，无话找话。姨妈一天无话，姨父时时刻刻赔着小心，战战兢兢。姨妈一夜无事，姨父一夜无眠。第三天清早，姨父一泡尿的功夫，姨妈提起包袱，头也不回，回了娘家。

僵了整整一个月，时间好漫长。姨父那边，却是无声无响。忽一日，姨妈收到他们所在的区法庭离婚诉讼状。这一下，姨妈傻眼了，在外公外婆的敦促下赶紧回了家。

从那以后，姨妈再也没跟姨父吵过嘴，也没见姨妈跟我母亲诉苦了。姨妈跟着姨父，夫唱妇随，进进出出，恩爱如初，生活日常。姨父还是开着诊所，上上下下地跑，前前后后地忙，姨妈也是不离左右。姨父高兴，姨妈也高兴；姨父不高兴，姨妈立马心情就好不起来。姨父高兴时，不要吩咐，姨妈会温一壶米酒端到姨父面前，看着姨父有滋有味地喝着小酒，哼着小调。也怪，自那以后，姨父也好像收了心一样，稳重老成了，也不再在诊所里开玩笑了，讲浑话了。后来，姨父还把诊所直接开到自家屋里，早晚和姨妈有说有笑。没事的时候，就忙农活，甚至还帮衬着家务。有时，一个人老半天老半天地喝着米酒，红光满面的；有时，在太阳底下陪着姨妈打打纸牌，输点小钱，还很起劲。

后来，我就有些疑问，问母亲。母亲却很是平静地说，过日子嘛，就是这样子的。他们，也是真的在过日子了。屋檐下讨生活，没有什么区别，都是一个样。

我想起奶奶说过的话：生，容易；活，容易；但生活不容易！有日子没日子，也要过日子；生活好生活差，总要讨生活。

三

平凡的日子如流水，一任它平平静静地流淌。古言说得好，流水不腐，户枢不蠹。

姨父、姨妈也是上了六十岁的人了，母亲也快七十岁了。这几年，她们亲戚间走得勤快，先是逢年过节庆生，后来天气晴好，无事也互相走走，尤其到姨父姨妈家走得更勤。常常，还歇上一两个晚上，打点小牌，都很高兴。

姨父、姨妈来我家时总是带上凯凯，看得重，不离手。凯凯是他们的孙子，长得很逗爱，也很聪明，眼珠打转转，嘴巴甜溜溜，起初并没和其他的小孩儿有什么两样。慢慢地觉得有些不对头，走路也走得迟，脚上无力，支撑不起来，脑壳也是竖不起来，总是全身肉肉的，抱在手上，背在背上，靠着，扶着，拖着，都是很费力气。谁的心里都明了，可是谁都不想说破：难道是个肉子？

姨父、姨妈就带着凯凯到处走，满世界里打探。去县城，跑市里，上省城，只要听到哪里有良医，想尽一切办法，天远地远去寻。咨询，再咨询；检查，再检查；化验，再化验；吃药，再吃药；理疗，再理疗……什么法子，都使尽了。无法，还是无法。终是，回天无力，哭天不应，入地也无门。

起初，姨父、姨妈焦急，痛苦，悲愤，绝望……后来，他们也逐步逐步地没有那么急那么痛那么无望了。慢慢地，他们也还是该吃时吃，该睡时睡，该打牌时打牌，该笑时也还是笑，尽管有些苦笑。他们也还是照常带着凯凯，喂他吃，给他穿，该让他上学还让他上学，该让他光鲜还让他光鲜，该让他阳光还让他阳光。姨父每天起早去送，送到教室里，给孙儿一个瓶子，那是预备给孙儿小便用的。中午时，姨父又要去到学校里，帮凯凯送饭送菜。凯凯也真是聪明，整日趴在课桌上，不声不响，也不喝水，他是怕一喝水，管不住自己，又要尿尿，又会坏事。

凯凯在小学几年，成绩一直在班上名列前茅。后来，凯凯再也不肯去上学了，是自己的双腿愈来愈细了，愈来愈细的双腿再也支撑不住上身的重量。当然，凯凯最为重要的是自己不能忍受同学们怪怪的眼光。有一次，一个使坏的同学打翻了他尿尿的瓶子，那股臊气令全班人都捂着鼻子，一起用怪怪的眼光看着他。凯凯觉得自己再也支撑不住了，他第一次回来向姨父、姨妈哭了，哭得很伤心，哭得姨父、姨妈也哭了。哭了的凯凯，再也不去上学了。

不上学的凯凯却是异常地聪明，讲话做事，大人一般。他说他自己是一条肉虫，他没有爸妈；他说他自己是一条肉虫，见不得阳光呢；他说他自己是一条肉虫，是来家里蛀米蛀木的；他来世上是来折腾爷爷奶奶的，他来世上是来收账的，是真的，他不愿。凯凯还说，他常在梦里梦见一条小毛虫朝着太阳升起的方向缓慢地爬行着……

姨父、姨妈吃惊地看着自己一夜之间长大的孙儿。他们都和我母亲说，他们也总是在梦中梦到，自己的饭碗里有一条白白的肉虫。母亲说，这是前世的账，今生的单呢。

从此，姨父、姨妈就像真认账了一样，处之泰然，没事儿似的，把凯凯当成老天赐给他们的一般，无怨无恨，不悲不苦，平常以对。

凯凯每天起了床，就待在电脑旁，在虚拟的世界里过得像模像样，运行自如。凯凯懂得太多，上天下地，古今中外，无所不知，无所不能。在现实的世界里，凯凯总是行动艰难，像一条在屋檐下蠕动的小倮虫。

四

小锋是凯凯的父亲，却完全没尽过父亲的责任，他一个人总是满世界里晃荡。姨父小时候对他是看得很紧的，管得很严的，就连小锋结了婚，姨父也是不松手，什么事都想管，什么事都要管，管小孩子一般。

但事与愿违，小锋并不听，也让姨父插手不了。首先，是姨父想把他的手艺传给儿子，儿子却不屑，说姨父治一个伤风感冒，太小儿科了，不像一个大男人干的事业。他说男人要闯就要闯出一番新天地，不能让人小看了。姨父拗不过，也只得随小锋去乡街上开电器修理店。后来，姨父又张罗着给儿子找对象，看了十多家，一个都不满意。然而，有一年过大年时，小锋带回一个女的，径直说怀上了宝宝，马上就得结婚。

结就结吧，姨父、姨妈也没办法。好在是娶儿媳妇，又马上要添孙儿，一屋子欢天喜地的，风风火火，置办东西，张灯结彩，喜庆吉祥。结婚没几天，要么爱得死去活来，要么打得鸡飞狗跳，但姨父、姨妈是不能管不能问了，一门心思只想早一点抱上孙子。现如今，小两口什么事都是新潮的。也许，新一阵，闹一阵，就会过去了。有一天，两口子吵了架，儿媳妇竟把小孩子打掉了，然后就回了娘家。

小锋也不听父母的劝，去接媳妇回家。小锋媳妇一回去，就是个把月。后来，尽管姨父、姨妈腆着老脸去把儿媳妇接回了家，放在家里捂着暖着供着。再后来，就有了凯凯。

小锋和媳妇，有时十天半月见不上一面，有时一整天一整天地窝在卧室里，不出房门半步，好像密谋什么似的。他们从不管家里田里土里的大事，也不管油盐酱醋的小事。当然，更不顾及父母的眼光和凯凯的哭闹。也许，正是这样，凯凯在他们面前从不哭闹，也从无笑脸，像见了生人一般。

小锋和媳妇，也总是时好时坏。好的时候，两个好得像一个人分不开；坏的时候，就像见了仇人分外眼红。小锋在镇上的日子，也是时好时坏。有时赚了一把钱，就去胡喝海吃，乱折腾，打牌赌钱，呼朋唤友，上歌厅，逗站街女子……完全不着调，终日不着家，小锋浪荡公子一个。姨父在家翻修房子，也没见着小锋的人影。

小锋的妻子听见有风声，就去镇街上找他、等他。有一回，等了三天，修理店门紧闭，人影全无。有一回，找上门去，店门开了，开门的却是一个女子，还是不见小锋。两个女人较上劲，小锋却消失了一般。

有了这回事后，店是开不成了。小锋说自己要去县城找朋友，一起合伙包网络公司的线路，一个大男人不能窝在家里，要干就干大事，要挣就挣大钱。

按说，承包安装网络线路，是很挣钱的。却有很多人来姨父家上门收账，个个上门拿着欠条，白纸黑字，不容姨父不认账。有几次，姨父没钱，气势汹汹的两三拨人还拉走了姨父装修新房要用的铝合金门窗。

后来，我母亲跟我说起小锋时很生气。她说，这个小锋钱是挣着的，但花钱像流水一样，打牌赌博很凶，又在外面养着女人，根本是条寄生虫。凯凯呢，也是你姨父、姨妈养着，还要帮他还账，做孽呢。

有一天，姨父打我电话，说想请我找个熟人，要打一场官司。我听不清楚，在电话里喔喔喔地应着。不几天，姨父又亲自来到我家里，说为什么要打这场官司，是要赢一个道理！一听，就让我很是震惊。

姨父说，凯凯快十岁了，小锋一个子儿没出，不管不问，小锋老婆也去广州打工了，去了五六年也是杳无音讯，一个电话也不打回来。凯凯说他的妈妈早死了，说他的爸爸也是半死不活的，说他自己更是生不如死。姨父、姨妈每每说起小锋就来气，说起凯凯就心痛。

凯凯有一天跟爷爷奶奶说，要他们去为他打官司，为他讨回个公道，要找小锋和小锋的老婆要抚养费。爷爷奶奶起初不肯去打这个官司，凯凯就不吃不喝，惹得爷爷奶奶和凯凯三个人抱头痛哭。

我听完后，对小锋生气，对小锋的老婆也很是生气。自己身上掉下来的肉，怎么这样不闻不问？没道理，心真狠。我满口答应姨父，去司法局打听，说可以申请司法援助。然后请律师，调查，取证，起诉，一路程序，一路找人。最后的结果，令人气短，法官说找不着凯凯的娘，难以落实抚养费。

这事，就这样一直悬着，我的心也一直悬着。

姨父、姨妈先前一阵还是很上劲，后来也不再催不再问了，到后来说也难得说了。姨父、姨妈还是一直带着凯凯，跟往日没有两样。凯凯也好像知道什么似的，后来也再不提打官司的事了，一天到晚也很少讲话。

姨父跟我说，凯凯行走起来，只能艰难地蠕动着。姨妈也心痛地自言自语：凯凯走起路，硬是不要人管，总是吃力地向前蠕动，经常会扑倒在地上。

我看着他们，分明看到他们的老眼里有混浊的泪水。

五

有一天，姨父、姨妈又带着凯凯来到母亲家里。向来不关心别人的我的儿子对我说，凯凯变了一个人似的。我说，怎么啦？他说，凯凯很可怜，很消极，很无助。我一惊，知道凯凯这是没有父爱和母爱的原因，更是前路无望的悲观和绝望。尽管在网上也有自己虚拟的世界，尽管还有爷爷奶奶的爱，但这显然是不够的。

我想到，小时候小伙伴们常爱养蚕虫，肉肉的蚕虫在温暖的纸盒子里，晒着太阳，沙沙沙地蚕食着桑叶，一下一大片，一下一大片。我想到了肉肉的蚕虫，我也想到眼前肉肉的凯凯。我把眼睛移向窗外，窗外也是一片慵懒的阳光。

姨父、姨妈这次很气愤，比这么多年小锋和他们的儿媳妇对凯凯的不管不问还气愤，他们气愤的是小锋的妻子他们的儿媳妇凯凯的妈妈，在外边太不像话了，跟了人家怀了别人的种，一个大肚子挺着，在院子里溜达，晒着太阳，悠闲地吐着瓜子皮，跟另一个大男人过着像模像样的家庭生活。我说：是不是看错啦？她还没离婚，这个是要犯重婚罪的。

姨父、姨妈说得有鼻子有眼，说他们院子里的人都看到了，在离这儿也不过20多公里的一个小院子。他们把这事告诉小锋，小锋却不声不响，也不恼，也不怨，无事人一般。姨父、姨妈忍不过，去寻了三次。第一次，人是见着了，那隆起的大肚子也见着了，那别一个有模有样的家也见着了。那个女人却像不认识他们似的，视而不见。第二次，带了凯凯去了，尽管凯凯在门外声嘶力竭地哭喊，那家四门紧闭，屋内静寂得可怕。凯凯靠在木门上，蠕动着，哭喊着，慵懒的阳光是那样的毫无道理，这世界是那样的毫无道理。

姨父、姨妈守了一下午，又守了一晚上，守得那片慵懒的阳光毫无生趣，阳光也躲进夜的黑里睡了，守得夜的村庄睡了又醒了，守得这村庄也害了羞。凯凯再也不肯守了，他一个人走在前头，一点儿一点儿向前，艰难地蠕动着。他两手空空。他无声无息。他头也不回。他扑倒在地。他双手撑地。他往前蠕动。

露水湿了凯凯的眼，尘土沾满了他全身，无情的拒绝再一次折断了他受伤的翅膀。

这一切，星星知道，月亮知道，大地知道。

姨妈忍不住，又一个人偷偷地去了一次，人消失得无影无踪，包括那个家的所有人都消失了，消失得天地无语。

这个世界，这个尘世，消失竟成了一种生活常态，令人不解。但是，尽管消失，就能消失得了吗？消失是一种逃避，是一种背叛，是一种悲哀，是一种痛，消失更是一种存在。我对消失的理解，常常令我茫然，让我无奈，落入无底的空洞和无望的虚渺。

就这样，消失了；就这样，也消失不了。我看着凯凯，大家看着凯凯，总想起他的妈妈，还有凯凯的前路。凯凯，出现在我们的视野里，卑微渺小得如一只小虫子。他像一只小虫子一样，在屋檐下艰难地蠕动着，蠕动在我们的面前……

134

六

小锋再钱紧，甚至被人逼债，也从不会跟我伸手的。有一次，却亲自跟我打了电话，他说要我帮他找一本《辞海》，那时我极为吃惊。我正忙着开会讲话，以为是听错了，喔喔喔地应着。刚放下电话，姨妈又打来电话，说的还是这事，说小锋要的辞典，要我帮他尽快搞到手。我还是不相信，脑子里转不过弯来，一阵乱。晚上回到家，跟母亲和妻子说起这事，我说奇了怪了，小锋是不是吃错药了，要本辞典干什么？

母亲估计是先晓得了，说你给他弄一本就是了，他有用呢。还说，小锋这回可能是真收心了，他铁定了要待在家里了，再也不去外面飞了，再也不会不着调了。飞了这么多年，他都不知道自己姓什么了，他找不着回家的路，他忘记了家的模样了。母亲说，小锋现在在村子里加入了一个红白喜事礼仪班子，班子里就数他年轻些，就数他文化水平高些。小锋觉得自己得耍点笔杆子，得让人知道他不是酒囊饭袋废物一个。

母亲说，小锋在红白喜事礼仪班子里忙，说不上高兴，也说不上不高兴，不过你姨父、姨妈说看出来小锋至少是踏实了，实诚了，着调了，顾家了。姨父、姨妈说，小锋终究是上路了！小锋总算像个平常人一样了！我知道，他们很高兴的，就像看见凯凯那样艰难地蠕动着向前，他们心里也总是有一番期待。

小锋上路了，行走在生活的乡路上，艰难地蠕动着前行，这一直都是他们想看到的。人挪活，树挪死，就是这个道理啊。

母亲说，小锋总算懂事了。我知道，母亲说的懂事，说是小锋真的懂得过日子了。

每年正月初二，小锋都要去舅舅家拜年，比我们还去得早些。小锋有一次，还跟我说，父母年岁都大了，他不能不孝呢；不孝有三，无后为大……我怔怔地看着他，看不见他的眼睛里到底有什么欲望。

有一年正月，我去姨父、姨妈家拜年，竟意外发现小锋的卧室门虚掩着，里面有一个怀孕的女人。不过，那女人一直没出来和我们见面，吃饭的时候也是小锋盛了饭进去。

后来，母亲告诉我，那个隆起大肚皮的女人，是小锋带回来的，怀的是小锋的种，给他们家接后的。我很是疑惑，说：这怎么能行呢？小锋又没离婚，这是要犯法的。还有，不是有凯凯吗？母亲不管我，说，关键是你姨父、姨妈家没有接上后呢！凯凯嘛，只是一条小毛虫！

我知道，小锋家只有小锋一根独苗，小锋的老婆也跟人跑了。但再怎么说，这样不扯清楚，又这样扯不清楚，要不得。哪料，姨妈说，她（小锋的老婆）做得初一，我们做不得十五吗？

我愕然。我把眼光移向这个纷繁复杂的尘世，尘世的中央是团团缠绕摇晃的世俗的水藻。

一年后，姨父、姨妈又来母亲家，没有背着凯凯了，抱着亲着的是一个红扑扑嫩嫩胖胖的宝贝蛋。父亲、母亲、舅舅、舅妈、姐姐、妹妹、我的妻子，大家都喜欢得不得了，轮流抱着。那天，在酒桌上，姨父酒喝得尽兴，不时地说起自己刚出生不久的孙子。我陪着姨父喝酒，却高兴不起来，心里有股酸酸涩涩的感觉。

屋檐下蠕动的小傀虫

我想到凯凯，想到凯凯那艰难地向前蠕动着的身影。

七

隆冬的夜里，隐隐约约地，我听到有一些虫子在叫，自是别有一番滋味。同时，总是那么真切地感觉到，在自己的天地里忽然会有了那么一只孤鸟，扑棱棱地飞在夜的天穹上。还有，发觉暗夜里那孤独的灯光，是那样的凄凉和寒冷。这一切，我不知道是臆想还是现实？我缩了缩脖子，加快了脚步，行走在夜的风雨里，行走在夜的茫茫世界里。猛然，我清晰地记起白居易的《冬夜闻虫》："虫声冬思苦于秋，不解愁人闻亦愁。我是老翁听不畏，少年莫听白君头。"于是，自是一番感慨万千，浮想联翩。

想想，人与虫，其实没什么两样，看似微不足道，不值一提，却比强大得多的恐龙家族能幸存久远，安之若素，淡然处之。真正看来，许多生物貌似强大，其实不堪一击。真正的强大，是内心的强大；真正的日子，是内心平静的日子。我看到有一首诗这样写着："在一个村子里，人可以出走/树不会移动/在一座城市里，人可以搬家/虫子更恋故土//人走着走着，就摔倒了/更多的伤口不能愈合/虫子爬着爬着，就睡着了/更多的梦可以延续//在虫子的眼睛里/死是很平常的事/通常，虫子的死亡会采用一种很舒服的仰面朝天的样子……"这首诗也许有些过于写实，但还是真真切切深深地触动了我，让我似有所悟，不能忘怀。

我在虫的世界里，虫在我的脑海里。

你是凡尘中的一粒沙，我如万千生物中的一只小虫子。

平常人，平常心；平常的生活，平常过。

假如我是一只小虫子，我多么渴望能够看到每年春天的美丽。

冬夜里喝酒。暗夜里行路。天地中蠕动……

我竟然无由地乱想，想乱，天马行空的感觉让我不能自己。

我还能说什么？我又能说什么呢？我是谁？谁是我？

我是一条毛毛虫。在这个茫茫尘世里，我和太多太多的小人物一样：记忆太多了，生命太苦了，现实太冷了。

我在冬夜里温了一壶米酒。我带着我的肉身走进了春天。

春天的花草，树木，阳光，露水，黄黄的油菜花，还有月亮的圆，大地的风跑，癫狂的野狗，嗡嗡的蝴蝶和发酵的情愫……一切的一切，都是那样逼近这个世界，纠缠着这个肉身的世界。

一条肉身的虫，一个卑微的人，都是这个尘世中的一个细胞。细胞虽小，但力量无穷。我们知道，爱和温暖，就是源源不断感动细胞的力量。就像春天，不安的春天，长满乡村，石头们也在生长。

八

这些天，我在冬阳下的老屋里安静地读着一册黄卷，忽然感觉自己的心情沉静了许多。

古人用"虫"泛指一切动物，并把虫分为五类："禽为羽虫，兽为毛虫，龟为甲虫，鱼为鳞虫，人为倮虫。"（西汉《大戴礼记》）这就说明了，在动物生命里首先诞生的是鳞虫，鳞虫也就是水生族动物，其次是羽虫，其次是毛虫，其次是甲虫，最后是倮虫。人就是一种倮虫。故《黄帝内经》曰："故厥阴司天，毛虫静，羽虫育，介虫不成；在泉，毛虫育，倮虫耗，羽虫不育。"

知道了人为倮虫，从生物性上去看每一个人，一切都会看得明了些。所以，属木的毛虫、属火的羽虫、属土的倮虫、属金的介虫、属水的鳞虫，他们都有自己的脾性，都有自己的天命。这一切，此天地之道，生化之常也。

人其实就是一个皮囊，皮多毛少，由大大小小的气囊鼓起。中年之后，终于明白：贮五谷之精气，存天地之正气，多和气，少怨气，丢废气，去病气，有血气，当阳气，方能鼓气、不泄气。同时，倮虫属土，人更要常接地气。

在这个社会上，要跳出自己看自己，不能因雕虫小技而自满，不能因鸡虫得失而计较，更不能做应声虫，不能蝇营蚁附、白蚁争穴，要有破茧成蝶、春蚕到死丝方尽的勇气和豪迈……自己时刻要有一份清醒和自足：百足之虫，断而不蹶，死而不僵。虫鱼之学，当成大学而思之。有道是：虫言鸟迹，虫叶成字。

原载《创作与评论》

枯草上的盐

KU CAO SHANG DE YAN

父亲说你丁生叔七十大寿，得回老家一趟。我说，你回吧，我要值班。父亲说，你还是换个班。我说，排了值班表的，不好换。要不，我做个人情，你带回去。以往，只要是我有工作上的事，父亲从不勉强，家里家外就是天大的事，他也都是一个人扛着，不吱一声。这回，父亲却坚持着，说，你叔伯十多个没剩下几个了，你回去看了一回算一回。又说，前不久，连你后龙大哥也上了六十了。一个个，真的是说老就老了。我一怔，后龙大哥六十啦？后龙大哥是我们这一班兄弟当中的老大，一生苦累，从没离开过田地。我看着父亲憔悴的面容，和他愈来愈低矮弯曲的身躯，心里有一丝酸酸的感觉，点头不语。

晴空高远，大地静默。在离老家还有两三里路的祠堂边，父亲坚持下车。他说，天气好，走小路，不走水泥村道，到处走走看看。看看我们原来（在老家）种过的田土，养过的鱼塘，包过的山林。我和父亲，一前一后，在一根连着一根的田埂上蠕动着，前行着。父亲走走停停，手指指点点，双眼不时显过亮光，说，这块长长的田，你还记得吗？有一年打过十九担拍满拍满的谷子哩。坎上那块田，再干的天，靠山脚的一大片总是湿润着，还记得吗？有一年谷是少收了些，但你们几个光翻泥鳅就翻了二十多斤。是的，我们找寻一个个泥鳅孔，每个孔里准有一条泥鳅在泥土里养身呢，手指悄无声息地缓缓跟进着，顺着它，弯曲着，两根手指紧紧地卡住它的头部，夹出来，一条泥鳅，夹出来，一条泥鳅……如此，屡试不爽，足足盛了半脚盆。父亲说，最劳人的要数靠近凫塘的那块漏斗田，年年放水年年漏，那一年大干了一个寒冬，把田泥全部起开了，一个漏眼一个漏眼地补，果然后来再不漏了，坐得住一田肥汪汪的水，成了一丘丰产田，你晚爹爹、丁生叔和后龙那几个老把式都叹服了……

我听着父亲鲜活的记忆，却没有几分激动，毕竟我们全家迁出去二十多年了。在老家，我们家只有奶奶·个人的田还保留着。一家人再三做工作，奶奶也不肯迁到城里去。奶奶说，我还有田呢，我怎么能够住到城里去？在农村，田是天大的事，有田才是根本，有田才是依靠，有田才有想头。一个人生下来，或是嫁过来，在村里能够分到田，才是证明成为一个人的真正的标志。于是，我们在城里，总记得奶奶，总记着奶奶的田。奶奶那块田在下坡园里，四四方方的，宽展展的，胖墩墩的。奶奶总爱见人就说，晓得吗？端端的，一块大肥肉哩，肥汪汪的。

奶奶年纪大了，田当然无力耕种。其实，很多年前，奶奶都没有耕种了，都是叔伯兄弟代替奶奶耕种的。最初两三年，每年尝新时都给奶奶奋上一两筐新谷子。奶奶总是及时托人带一些新米给我们，说，自家田里种的粮食养人。后来，村子里的年轻人大多都跑到南边打工去了，就有一些坎上的旱田、漏斗田也顾不上了。奶奶急了，颤巍巍地三番五次上门去邀九叔，只字不提谷子的事情。我知道，奶奶是不想让她那块命根子的田荒了，奶奶只要田种着，就连近几年种田发的补助款也不要了。奶奶一个劲儿地对九叔说，责任田，责任田，是一份责任呢！要上心，好好地种，不能对不住那块肥沃的田。

老家第二次调整土地时，奶奶还在。分到土地一年后，奶奶就走了。奶奶走了，下坡园里路边那块田还是好端端地摆在那儿。来来往往过路的人，总是有一搭没一搭地说，这是奶奶的田，肥沃得很。不久，老家有消息称：奶奶的田被九叔霸占了，九叔去村里改了名，划在了他儿媳妇的名下。

父亲说，我要回老家一趟，要保住你奶奶的那块田！父亲显然很气愤。我却坦然，说，反正有田也是邀人家种，又没收到谷，又没领到种田的补助款，何必挂个空名？父亲定定地看着我，恶声恶气地说，你都这么大了，难道就不明情理：没有了田，没有了山，没有了老屋，我们还回得去吗？

父亲跑村里跑镇里，忙乎了好多天，硬是把手续办妥了。回到城里的父亲，老远见着我就说，田回来了，你奶奶的田回来了！父亲的高兴劲儿，仿佛是奶奶回来似的。父亲还说，我交代好了，你后龙大哥帮着种，指定了不会荒的。后龙发誓说，荒了他自己的田也不会荒奶奶的田！奶奶是看着我们长大的，奶奶一定还会在那边看着呢。

奶奶的田肥，后龙大哥又用心伺候着，田里的东西疯长着、茁壮着、丰收着，种什么有什么。从下坡园里过路的人，经过奶奶的田边，都啧啧地赞说，看看，奶奶的田呢。你一句我一句地说着，说起奶奶的慈善、仁义和博爱，说着说着，仿佛见着慈祥的奶奶，在阳光下笑容可掬。

父亲后来总夸后龙，后龙大哥喟喟地说，是奶奶的田肥呢。后龙大哥实打实的一个人，农忙季节里，我记得他一个人常常揣起一台打谷机急急地就走。在田里，他常常是一个人踩着笨重的打谷机，踩得轰隆隆响。他拿起一把又一把稻穗，放在飞转的滚筒上，谷粒被滚筒打得四处乱撞，落在打谷机的挡板上劈劈啪啪响个不停，最后都落进深深的谷桶里，堆成一座小山。后龙大哥有一手绝活，他常常是一只脚踩在打谷机上，另一只脚已下到田里，手里打剩的稻草旋即被扎成草把，随手一扔，远远地立在田中央，手里重新又捧起一把稻穗。后龙大哥常常一踩一晌午，不喊累，不停歇。每回，我都看见他满头满身的汗水，亮亮地四处汪洋着，落在稻草上，随即风干，手摸上去，颗粒状的，沙沙地响，白花花的晃眼，用手点一下放在舌尖，咸咸的。打完谷，后龙大哥也没有一刻消停，两百斤的谷担挑起来就走，走在弯弯曲曲的田埂上，风一般，裹一脸的欢快朝晒谷坪里走去。

后龙大哥干的都是力气活，常常汗水四溢，衣服上流出一团一团白色的盐渍。有人嫌他脏，盯着他的衣服看。后龙大哥不见怪，憨憨地一笑，用嘴舔一舔，说，是盐粒呢，有点咸。后龙大哥爱助人，好管事。谁家耕田耙地，插秧打禾，挑石扛树，砍柴挑水，一声喊，就去了，不讲价钱。帮衬人家又舍得下力，他说，力气是用不完的。红白喜事，他都是第一个去，去了就抢着重活干。干完活，主人家总要招呼后龙大哥入席，别人喝得天南海北，他却一个人不声不响，飞快地胡乱扒两碗饭就走。大家都知道，后龙特别吃得咸，都特意在他的菜里多加把盐。在农村，男人们大都吃得咸，只不过后龙大哥更为突出。对乡村，对乡民，我在一篇文章中曾这样动情地写道：谁都知道，人不吃盐身上就没劲，生命需要盐。乡民们的坚韧和不屈，就是他们生命中的盐。有了它，生命才有硬度和力道，才能生生不息。一颗颗汗水，落在稻草上，枯草不败；停在风边，风为它击节歌唱；一滴一滴落在大地上，写下的是生命的诗行！是啊，阳光、水和盐，生命中不可或缺。

父亲又说起前不久去老家吃后龙的六十寿酒的事。父亲一味地渲染，说，那个热闹，后龙一辈子都不敢想啊……要晓得，后龙的崽国锋装了一车花炮，日里放夜里放，放个不停，放的都是钱呢。后龙大哥一贯节攒，没见过这阵势，都蒙了。后龙大哥在最困难时，一锅洗锅汤里放上几把盐，他也能吱溜吱溜喝得贼响。在他家里，下有五个弟妹，都是靠他照料，一个个在他的照料下，娶的娶上了老婆，嫁的风风光光嫁了出去。在大家的印象中，都只晓得后龙大哥吃得咸，一身使不完的力气。不晓得，后龙大哥慢慢地大了，老了，力气也短了。后龙大哥说，想当年，抬重的，吃咸的，不怕要蛮的。

后龙大哥总是很清楚地知道祖祖辈辈的大事小事，祖上的坟山也只有他一清二楚，每回清明上山，大家只要跟着他走，一处一处的祖坟祭拜过去，没有一回错的。他每回祭拜完，就要下力气给一处一处祖坟上垒土，他说把祖坟垒得高大雄壮一点，先人们能更多更好地庇荫后人，发子发孙，祈福进财。后龙大哥本来自己舍不得花钱，倒是有一回，他竟扬言，二奶奶的坟台若他叔伯三个不砌，就算他一个人的。要知道，在老家，水泥砌就一个一般的坟台至少要两千多元。后龙大哥还清楚地记得我们一大家子人：玉字辈（父亲叔伯一辈）的还剩下几个，后字辈（后龙大哥和我这一辈）的有多少，乐字辈（我儿子他们那一辈）的又有了多少，谁谁谁，排行第几……随后龙大哥一说，一院子的人都是一大家子人，亲挨着亲，不能生分。

后龙大哥的六十大寿，办得热热闹闹，他却没领儿子国锋的情。他心痛一把把钱，一声声响，炸飞了，只剩下满世界的纸屑。国锋心花怒放，逢人就说，响得值，父亲一辈子难得风光一回。后龙大哥整个冬天，满村子里嘀嘀咕咕，说国锋这个青屁股吃盐真是吃少了，哪晓得生活的味道。国锋初中没毕业就跟着大伙儿去南边闯荡了，这几年做着"皮包生意"，很是发了一把。后龙大哥却不屑，说"打飞机"般，迟早要跌下来的。农村政策现在这么好，不如早早地回家种田，也能发家致富。国锋揶揄道：种田？种田好耶，祖祖辈辈，饿不死胀不死。气得后龙大哥满院子追赶着国锋，操起一根扁担要打烂国锋的狗脑壳。

后龙大哥仍是日复一日地侍弄着他的田地，他把田地上的一棵棵小生命当成自己的宝贝疙瘩养着护着。后龙大哥还爱管村子里的大事，有一年在村里的选举中站出来说公道话摆公理。他说，人哪，吃着盐和米，就得讲情理！惹得院子里有钱有势的双成佬下不了台，双成佬气急败坏，动手打人。一身力气的后龙大哥竟没有还手，伤得不轻的他被送了医院。后来，后龙大哥的事惊动了镇里，镇里领导出了面，裁定村主任双成赔付数目不小的医药费。后龙大哥竟说，几千块钱的医药费赔不赔不要紧，要紧的是要双成佬放一挂炮仗上门赔礼。赔了礼的第二日，后龙大哥就起了床，红光满面，换了一个人似的，在村子里见人就搭讪，一把锄头高高地擎在肩上。搭讪几句后，后龙大哥还是放不下他的田地，又去侍弄着他的田地，和田地上的一棵棵小生命。

后龙大哥在家里种着田，国锋在外"打飞机"，一年到头只有正月那几天父子俩才碰在一起。国锋和父亲说不上几句话，国锋不是不愿和父亲说话，国锋觉着和父亲说不到一块儿，一句话在国锋嘴里总是不利索，不像那一把把的钞票在国锋的手里听话。国锋和村里的年轻人都是一个样，要么不回来，逢年过节寄几个钱回来；要么回来了，也是拿了钱说事。国锋回家见了爹，不问田种得啥样，不问爹的身体咋样，没有一句知冷知热知心的话。他像一只热锅上的蚂蚁，团团转。国锋说，爹，把屋翻了。国锋说，爹，把背投装了。国锋说，爹，把寿办了。……国锋说，后龙大哥不接腔。国锋甩着白花花的钱大操大办，国锋感觉像做成了一单生意般滋润，然后哼唱着一首《死了都要爱》的流行歌曲又去了他南方的快乐世界。

后归哥是唯一留在村子里的年轻人，他也跟我说后龙大哥死相得很，跟不上时势了。我知道，后归哥也是生意人，生意人有生意人的看法。后归哥严格说来是半个留在村子里的人，他在湛田街上开着一个店子，卖副食烟酒、日杂百货、烟花爆竹、化肥农药……按他的话说，只要能赚钱的，他都做。而且，他在村子里还兼着信贷员、农电员、水管员、计育专干等等。他好几次还鼓动我父亲回老家去替他拉选票，甚至还想黢出去拿钱买票，被父亲阻止了。后归哥说，花一些小钱，是值得的，上了台，我有我的路子。父亲看出了后归哥的心思，说，种田是一种责任，选上村主任更是一种责任，你不能只想着你自己，要想着大伙儿，要带着大伙儿奔。

后归哥生意做得不太正堂，时不时来电话，问：要缴税费了，能不能少缴些？烟花被查了，能不能出面说情退回来？化肥有假了，处理能不能轻点？……一个个电话，火急火燎。这回，当面找到我，心燥肺炸地说：你得给我找县长出面，要出人命了……我顿时懵了。好久，才缓过神来，说，过年过节的，乡里乡亲的，有什么大不了的事？后归哥说，还不是那口井的事。

那口井？……

我记忆中的月光下的水井，是我最悠长的思念。

在静谧安逸的夏夜里，我常常担一对小木桶，晃晃悠悠地，横过晒谷坪，去村口那口井挑水。蓝幕般的天穹上，一颗又一颗星星向我眨巴着眼，做着一个个亲昵挑逗的举动。月光如水，丝丝的凉风从田野那边吹拂过来，我哼唱着童谣，旷野中有虫鸟低低地鸣叫，此起彼伏地应和着，更添了一份清凉和畅快。顿时，我觉得自己自由幸福得如一片云彩，轻飘飘的，飘来飘去，飘上飘下，飘荡到了水井边。这时，我往往把漆了清漆的小木桶轻轻地并排放下，并不急于打水。先是蹲下来，俯下身去，水井里清澈可见——墨绿的丝草、反光的沙石、游动的小鱼儿。丝草柔软如发，纠结在一起，一丛丛地葳蕤着、摇曳着、美丽着，它们总是那般细心呵护着一群群游动的小鱼儿。小鱼儿，一个个，任性骄傲，自由自在，怡然自得，欢快幸福。只有沙石总是沉静的，一任调皮的小鱼儿游来游去，把水叭进叭出，摇尾展翅，甚至还有几尾小鱼儿兴风作浪，把水搅出一片水花，沉稳的沙石也只是远远地欣赏着。小鱼儿们呢，都争先恐后嬉戏井底的水月亮，有的纵身一跃，有的近前久久不动，有的逃之夭夭。月亮狡黠而笑，荡漾开去，复又平静如镜，再荡漾，再复平静，凭鱼儿没完没了地欢闹。我也一样，静静地看着，不忍打扰小鱼儿。但是过了一会儿，我又无由地朝水面吹一口气，再吹一口气，吹得井面上薄薄的青雾袅袅婷婷，变幻莫测。我久久地出神，透过一层一层的雾，我仿佛真真切切地看到了缤纷绚丽的童话王国，看到白雪公主、丑小鸭、美人鱼、花仙子……甚至还听到魔法小仙女的窃窃私语。忽然，不知是谁把井面搅得白哗哗地响，我的童话王国也跟着晃荡起来……我知道是谁在背后捣鬼，忙慌慌地双手捧了几捧井水，咕嘟咕嘟地喝个精光，还说，甜，真是又甜又饱肚！立起身，慢腾腾地把一只小木桶一点一点地浸到井中盛水，水满满地平桶口了，就攒足了吃奶的劲一下一下提拉上来，再浸下另一只小木桶再提拉上来，一前一后摆开，插上竹扁担，吱呀吱呀地挑回家去。月光下，走一路，响一路，晃一路，湿漉漉的，青幽幽的，泛着光，满是生气和欢快。

晒谷坪里，小伙伴们有的追赶打闹，有的跳绳，有的丢手绢，有的跳田……奶奶总是久久地站在屋后的木桥边，眼睛越过晒谷坪，看到我横着一字担晃晃悠悠地一路走来，她一边喊着我的小名，一边拍着手喊着"加油，加油"，然后大笑不止。奶奶的笑声，在月光下如水潺潺流动，顺风流淌，穿越时空，久久地回荡。

我们村子里祖祖辈辈喝的都是那口井里的水。小时候，我真的觉得那口井冒出来的水清又甜，解渴又饱肚。奶奶总是怂恿我去挑水，还特意为我打了一对小木桶。我每次挑回水，奶奶总是把小木桶高高地举起，水呈瀑布状直入大水缸里，白哗哗地欢响。然后，奶奶木勺一伸，连喝几口水，直说：水味正，水味正着哩，喝仙水一般。又抚摸了一下我小小的头，说，甜，伟宝挑的水，真是甜！

水味正？大人们个个都是那样讲村口那口井里的水。我不太懂正的意思。我只知道正大概是好是对的意思。要不然，大人们教小孩子学走路，总是强调不能走外八字不能走内八字，要走得正走得稳。大人们带我们去看戏看电影，总要让我们分辨哪个是正面的，哪个是反面的。当然，最为重要的，每户每家的大人们总要谆谆告诫自己的孩子："人正不怕影子斜，脚正不怕鞋子歪，身正心安魂梦稳。"做人要行得正，堂堂正正；做事要正派，公公正正……

后归哥说，还不是那个玉星癫子，他要把村口那口井填了。若不是后龙大哥下死劲地劝住，看我不打他个半死。玉星癫子的举措着实让人气愤，我说，这怎么行，村子里几百号人喝的都是这井里的水。父亲补充说，祖祖辈辈世世代代都要喝水的。后归哥又说，这玉星癫子是个哈宝，背地里有双成佬在使坏，还不是看我弄了几个钱。后归哥的这句话让我起了疑，估计事情并没有他讲的这样简单。

父亲也把水井的事看得紧要，和我一起去找后龙大哥。后龙大哥说，你们都知道，村口那口井是极好的井，再旱的年成，水也是清甜清甜的，鼓鼓地冒，四季不涸。后归脑瓜子活泛，安了电泵，在山腰建了水塔，把水井里的水抽上去，接了一根一根的自来水管，清清的井水欢唱到每家每户。本来是好事。后归也挨家挨户去收水费，起初大家也都积极地交，毕竟后归是投了资的，毕竟用水要比以往方便得多。后来，后归把水费提了一次又一次，慢慢地有人讲话了。讲是讲，交是交。到了最后，发现水质有些问题。看得出来，主要是水井和外面那口副井没有砌死，一抽水，副井里的水总往里面浸。副井，大家都是用来洗衣洗菜的，逢年过节，剖鱼杀鸡，水染得白红白红的，带着腥味。碰上这样的天抽水，水就有些问题。大家提过好多次，每回提，后归总是答应想办法。答应归答应，却总不见行动。

最恼火的，要数玉星，井水老是渗到他的田里。有一大片田冰在井水里，收成也就冷冷落落的，他的心也像冰在凉水里一样。玉星多次找后归交涉，终未果。有一天，他不声不响挑了几担田土去填水井。这一填，后归就和玉星打了起来。村主任双成出面调停，后归更是来火，打骂得更凶。好在后龙大哥挤在中间，平地一声喊：都是吃一口井里的水，骂什么骂，打什么打？一声喊，竟一下喊住了。

后归的二弟后楚后来回家过年听说了，就到处放话：我家后归下手还是不毒，要是我，早把玉星癫子和双成佬弄个断手断脚，充其量拿几万块钱来给他们治伤就是。后归的爹丁生叔听到，白了后楚一眼，都是钱烧的，显本事的吗？乡里乡亲的还要不要？

丁生叔少言语，生了后归、后楚、后良三个儿子，一个都不随他。后归活泛，后楚蛮横，后良精明。后归一只脚在村里，一只脚伸进商海。后楚和后良都去了南边办厂，据说厂子像模像样，有几百号人，回来就半洋半土，拿腔拿调，吃起饭菜来，不吃辣，少吃盐，一副城里人的作派。两弟兄在村里每人修了一栋高楼，空在那儿，带着妻儿都去了南方，每年回家来过个年，正月初二撒腿就走。后楚跟我说，现在这社会，有能力的人都在外边混，满世界里捡钱，没有能力的待在家里。待在家里，就要老老实实、本本分分。像双成佬，以为一个鸟村长有多大，在我看来是一只蚂蚁的事。要惹我，我手指轻轻一捏，还不捏个粉碎。

后龙大哥对我和父亲说，其实，很简单的事。把水井、副井都起开，买个几百斤的水泥，隔开，又用不了几个钱。玉星我也做通了工作，他答应在自家的田和副井交界处砌一堵田墈，上上下下用水泥涂死，自己帮工帮料。父亲说，玉星也不是不讲理，我得说说后归：吃水是大事！做人是大事！别只顾着几个钱，要知道自己是吃这井里的水长大的！

吃过席，丁生叔和后龙大哥陪着父亲到处转转看看，我也跟在他们身后。春节后的田野，一点儿不像田野，到处空旷旷的。走在浩瀚的田野上，我们就像几只蚂蚁一般。这时，我无由地意

枯草上的盐

识到：人是多么的渺小和微不足道。太阳像一个黄饼子，钉在高天上，无精打采，有一搭没一搭慵懒地照着地上的一切。大地像一个老人，自顾自晒着太阳，没了激情，没了语言，没了思想。

父亲显然是大大的失望，茫然四顾，久久地无语。好久后，他才回过头来看着我，竖在我面前是一个大大的疑问号。躲过父亲的眼神，我一遍一遍地放眼望去。我在努力找寻春天的迹象，田园里不见油菜一畦一畦地绿着，水塘里也不见团团的活水在歌唱，塘边的桃树枝丫上也不见桃花苞点发芽……我抬起眼，在田野上一点儿一点儿升高，盼望田野上拂过春的气息，终是徒劳。没有色彩没有气息的田野上，我和父亲竟分辨不出季节。只有秋收后散乱的草把立在田里，让我们回到了田野，回到了从前。乍一看上去，一个个草把，就像一个个人一样撒脚立在旷野上。孤零零的，像一个个孤儿，经过一冬的风霜雪染，有被抛弃的感觉。

父亲心痛地说，草烂在田里，可惜了！后龙大哥当然知道父亲的心思，解释说，现在农村，老的老小的小，妇孺孩子，耕种无力，没有几户人家去管这些草把呢，大多随它们烂在田里，有的甚至干脆付之一炬。丁生叔也是心灰意冷，说，只怕以后，再肥的田，有些人也懒得去耕作了。农村政策这么好，种田有补助，怎么就拴不住他们的心呢？丁生叔的发问，在我的心里咯噔一下。

后龙大哥随手指去，田垅间起了很多屋，一栋比一栋高大气派，一栋比一栋装饰豪华。后龙大哥气愤地说，要晓得，很多屋都是起在肥沃的水田上。你们看看，后彪、后归、后楚、后良、后同、后友、岩石，哪一个不是把高楼大厦修在良田上，没有一个心痛的。丁生叔接过话，说，唉，这些年轻人，挖空心思，走的路哪有老年人走的桥多，吃的饭哪有老年人吃的盐多，不听劝，总有一天会后悔莫及！

后龙大哥盯着身边的田，许久，放久，像是自言自语：田，田——田是什么？耕种的才是田。如今，没田赋了，田也不像田了……

忽然，我记起有人说过这么一段话：心灵也是一片田地，你不种庄稼，它就会长杂草。心灵的田地需要开垦耕种，要想让灵魂无纷扰，唯一的方法就是用美德占据它。心灵是片肥沃的田地，只要精耕细作，它就能开出明艳的花朵，结出丰硕甜美的果实。

少顷，我感到一阵清风拂过心田。我抬起头，双眼越过高楼，看见一丘丘田里散乱的草把，看得很远很远——

在那些年里，一个个草把是农家的宝贝疙瘩，晒干了，垒成高高的草垛，小孩子常把它当成温暖的草房，玩游戏时钻进草垛里，有时竟迷迷糊糊睡至月挂中天，忘了回家。一座草垛，就是农家的一仓粮、一堵墙、一片天，取暖照明，遮风避雨。牛在整个寒冬里，饱肚的干粮是它，暖身的棉絮也是它；家家的女人闲下来，都把洁净的草铺在床上，软和和的，足足温暖孩子们一个寒冬。男人们总是忙，随意扯上一把草，也是在清洗农具，准备着来年的春天。

眨眼间，田野上起了春风，有了绿意。春风荡漾，乡民们哼唱起自己熟悉的歌谣，飘扬在大地上：秧也好苗也好，有水有泥青青了；麦也好稻也好，无风无雨黄黄了……

去后山，树木又粗又高，柴草密不透风，黑洞洞的，不见一线光亮。进山的路早不见了，我不敢轻易进到树林里。我看着后龙大哥，自嘲地说，进去了我怕要迷路呢……

那个晚上，一向少言语的丁生叔留住父亲说了一夜话，后龙大哥也邀我喝了半夜新酿的米酒。后半夜时分，我明明是睡在后龙大哥的崽国锋的席梦思上，迷迷糊糊中，却梦见自己睡在软和和、暖烘烘的稻草上，我感觉到自己在稻草的芳香中飘浮起来，恍恍惚惚中，我又看到儿时的另一个我，猛一看是我，再定睛一

枯草上的盐

看，分明是个稻草人，披着烂衣衫，戴着破斗笠，伫立在田野上，放眼四顾，乡民们正在农田里忙得热火朝天，挥汗如雨。一会儿，听，听，落在枯草上的盐，沙沙地响，白花花地晃眼。

原载《广西文学》

在路上行走的鱼

ZAI LU SHANG XING ZOU DE YU

这些年，只要老家那边有事，铁定了是红白喜事。父母只要放下那边的电话，立马就会来电话通知我，每次都说得郑重，说得急促。尤其是白喜事，父母更是千叮万嘱，要我千方百计地向领导请假，跟着他们一同回去吊丧。父母说，再大的事，也没有这样的事大，当大事哩。父母说，他们都是你的长辈，在生，忙来忙去，愁东愁西，挂这念那，难得安生，总算入土为安了；一个个，生前都冷冷清清，过得不易，走的时候，也该热热闹闹一下，大家总得送送才好。我记得，这些年，我和父母就一起回去正正式式送过晚爷爷，晚奶奶，大伯，三伯，七叔，八叔……

这回，腊月二十四，过小年，大娘又走了。父母清早告诉我，我们又是匆忙往老家赶。冰雪地冻，挡不住这场死亡的盛宴，浇不灭凡夫俗子向死而生的热度。一向冷清的小山村，腾空闹出一天一地的声响；一世无声无息无名寂寂的大娘，立马在方圆十里都有了名声。一路上，看着我们举着花圈，认识和不认识的人都要问一句：是去善塘铺里吧。哎呀，蛮热闹哩！七个崽女，一大家子人，崽崽女女、孙儿孙郎都开着小车，屁股后面冒青烟。人活一世，也算值了……

我最先见到的是后彪哥，一下倒没认出来。后彪哥却认出了我，怼怪我咋不认得他了。我有些窘，究竟有二十年没见过面了。他一向很少回家，跟村子里的人也不太亲近，脾气大，性子又急。但我还是很不好意思，接过他的烟，随他在灶屋里一起烤火。我一边用铁钳夹着柴火一把一把送进灶膛里，一边尽力回忆起儿时的趣事。在我的印象中，后彪哥讲话做事一向利索，无论做什么都是冲在最前头。那时，队里每到快过年的几天，总要干塘捉鱼、分鱼，让大伙儿感受浓浓的年味儿。当然，每回，要等大鱼起完后，才准我们这些细把戏下塘捉一些漏网之鱼和小鱼虾。这个时候，尽管冷得人直哆嗦，后彪哥却扑通一声第一个下到塘中央，双手挥舞着，只几下，从泥水里就捉出一条大鱼，又几下，又一条大鱼，白哗哗地，欢快地，鱼在他的手上活蹦乱跳，就是无法逃脱。他随手一抛，白晃晃的鱼儿落在了塘坎上，沾了一身土，打着滚，跳得欢，前行着。后彪哥的小妹赶忙提篮去追，一路上摔了几次，踉跄着，一个身子往前一扑，全扑了上去，终是捉住了白得晃眼的一片，笑得大家前呼后拥。等我们回过神来，一个个，拿的拿捞把，抄网的抄网，用纂的用纂，还有的甚至用竹畚箕、小水桶，忙得热火朝天，到头来也只弄得一些鲫鱼、条条鱼、漂漂浪、泥鳅、虾米、田螺、田蚌。这时，后彪哥早已上到塘坎上，洗净了手上脚上的泥，和他的小妹并排走着，一人伸出一只手，两人提着沉沉的一篮子，一路吹着口哨骄傲地得胜回朝，走时，看都不看我们一眼。

　　我本来想问后彪哥儿时捉鱼的事，话到嘴边，竟一时语塞，只一个劲儿看着灶膛里的火呼呼地笑旺。他是八叔的儿子，八叔是我们当时的大队学校里两个民办教师之一，也因此从小给了后彪哥一些优越，也让他自小就有一番好强斗胜的个性，什么事都想搞个赢的。却偏偏是，他父亲手把手教的书，他的成绩却不如我们，这让八叔和后彪哥很没面子。直到我离开老家，后彪哥很少主动和我搭讪。在很长的一段时间里，我百思不得其解。直至今日，我才有所意识。而今天，后彪哥却一脸真诚平和地看着我，一双手紧紧地握着我的手，叹了一句：我们这些弟兄，一个个，不晓得说老就老了……就是这么一句话，让我和后彪哥的内心无限地亲近。是的，我在后字辈兄弟中排行第十，老大后龙哥已做了六十大寿，一个个已不再年轻，一个个都挑起了家的重担，沉稳、平凡了许多。我自过了四十岁，立马感到自己老了许多，身心疲惫，真的好累，什么事情也不想争个强弱，赌个输赢了。后彪哥呢，想必跟我一样，也许比我更是疲惫不堪。他这二十多年，听父母讲，也很是不易，一个人在外面跑运输，起早摸黑，"白加黑"是常有的事。自八叔过世后，两个妹妹出嫁，孝敬八娘，抚养两个孩子，都是他一个人挑在肩上。父母说，还好，后彪性子急是急，二十来年愣是没出过事。我问后彪哥：跑运输多久啦？还过得惯吧。后彪哥却显得很平和，说，二十七个年头了，习惯了。我望着一脸黑瘦显得老气的后彪哥，一时想不到合适的语词，只是啧啧地称叹。他也望着我，说，老弟，写文章也费心得很，你看你比我小，头发早早地秃了，也要悠着点。灶膛里的火苗忽一下蹿得老高，照得一世界亮堂了许多，我俩的脸被照得通红一片，我和后彪哥相视而笑，内心里却感触许多。

后彪哥说，有时间，兄弟们多聚聚。我说，应当，应当啊。大家何尝不知道，人生就是一部聚散离合的戏剧，有聚有散，聚散却总是令人不舍，聚散总是让人感伤。我们一个个都行走在路上，走在一条早已不是长满青草的路上，走在一条看似平整却处处充满陷阱和险境的大道上。后彪哥告诉我，对门院子里双庆佬的老弟在那边"浑水摸鱼"，被判了好几年……谁又能预料，平静过后是风暴，就如在波涛汹涌的海平面上，往往杂七竖八漂着咸白肚皮的鱼儿，令人不寒而栗。我知道，后彪哥的大女儿在湖南财经学院正读着大学，小儿子也读着高中，家里的开销不会小，他还是会开着他的大卡车跑运输，他还是会攒起十二分的心劲。但是，一听到媒体上报道交通事故，我的脑海里每每闪现后彪哥和他的运输大卡车，我无由地后怕。我劝后彪哥开车还是要慢一点，最好能早一点歇下来，最好能换一个稳当一点的活儿。他说，跑运输，累是累点，挣钱还不错。他说，有一天实在开不动了，才会歇下来。我能说什么呢？我只能默默地祝我的兄弟一路顺畅，祈求八叔保佑他的儿子一生好运，但愿我们内心深处的鱼儿，游得欢，如鱼得水，冷暖自知，善待自己。我无由地想到鱼。据说，鱼是一种最不知疲倦的动物，它生活在水中，何曾合过眼？即使死了，鱼也不会合眼。也有人告诉我，鱼的记忆只有几秒钟，它不记得自己的苦和累，自己游过的旧地方，一会儿又变成了新的天地，所以鱼永远是快乐的。

后彪哥说，你在灶屋里烤着火，我要出去看看。他怕老大喝高了酒，发火打人。老大后龙哥是大娘的长子，也是我们一班后字辈的老大哥。他一生守在土地上，从没有走出去，儿子国峰这些年在广州包工程发了财，想让他去当老太爷，他也不愿去。他说他一辈子的劳苦命，"老爷生活"不习惯，他坐不习惯那"屎壳郎"车，他也不习惯那边甜生生的伙食。他在家里，一日三餐温着小酒壶，喝上两杯小米酒，嚼几个尖尖的红辣椒，他的脑门就会出汗，他的印堂就会发亮。然后，他就要背着双手去田垄里走走看看，他就要去后山深处摸摸他栽下的树木，他甚至还要去水库边坐上老半天，看水面银光闪闪，看风从山口吹过来。后升哥是他的三弟，大娘过世了，他昨天总算回来了。一上桌，喝了一口酒，后龙大哥就来气，要扇他三弟后升的耳巴子，要后升跪在娘的棺材前认罪。这些年，后升哥一直在外，大娘的赡养费一直不肯出，最让后龙大哥生气的是，大娘卧病在床数月，后升哥也没有回家看过一次。后龙大哥吼叫着，要打死后升这个不孝的！这会儿，大伙儿都劝着后升，后升也许感到有愧，不敢回话，低着头。德生叔说，都不要吵了，人死为大，入土为安。你们七姊妹，三一三十一，风风光光盛葬了老娘才是大事。这一说，后升哥第一次把该出的钱拿了出来。我不知道，后升哥到底在"南边"搞得如何？但他这样，究竟在老家是抬不起头的，逢人便要矮三分。后升哥在老家，应该是最早出去打工的，文化水平也算最高的。他们都讲后升就是胆子太小，小心谨慎惯了，总是出不了头，也不敢一个人单干，三十多年了，干得紧巴，聊以糊口。后龙大哥的儿子国峰对三叔很是不屑一顾，他说他的三叔，像一个漂漂浪（一条细小的鱼），在水面上叭水呷，叭出叭进，又如何养得大？要么，沉到深水中；要么，深入到大海里，才会养成一条大鱼。其实，国峰最初出道，也是在他的三叔后升身边，只是没有多久，他就另起炉灶，单干大干起来。"不管鱼大鱼小，都是吃家乡的水草长大，时不时要游回来看看。"我有一年，回老家，去看了大病中的大娘，大娘没头没脑地说起这句话。现在，我忽然觉得，这话是对后升哥说的。想必她思儿心切，没有一天不念叨着。谁都知道，再不济，哪个儿子不是娘的心头肉？大娘走了，后升哥不几日也就走了。我想的是，他还会游回来吗？老家流传着一句老话，家乡水好养鱼，故里春多留人。

我从后彪哥家里出来时，迎面遇着中宝叔，问起冬光哥。中宝叔说他很少回家，莫要问起那个畜生。中宝叔是冬光哥的亲晚叔，冬光哥是玉田叔的独生子。玉田叔好赌，家里的事一概甩手不管，中宝叔只得一手接了，照看着冬光哥一家。瘸腿的中宝叔，一脚高一脚低走在生活边上。这样，中宝叔就一直没有成家，只是夜深了常爱抱一把二胡拉得凄凉。有人打趣着，冬光哥有两个父亲，贵气无比，打小养成衣来伸手饭来张口的毛病，长成的就是一个人秧子。女大待嫁，男大当婚。中宝叔就一脚高一脚低上人家的门，到处央人求情，又置办不菲的彩礼，总算让冬光哥成了家。哪料，新媳妇过门没几天，就吵着要冬光哥单立门户，置这置那。中宝叔看着，不能寒碜了新媳妇，也不能让自己无用的侄儿为难，就把自己要置办棺材本的钱悉数拿了出来。然而，这个新媳妇却不领情，日日在村子里指桑骂槐，一会儿哭自己的命苦，一会儿又骂自己男人的无用，甚至，还恶毒地放出话来：谁骗的她，残脚断手，不得好死，断子绝孙！那些日子里，中宝叔阴郁着，只是在夜深的黑里，一把二胡拉得更是凄惨，如泣如诉。

不久，这个新媳妇带着冬光哥远走广州打工，村子里安静了些，阳光也平和了许多。其间，他们回来过一次，那是这个新媳妇腆着个大肚子回来生孩子。生下孩子，一拍屁股就走了人，把一个未满月的孩子甩给了她娘白莲婶。从此，吃喝拉撒，不管不问，生病上学，也不寄钱回家。结婚前，中宝叔和白莲婶到处借钱修好的新房，可恶的儿媳妇哐当一声，硬生生地，一把锁锁了，不让白莲婶和孙儿住。一村子的人，很是生气，都问：哪有这样做儿媳妇的！白莲婶却不气不急，中宝叔也没有说话。中宝叔还是一脚高一脚低走在一地金黄的稻田间，白莲婶还是天天看着自己的小孙子。只要看着自己的小孙子，白莲婶就十分地开心，就有十二分的劲儿。小孙儿白白胖胖，腰滚肚圆，像一条小鲤鱼般欢蹦乱跳。没几年，白莲婶患癌症过世了，冬光哥虽然还是回来了，却没能带回她老婆。她老婆坚决不回来，在老家算是开了一个先例，绝无仅有。谁都教训着冬光，要他把这个忤逆不孝的老婆打发掉，但很"肉"的冬光就是不吱一声。谁都不知道，冬光到底是怎么想的。谁都不知道，冬光这么些年在那边到底是怎么过来的。但是，中宝叔很是气愤，一向很疼冬光哥的他，气急地骂冬光哥是没有骨头的鱼。丁生叔更是没好气地说，没有骨头的鱼还是鱼吗？没有脊梁的人还算人吗？要是我，早把他的木鱼脑壳敲烂了。

　　我从中宝叔的老屋回来时，再次看到了后同哥，他仍然只是向我笑了一下，算是打了个招呼。他刚去下桥商店里买回了大娘办丧事要用的炮火。此时，个子不高的他正从自己家里费力地搬来一套楠木桌椅，办丧事开流水席用。在我儿时的印象中，三伯、三娘、后同哥，都与他家的小土屋一般，矮塌塌的，不起眼。后同哥尽管小时候成绩好，却没有几个人愿意跟他接近，我想除了他整天不言不语之外，还有一点就是他家太穷，一年四季总是穿得破破烂烂，脏啦吧叽。他的父母常年生病，药罐子不离手，一股子药味熏得村子里的空气也不清爽，熏得人也没了精神。我家自老家迁进县城后，三伯、三娘经常来县城里看病，父母就向我们兄妹几个一五一十说起三伯、三娘的种种可怜和痛楚。我记得，我们参加工作后，有几次我和姐妹三人去医院里看三伯、三娘，每次去，总要给一点钱。这个时候，三伯、三娘总是千恩万谢，感动得泪水盈眶，若后同哥在场，还总是要叮嘱他日后要记着还情。三伯的病到底没能治好，痛苦地离开人世，三娘也终日是病恹恹、痛楚楚的。有好几次，我听得母亲讲，三娘哭喊喊的。后来，又听母亲说，你后同哥成了家却生了个残疾的崽，你三娘终日以泪洗面，哭天喊地。你三娘不服气，总想要接起"后"（续"香火"），又要儿媳躲计划生育连生了两胎，结果两个都是女的。母亲说，你三娘家真是太背时了，日子真不知如何过呢。在我的印象中，记住了病恹恹的三娘，记住了她家矮塌塌的土屋，记住了不声不响的后同哥，更记住了三娘的哭和后同哥残疾的儿子。

连续这几年，后同哥又出现了，不声不响的他没有多大的改变，衣着也还是那样土气。每年春节，后同哥都要早早地来给我父母拜年，拿的礼品却一年比一年高档，先是搭客车，后来又自己开了个小四轮，今年又开了一台小车来了，说是自己买的。这一切，不禁让我惊讶。后来，我从父母口中得知，后同哥个子矮小人老实，做事却有板有眼，又聪明肯钻研，在一个厂子里管技术，老板离不开他。加上老板又跟后同哥的老婆是亲戚，放得下心。厂子办得红火，老板也蛮是高兴，前年后同哥在老家起屋，老板无偿给了他30万，今年他买车，老板又给了他10多万，还把他残疾的儿子安排在厂小卖部。后同哥愈发地尽心，他跟他老婆对老板更是一心一意，多年了也从不提加薪的事。父母说，你三娘终是享福了，只是你三伯去得太早。去年，三娘七十大寿，村子里长辈的人送的寿礼，后同哥一律加倍封包还礼，村子里的人个个竖起大拇指，称赞后同哥和他的老婆仁爱、懂事、记情。谁家有个红白喜事，后同哥每回都带着老婆一路开车回来做情，他还总是人前人后不声不响地帮忙。父母对后同哥说，你来来去去，也不容易，有这份心就行了。后同哥很坚持，说，上高速，也就是8个多小时，一定要心到，人到。后同哥没有多说什么，他只是说一定要坚持。父母说，那些年里，谁对你三娘家有一根手指头的好处，后同这伢子都记到心里头去了。看着后同哥，我忽然记起一句话：白云懂得感恩蓝天，鱼儿懂得感恩大海。鱼知水恩，水识鱼德。鱼和水的关系，有一句歌词唱得感人：你看不见我的眼泪，因为我在水中。我能感受到你的眼泪，因为你在我心中。其实，在古代，"鱼"和"水"的图案是繁荣与收获的象征，人们常用"鲤鱼跳龙门"寓意事业有成和梦想的实现，"鱼"还有吉庆有余、年年有余的蕴涵和象征。

　　我从老家回来，心里七上八下，一会儿激动不已，一会儿又空空落落。走进书房里，一会儿坐下，一会儿又站起来，我不知自己想要干什么。随手，拿起一本旧杂志，看到一篇小说的题目——《在路上行走的鱼》。无由地，我的心里忽然咯噔了一下，喉咙间不禁发出抽搐声，眼里也热热的，窗外一片朦胧。于我来说，真正要读懂《庄子》，还是要从生活中来，到生活中去。"子非鱼，焉知鱼之乐也？"这句名言其实也可以这样理解：子非鱼，焉知鱼之苦；子非我，焉知我不知鱼之苦？《孟子》教导我们：和谐自然，以民为本——"数罟不入洿池，鱼鳖不可胜食也。斧斤以时入山林，材木不可胜用也。"所以，佛家有云："敲破木鱼是人生。"

　　那个夜晚，我梦见自己，还有后彪哥，后升哥，东光哥，后同哥，都变成一条条满怀希望的鱼在路上行走，一条条宽阔的道路，上上下下，左左右右，飘飘忽忽，不知伸向何方，看得我们一个个不知所云。忽然，竟发现那些道路如水连天，飞到天上去了，飞到银河中去了。夜空中一片硬白的月光，还有一天鬼鬼祟祟闪烁的星眼，更是让我们一个个不知所措……一刹那，月光下的鱼和前行的路，不知所踪，天地一片眩白。

我和许许多多的鱼儿一样游到了岸上，在充满世俗和灵魂的路上艰难地行走，竟找不到来时和归去的路。我清醒地意识到，小时候的广阔水域已不复存在，蓝天白浪和鲜美的水草更是难觅……这时，有人在我们后面追着呼喊着：鱼人，鱼人！我不知是喊谁，喊我？还是喊后彪哥、后升哥、东光哥、后同哥，抑或其他人？我又惊又急，梦醒了，又是一身湿湿的冷汗。

鱼人，鱼人，好古怪的名字！快速地查找了一下资料，古生物学告诉我们：在很久很久以前，气候温暖潮湿，树木葱郁茂盛。在一望无际的沼泽地带，生活着我们的祖先——总鳍鱼这一类古老的鱼，有一部分总鳍鱼爬上了陆地，成为两栖类的祖先，发展成为陆上的脊椎动物。鱼和人一样，是有骨头的。亿万年来，鱼进化成猿，再由猿演变成人。这般说来，鱼人——一直以来就是我们大家共有的名字。

有人讲了这么一个笑话，说，鱼原本是生活在陆地上的，是因为陆地上有猫要吃鱼，鱼后来才到水里生活的。听到这个笑话，我却一点儿笑不出来。

这时，一曲天籁的《万物生》，在路的尽头响起，令人无比的震撼：从前冬天冷夏天雨呀水呀／秋天远处传来你声音暖呀暖呀／你说那时屋后面有白茫茫的雪呀／山谷里有金黄旗子在大风里飘扬／我看见山鹰在寂寞两条鱼上飞……

原载《创作与评论》

风沙痕

F E N G S H A H E N

风沙有痕，草木知秋。

——题记

如 风

　　夏日炎炎，一个人闷在城里，心烦气躁。风倒是有，一丝丝地都是从喧嚣、繁杂和热浪中逃出来的，有气无力、懒洋洋的，不清爽、无生气。我走了出去，去了对面的洲上，洲上的树木静立，无精打采。我顺手从路边的树上摘下一片叶子，看看，整个叶面都焦黄了，我只得丢了。再摘一片，放近嘴边，嘴里呼呼吹气。叶子也许因了卷曲，唑唑啦啦地，吹不响亮。我又把叶子抚平，一下，一下，又一下，想必是叶子太卷曲、干枯，经不起用力抚，皱烂了，我只得丢弃。树叶落到地上，我很是失望。

　　我记起小时候，在乡村，在山坡，在河堤，在田野，在菜园……我和小伙伴们常爱摘一片阔大青绿的树叶放在嘴里，一起齐齐地喊风。大伙儿一个个很响亮地吹着哨音，起起落落，高高低低，既有节奏又有韵味，唱歌一样，也蛮好玩。一吹一吹，风孩儿紧赶慢赶就赶来了，风孩儿就欢快地跳起了舞！每当我们吹动片片树叶时，呼呼呼，呼呼呼，万千树叶竞相撒欢，风就旋起舞来，树也绿了，人也笑了，天也高远了。看看，那时，我们的乡村，我们的家乡，总有这样一幅美景：清风迎日出，青山拥云动；垂柳沐晓风，绿水映月明。

　　然而，现在无风，喊也喊不来。我也毫无心情，洲上到处都是歌舞厅、啤酒屋、休闲房，觥筹交错，笙歌不绝，不见一丝风，也无一点儿静……这不，鸟也飞了，草也蔫了，人都个个烦躁不安，晃动在眼前的、悬浮于半空中的快乐，是那样的不真实、无生趣。我走着走着，感到没劲、乏味，也显得急躁难耐，把手掌横在空中，不见风拂，摘一根狗尾草竖起来，纹丝不动。

我找寻着我的风，我找寻着我快乐的童年。

风，躲哪儿去啦？风，都躲儿哪去了呢？没有风，那还了得！没有风，哪能吹绿树？没有风，哪能吹开花朵？没有风，哪能吹动鸟的翅膀？我想象着风，那久违的风，还有我逝去的童年——山那边我的家，风都在树上跳着舞，风都是绿色的哩；风吹到脸上，一舔，甜丝丝的，凉沁沁的……

想着想着，漫步到洲头，心中一阵风过，眼前忽见天上飘飞的柳絮结伴而来，漫天飞舞，袅袅婷婷，如星星点点雪花从天而降，铺满洲上弯弯曲曲细细长长幽幽的小径。一下，又不见了，只见滚落一地的风孩儿、风姑娘——有调皮的梳着一根小辫子，一甩一甩的，光脑壳上竖个小荸荠；有穿着红棉袄的几个拢着手，齐齐地抬头看天；有像将军似的威武地骑着高头木马，嘚嘚而过；有静立在风口中，独自优雅娴熟地拉着手风琴，咝咝作响，悠扬欢快；还有一拨儿，高高低低的扎在一堆，手牵着手，眼盯着眼，心都提到嗓子眼了，看风中荡着的秋千忽上忽下忽左忽右……

我记得，儿时的我最爱眺望后门口的风，那风儿常常在某一个傍晚如约而至，它总是最先来到我的眼前，呼地长高长大。一眨眼，父亲就屹立在我面前。父亲在三十多公里远的镇上粮库工作，粮库里就两个人，父亲长年忙上忙下的，很长时间才回一趟家。父亲一阵风回到家，回到老屋和奶奶的跟前，担水、砍柴、锄地、洗衣、扫地、检修……里里外外地忙乱，风一阵，火一阵，恨不得把一冬一夏拉下的工夫全部忙完。

风沙痕

父亲回来的日子，奶奶是欢快的，母亲也是很舒畅的，我更是一跳八尺高，满村子里欢跑，高声大吼，说，爸爸回来了，爸爸回来了，爸爸带回好多好多好吃的东西，爸爸带回好多好多好玩儿的玩具……我的话一阵风似的在满村子里刮来刮去，而我更像一个风孩儿皮球般的在村子里乱滚。奶奶的笑，也像微醺的春风在村子里荡漾，奶奶逢人便竖着拇指数说我父亲的孝顺和勤劳。

有一年夏天，总不见爸爸回来，后来知道爸爸的粮库有人调走了，只留下爸爸一个人过秤、算账、付款、收谷、晾晒、搬运、贮藏、量温度……那个夏天，无风，溽热难耐。在这个无风的夏天，我一次次去后门眺望，总是落空，总不死心。奶奶摇着大蒲扇，飞快地扇着风，虽没说到父亲，却有点儿唉声叹气，说，这个夏天，太恼火了，没半点风，热得人都糊涂了。

好多个夜晚，我梦见无声的世界里起风了，风孩儿撒落一地，我也身在其中，父亲出现在梦里，还是那样屹立在我面前，带了好多好多好吃的东西，带了好多好多好玩儿的玩具……然而，一阵风，又不见了，我急急地喊，终是扯不住风的衣角，跟不上父亲的脚步。

有一个傍晚，有人告诉我父亲回来了，我从放牛的山里一阵风似的风急火燎赶去后门通向鱼香子的弯弯曲曲的小路上。父亲，近了。近了，父亲！我风一般跑上前去，一路呼喊着"爸爸"，眼泪止不住地流。来到跟前，一双手紧紧抱住父亲的双腿，摇个不停，嗔怪父亲：好久，好久了，老不回呢，老不回呢？许久许久后，那个高大的男人俯下身来抚摩着我小小的脑袋。我定睛一看，咦，咋不是我的父亲？我羞红了脸，撒腿就跑，一阵风般无影无踪。

有一天，我在课堂上跟着老师唱着那首《风儿找妈妈》：太阳回家了月亮回家了 / 风儿风儿还在刮它在找爸爸 / 问过小树问

过小花／爸爸爸爸你在哪别把我丢下／／太阳回家了月亮回家了
／风儿风儿还在刮它在找爸爸／／告诉小树告诉小花／捎给爸爸
一句话风儿好想他／捎给爸爸一句话风儿好想他……唱着唱着，
我带着难以抑制的哭腔，唱得自己泪流满面。老师和同学齐刷刷
地看着我，我还在唱个不停，后来有很多同学告诉我，我把"妈妈"
都改成"爸爸"唱了，唱得好动情、好感人。

　　六岁那年，就在唐山大地震后不久，我们家乡那个小山村连
续几日倾盆大雨，狂风猛刮。平静的水面上惊起一片哗然的响声，
白晃晃的，鱼儿成群跳跃，有的跳离水面一尺多高。更有奇者，
有的鱼尾朝上头朝下，倒立水面，竟螺旋一般飞快地打转。风一
阵一阵地刮，一阵紧似一阵，一阵猛似一阵，把家家的木门翻开
来又甩过去，噼啪作响。屋顶上高空的云朵，沉闷灰暗，愈来愈
低。尤其在村庄的上空，风在呜呜地乱闯乱吼，令人心烦和畏惧。
村子里的人都在风传：要发生地震了，要发生地震了！

　　在这样的时刻，风也乱了主见，到处乱跑。我早慌了神，四
肢无力，不敢出声，扯着奶奶的衣角不离她的左右。奶奶把我拥
在她那宽广的怀抱里，贴着她温暖的胸膛。奶奶是那样的安静和
镇定，她跪在神龛前，还让我也跟着跪下，跪在观世音菩萨的塑
像前，久久地跪着，双掌合十，举过头顶，头匍匐而下，嘴中唠
唠叨叨：菩萨，救苦救难的观世音菩萨，快来搭救这方草民哪！
您看孩子们多听话又上进，不能震他们，实在要震，把我这个老
不死的震了……一连数日，每日清早奶奶都要带着我去跪拜，去
讲情，去祈祷。也许是菩萨感动了的缘故，我们的小山村没有遭
受地震的劫难，奶奶也没被震了。

　　后来，奶奶跟我说，心静风止，风停雨住，方见阳光。奶奶说，
心是最大的天空。平心静气，心无所恃，才有所愿。要风得风，
求雨落雨；种瓜得瓜，种豆得豆。一切皆有天象，心随缘，随遇

风沙痕

167

而安，安能通神，安能通天。正如此，后来不管风雨再大，我终能一一蹚过去，抵达胜利的彼岸。我想，若是没有经历少时的狂风，没有奶奶教我的定力和心境，一切都不会那样风平浪静。

有道是，心静风能止，树高自然直。我长大了，也知道了很多做人做事的道理，但这一切都是风给我的感悟，风给我的印痕。风无邪，心无邪，思无邪。古诗这样说风：解落三秋叶，能开二月花；过江千尺浪，入竹万竿斜。说来说去，风在原野上，风在高空中，风更在每个人心底里。

在一年四季欢快而有生气的风中，我们悄悄地长高长大了。我们昂首挺胸，迈着整齐的步伐，走在大道上，走进知识的大门里。在四处灌风的教室里，我们的憧憬和梦想仿佛那风中飞舞的落花，萌动的青春，一任在风中摇曳。风中，我们的梦想在发芽；风雨中，我们勇敢前行。一路前行，再大的风雪也浇不灭我们心中的热情。

我还清晰地记得，冬天里，常有一个年轻的女孩儿，迎风而立，任凭单薄的衣服在风中飞扬，她把食指轻轻点在自己的嘴唇上。她站立雪中，手冻得通红，脸也红得像个红苹果，在雪地里跺着脚，她一眼又一眼地眺望着我的身影。每天都是如此，每天都那样准时。我喜欢她的眼神，我也害怕她的眼神，但我总是忘不掉她的眼神，在夜里也常常梦起。后来，在很长的日子里，我都在心里种下一个决定：我要给她买一件大红棉袄，火热热的那种。我认定，穿红棉袄的雪人，是我心中的美神。多年以后，中年的我还在梦里梦起，我想那时我的脸上一定洋溢着青春的青涩与甘甜。

我们成年后，总会喜欢幻想那些很多年前的事情，追寻那风动的年代和情怀。也许，正是因为现在这个年代的我们感情愈来愈脆弱，思想愈发贫瘠，灵魂越发不安，很多的东西越来越陌生、越来越物质化。在年少青春的风里，我们有说有笑，有哭有闹，敢爱敢恨，敢闯敢拼……风无边，青春无边，思念无边。

有一天我读到鲍鲸鲸的小说《等风来》，又一次给了我强烈的震撼和感慨。小说的结尾有这样一段描述：当树叶摆动的幅度越来越大时，当树叶发出悦耳的摩擦声时，教练在我耳边轻轻地说："风来了，飞吧！"我点点头，深呼吸，身体笔直地迎着风冲了出去。我身后，王灿和李热血也大喊着冲了下来。当我们飞上天空后，风托着我们，随着气流，缓慢地上下盘旋，真的就像鸟一样……

眼前一一出现的幻梦，风一般的出没，是那样的真切、生动和清晰，思思念念间，热热闹闹中，欢欢快快的，风风火火地，然后一阵风又不见了，我忙喊，终把自己喊回到现实中。我走在无比坚实的乡间，走进童年和青春的记忆里，一路追赶着风，追赶着我的青春梦和情思，我在思想和生活的尘土上飞扬。这个夏天，回到老家，一任久违的轻风拂过我的脸颊，拂过路边的草木，万物俱静的时候风在吹拂，一切生命又生动起来，飞扬起来。我也恢复了往日的模样，走在儿时的路上，走在生命的土地上，走进肥沃的田野深处，乡村的宽广、博大和深邃接纳了我。

在远方，风过晒谷坪，最是热闹和快乐。我们一个个风孩儿，把手中的风筝放飞，任凭飞得高远，自由地翱翔。我们放飞的不仅是风筝，还有我们心中好多好多的梦想，我们的梦想总是那样具体而又虚无缥缈。那时，我们好想去看看山外的世界，我们好想坐上我们的风筝去看看北京的天安门……大人们依旧总是那样忙碌、欢快而又踏实。在晒谷坪里，他们挥汗如雨，用木锨把谷物高高地扬起，迎风飘荡，落下来一粒粒饱满的谷子，圆鼓鼓的、沉甸甸的，像一颗颗金豆子，落地有声，令人振奋！

多年以后，我睡在安静的乡村，睡在空洞洞的老屋里。夜里的风雨听得真切。侧耳一听，就知道，是风刮动了牛栏屋前悬挂的牛鞅，牛鞅打秋千似的一下一下很大弧度地跟着风跑。雨嘀嘀嗒嗒地一下一下地敲打在瓦檐上，然后，一溜，轻飘飘地落进屋后的菜土中。于是，明早你就可以把丝瓜种点进碎土里——夜里的风雨，总是那样及时地赶上季节。夜村的风雨，就是村人一生忙碌的注脚。

儿时的记忆，大多是风的记忆，美丽的记忆，快乐的记忆，尽管也有些许伤感。及长大，激情、梦想和爱恋让我扬起青春的风帆，山峰挡不住我，河流挡不住我，日月星辰为我奏曲，雷声隆隆为我鸣锣开道，因为我是风，我是青春的风——青春无敌，岁月无惧，清风无边。在每个来到的春天里，最早的喜讯，总是风捎带来的，一夜之间，风吹草动，吐绿绽翠，鲜花盛开，万物新生。到了秋天，秋天的风就会带着一串串金铃铛而来，喜鹊也在高高的树枝上整日整日喳喳地叫个不停，秋天的风送来我们大家的笑脸，秋天的风谱写了我们大地丰收的诗篇，秋天的风还慷慨而大气地为大地披上一地灿灿的金黄。

我知道，在风的世界里，我的眼里没有空白，我的心里没有空白。在我的心里——风，有时是那样温柔体贴，有时出乎意料地坚韧强悍，总能在烦躁溽热时给我们抚慰，总能在我们低沉无助时给我们活力。风啊，你总能够在我们无边的心海里，轻轻勾起一池的活水，缓缓抚遍一山的绿叶，滋润我们一地干涸的稻田。在我们的眼里，风是我们生命的氧料；在风的眼里，是乡民们用生命拂遍青山和大地。

没有风，大地上的山川、河流、树木、花朵……一切尽皆没了生气。无风的乡村，也就没有了欢快，没有了活力；无风的世界，是沉寂的，也是无望的。没有风，我找不到故乡，我迷失了自己。中年已至，忽然觉得，跟着风儿奔跑，随风成长，是我一生永不停歇的主题。很少写诗的我，有一夜风起的时候，我一挥而就，写下了如歌的诗行：

春绿生
秋香到
谁传递了讯息
是风

树飘零
叶归根
谁承载了乡和愁
是风

荷含雨
梅凝雪
竹蕴节
风过水带笑

日影
旧伤
木躺椅
谁摇你到老
是风

月光
清梦
野花香
谁伴你入梦
是风

给风的语言
只给风
只有风会倾听

给风的爱
只给风
只有风才懂

一切如风

怀　沙

　　儿时的我，常爱一个人静静地捧一捧细沙，然后让一粒粒细沙从指缝间落下，透过阳光，撒下一层碎金碎银。奶奶平时不喜欢我玩儿泥沙、打土仗，但是每逢这个时候，她也静悄悄地立在一旁，看我面朝阳光，不厌其烦地手握细沙，任沙粒从指缝间悄然滑落，滑落在大地上。

　　沙，沙沙，沙沙沙——看，握不住的流年，这手中沙。听，剪不断的岁月，那世间风。

　　问世间，沙为何物？沙有何情怀？《说文》云："水少沙见。"亦曰："水中散石也。"《周易》荀注："水中之刚，故曰沙。"如是，鸿是江边鸟，蚕为天下虫。水少沙即见，是土方成堤。因此，沙有大学问，沙有大情怀。

　　时光似水，岁月如风，生命似沙。思为云中曲，念是风中沙。沙微不为憾，叶落叹为美。我们感叹天地间的造化，我们更是感喟世事的神奇和生命的深邃。

　　怀念奶奶的时候，我就想到了沙。看到沙的时候，我就念起如沙一生的奶奶。奶奶如沙，奶奶念沙，奶奶悟沙。奶奶常把一世界的繁复，看得简单和明了。奶奶学佛念佛信佛。她说，一沙一世界，一叶一菩提；她说，红尘三千沙，救我出苦海；她说，为尘世粒沙，佛潸然泪下。为菩提落叶，为世间繁花。

　　奶奶来自一个叫高沙的大地方，说大地方当然是相对我们老家那个小地方而言的。奶奶自始至终都没能忘记这个地方，也许她有太多的纠结、不解和苦痛都在那里。我第一次接触这个叫高沙的名字，问奶奶：沙，也能垒高吗？奶奶不容我半点儿置疑，说，高沙，就是垒起来的。把长沙竖起来，就是高沙；把高沙放倒了，也是长沙。奶奶说这句话的时候，我看得出她没有半点儿的玩笑和调侃，神情是有几分庄严和认真的。我却觉得好玩，好笑，好有趣，让我一下子就记住了。

　　奶奶说，在尘世中讨生活，人就好比一粒沙子，尽管渺小，却让人真切感受到一种存在。在尘世间，沙子的身影无处不在；在尘世间，沙子的情怀满怀。看日出日落，花开花谢，水落石出，水洗沙见，愈洗愈清晰，愈洗愈光亮。

　　奶奶从偌大的高沙来到菩塘这个小山村后，一切都是从头开始，一切都如一粒沙一样毫不起眼。爷爷在三十多公里外的镇上教书，每个月才回来一次。奶奶就一个人守护着一栋空空荡荡的老屋，她也默默地守护着她和爷爷的爱情。在后来的岁月里，爷爷早早地离她而去，整整三十年，奶奶一个人就这样守护着我家的祖屋，一生默默地守护着她和爷爷的爱情，到老到死。

奶奶的爱情似乎来得那样迟，但却来得那般猛烈。爷爷只是一个教书匠，奶奶原是高沙一个大富商的填房，不晓得只一眼就相互对上了眼，只说几句话就说动了各自的心思，让奶奶舍弃了偌大的家业，随爷爷走了，走得那样决绝，走得那样义无反顾，走得无声无息。

当然，这件事情的来龙去脉，奶奶从来没有讲过，我只是从父母的嘴里约略知道一点，个中情形和细节无从知晓。但我每回见到逢年过节、初一十五奶奶都要在爷爷灵位前说上许多话，特别是那句："耗子皮皮，你这个冇良心的，落下我一粒沙子般，孤单单、冷冰冰的……"那时，我并不知晓，就问奶奶，奶奶终不言语，问得奶奶两眼泪流。

许多年后，我想到奶奶，想到奶奶和爷爷的爱情，一个人走在熙熙攘攘的大街上，莫名地想到那个"爱情守护沙"的传说。相传，如果一对恋人一起许愿，然后把爱情守护沙撒入海水或河水里，他们许的愿就能实现，就能成真。

后来，奶奶把她对爷爷无限的爱恋和思念种在小山村的沙土里，慢腾腾地，生根、发芽、开花、结果。奶奶爱我们，爱大伙，爱我们善塘这个小山村，爱爷爷的一切。

那样的日子里，再寒再冷，再饥再饿，再贫再苦，奶奶都是笑呵呵的，这在大伙儿看来，是有些简单而又不简单的。奶奶的爱，像阳光晒在沙滩上，温暖着我们这些小孩儿，温暖着大伙儿，照耀着大地。在冷冽刺骨的冬天里，奶奶总爱用一沙袋暖手、捂脚、烫背，焐热一个人的身心。奶奶说，把沙子焐热、炒热了，给人以温暖，给乡村以温暖，给大地以温暖。

奶奶真心实意，奶奶重情重义，奶奶乐善好施，奶奶扶危济困……善塘院子不管哪个，只要一声喊，奶奶就赶紧踮起个小脚，满院子里跑，把个窝心把把都捧出来了，把家里珍藏的宝贝疙瘩也毫不吝啬地献出来。所以，在善塘院子，老老少少的人都一律喊奶奶，喊得奶奶一百个欢喜一千个高兴。小时候的我，竟有一个大大的疑惑：我的奶奶怎么成了大家的奶奶？问奶奶，奶奶也只是笑，说奶奶当然是大众的奶奶，是善塘铺里的奶奶呢。

奶奶也好管闲事。比如哪家小儿不争气，哪家女娃不自重，还有哪家儿女自暴自弃，奶奶就会给他打气：你看沙子虽小，房子也少不了它！没有沙子，哪能浇筑起一根根擎天支柱？没有沙子，哪能筑成一栋栋摩天大厦？若是谁家两口子拌嘴吵架，奶奶常常颤巍巍地上门。她去了，几句话就劝和了，风平浪静。比如她常说的一句话：男人是砖，女人是水泥，没有沙子的掺和，房子也盖不牢，房子也禁不住风雨。

村子里只要有不忠不孝、不仁不义、不诚不信、不友不善、不规不矩的一应大事小事，奶奶都爱横插一竿子，跳出来主持正义。奶奶该说的说，该骂的骂，该罚的罚，说得那些人脸红了又青青了又白，说得那些人以后再也不敢了。我知道，奶奶疾恶如仇，明辨是非，因为，奶奶的眼睛里容不得沙子。

风娥姐是那样的好强，爱情又是那样的坎坷。我记得，有一天风娥姐在奶奶面前泪流满面。奶奶没有说什么，捧一捧沙子在手里，圆圆满满的，没有一点儿流失，没有一点儿撒落。当奶奶用力将双手握紧时，沙子立刻从她的指缝间泻落下来。奶奶没有说太多的话，只要风娥姐好好领悟。风娥姐望着奶奶手中的沙子，若有所悟地点了点头。其实，奶奶是想告诉风娥姐：爱情无须刻意去把握，越是想抓牢自己的爱情，反而越容易失去自我。每个人都希望自己永远拥有幸福美满的爱情，那么不妨学着用捧一捧沙的情怀来对待爱情，好好珍惜，好好捧握。

后来，风娥姐家里搞得熨熨帖帖、红红火火，笑声满屋，她还当了村里的书记，风生水起。我每次回家，风娥姐总要怀念起奶奶，想念那一捧沙的情怀。

在那艰难的岁月里，奶奶总是对大伙儿说，要大伙儿聚起来。她说聚起来好，聚起来就是力量，一粒粒沙聚起来，就是沙堆、沙塔、沙滩、沙漠，不容易被风吹雨打走。

有一天，黄冲村一伙人来我们杨里塘的老祖山闹事，来势凶猛，气势嚣张。我们一村人虽然都急眼了，却没有一个人敢站出来阻止。这时，奶奶就在院子里鼓劲，说人家都欺侮到门上了，是一粒沙子也要站出来！呼啦啦，一下子男男女女都齐齐地上阵，上了祖山；呼啦啦，一排又一排，站了满满一山坡，像沙丘一样壮观威武，立马把黄冲村的气势压了下去。

奶奶说，人多力量大，人多智慧多。人心散，搬沙难；人心齐，泰山移。这些年，齐心协力中，我们村里的小学办起来了，我们村里的电线接通了，我们村里的水库扩修好了，我们村里的公路也修通了，我们村里很多的难事，有的已经克服，有的正在克服。

如果把大千世界中的人看成一粒粒沙子，世界就是一个沙堆。相信一点点的力量，如一粒粒沙堆成山丘，一滴滴水汇成江河。于是，我们一天天的努力，就会向我们的最终目标一点儿一点儿地接近。

后来，村子里包田到户，搞了责任制。奶奶又鼓动大家说，都要动起来，把梦想放飞起来，这样，就会有铁犁深耕的春天，就会收获金黄的秋天。奶奶说对了，大家起了劲，一村子的天地，风起云涌，天翻地覆，日新月异。

奶奶说，要敢于做梦，梦起了，收获也就不远了。奶奶还很神秘地说，梦见沙子是好事！女人梦见成堆的沙子，会怀孕；男人梦见用头搬运沙子，会担当重任。

村子里的人，原先一个个都是蔫头耷脑、灰头土脸的，绿风一吹，一个个都是挺精神的。奶奶说，美丽的珍珠，亿万年前都是一粒粒沙子变成的。有了梦想，我们心灵的沙漠也可以孕育出美丽的珍珠岛。

村子里的春天，盛开在一片片肥沃的土地上，绽开在一朵朵艳丽的花朵上，笑颜在我们每一个人的脸上，我们感到久违的幸福。

沙子的幸福哲学，我们得在人生路上去把握，去体悟。

奶奶的一生，如沙的一生。她用自己的一生，把沙子的光亮点亮，把沙子的温度焐热，把沙子的爱情说透，把沙子的力量放大，把沙子的精神点燃，把沙子的幸福参悟……奶奶给了我们太多的人生哲学和生存的道理。

奶奶说，别看金子金灿灿的，光芒四射，要知道没有沙子，根本就没有人知道金子。她跟我们讲了一个沙砾与黄金的故事：金子不幸被埋在沙子里，但它坚信："只要我永远发出万道金光，人们总会发现我的！"沙子默默地沉睡在大地上。有一天，沙子被一双温暖的大手捧在手心，那双炯炯有神的眼睛在注视它，动情地说道："多好的沙子啊！留在这儿真可惜，我得马上把它们运去建高楼大厦，让沙子给人们创造幸福！"此时的沙子，终于明白一个深刻的道理：金子因为珍贵，终究不会被埋，而自己也不应该自卑，虽然普通，也能给人们带来幸福！

抓一把沙砾放在口袋里吧，它也会成为金子！在漫长的人生中，在岁月的光阴里，在生命的长河中，地上的沙砾，尽管黯淡粗糙，尽管满地皆拾，但他们也会在黯淡中发出光亮。

我们问问自己，今天我们抓了多少沙砾？今天我们是不是拥有沙的情怀？

我们问问自己，今天我们是不是还在怀念沙子？今天我们是不是正在正视沙子？

鲁迅曾批判：近来的读书人，常常叹中国好像一盘散沙，将

风沙痕

倒霉的责任，归之于大家。其实，一粒沙子，一粒微小的沙子，有着坚强的毅力，在狂风中前进，在暴雨中生长。

一粒粒沙子，聚汇为滩，垒沙成塔。于是，我也想象着做一粒沙子。因为，沙子总有一种信念，在它的眼里，它是它生命的主角；沙子也总存有一种渴望，在它的眼里，埋藏在心底，极力压抑始终不灭的渴望。是的，一个人如一粒沙，而一粒沙也是一个完整的世界！

印度流传着这样一个古老的故事：天上有一只鸟，多少多少年会飞下来衔走一粒沙，当地上最后一粒沙被衔走时，永远才刚开始。

其实，人生就像沙子。其实，岁月就像沙子。其实，生命就像沙子。其实，情爱就像沙子。其实，幸福就像沙子。一粒沙子，就是尘世之海中那美丽无比光彩夺目的一颗明珠，愈经风雨水火，愈是熠熠生辉。在上帝之眼里，大地上的生灵，是被泪水冲蚀的沙子；在沙子的世界里，黑暗中前行，有我们倔强的光亮；在我的眼里，沙子在暗夜里发光。

我想象着那一望无垠、连绵起伏的沙漠，我想那么久久地静静地凝望它，对视它，我想走近它，我想走进它。也许，在沙漠我走不了多远，但可以走得更深。也许，在沙漠我种不下什么，但可以种梦。

很多个风沙起的日子里，我特别喜欢《我的楼兰》那首歌曲，里面的歌词令我动容，情不能已——"想问沙漠借那一根曲线／缝件披风为你御寒／用肺腑去触摸你的灵魂／我就在那只火炉边取暖／／想问姻缘借那一根红线／深埋生命血脉相连／用丝绸去润泽你的肌肤／我就在那个怀抱里缠绵／／你总是随手把银簪插在太阳上面／万道光芒蓬松着你长发的波澜／我闻着芬芳跋涉着无限远／只为看清你的容颜／／你总不小心把倩影靠在月亮上面

／万顷月光舞动着你优美的梦幻／我闻着芬芳跋涉着无限远／只为看清你的容颜／／谁与美人共浴沙河互为一天地／谁与美人共枕夕阳长醉两千年／从未说出我是你的尘埃／但你却是我的楼兰"。

这个时候，我也无由地想起那个古老的爱情故事——两粒沙的爱情。相传，很久很久以前，海底躺着两粒沙，一粒沙凝视着两尺开外的意中沙，深海之中风平浪静，沙粒觉得自己很幸福。因为他们相距只有两尺，因为有自己心爱的沙可以凝视。

也许，我那颗心终是浪漫而高贵、崇高而又圣洁的，哪怕是让一场沙尘暴把我埋葬在爱情的坟墓里，我也心甘，我也无憾。我也宁愿像那个古老的爱情故事里的一样，在海底做一粒沙，哪怕在自己所爱的沙粒身边待足一秒就灰飞烟灭，也无怨无悔。

梦里花落，风中草长，遥遥惜别离，何时聚黄沙？

说到底，我只是一粒沙子，沧海中的一粟，激不起波浪，留不下印痕。但是，当一切归于平淡的时候，当一切重新再来的时候，也许你会记得一粒沙。其实，一粒沙也就够了，一朵花就是故乡，一粒沙就是天涯。一沙一世界，一花一天堂。粒沙窥天地，片叶藏乾坤。掌心握无限，刹那是永恒。有一首短诗写《沙》：

> 世上好像——
> 只有沙最不值钱
> 然而，最宝贵的东西——金
> 就在它的里面

原载《阳光》

风沙痕

内心的花朵

村庄，我们的爱与疼痛。女人与孩子，我们内心开不败的花朵。

——题记

山野之花

　　不知从什么时候起，村子里的花儿，不像以前开得那样热烈，那样艳丽。

　　小时候的天空，屋前屋后，山上山下，河畔溪边，一片片菜园里，一根根窄窄的田埂上……到了花的季节，遍地开满了鲜花，竞相绽放，姹紫嫣红。就连有些不知名的花儿，也是独自开放，独自芬芳，独自沉醉。

　　那样的季节，那样的年龄，开满鲜花的村庄里，一阵风似的甩动大辫子穿红戴绿的大姑娘小媳妇，像花儿一样摇曳多姿，如铃铛般清脆的笑声在村子里洒了一地。此时的我，总觉得阳光暖暖，岁月静好，花儿盛开，大地芬芳。

　　我穿行在开满鲜花的村庄里，内心的春天早已沉醉在花的海洋。

　　"太阳晒屁股了！"奶奶高高扬起的手掌轻轻地拍在我的小屁屁上，嗔骂道。又是一天睡到自然醒，醒了我又傻傻地笑个不停。奶奶瞧着窗外，说桃花都开遍了。

　　我一骨碌跳起来，立马推开了两块厚厚的大木门：大地清明，九天敞亮；百花盛开，万物翠绿。看，我的小桃树依旧悄然挺立，生动万分。咦，一树桃花，向我独笑。

我一跳两跳，背着小筛，穿行在两旁开满鲜花的山路上，跟着小伙伴们去放牛扯猪草。在我的前头，是艳丽、小花、风容、菊娥……我望着一路甩动的大辫子出神，阳光在我眼前跳动。

一晃，山野之花消失在我的视线里，消失在城市的海洋里。

在夜的梦里，我总是遍寻我久违的山野之花。仰望夜空，透过开满鲜花的月亮，我发现每一颗星星都是一朵盛开的花，我看见我含笑的眼睛和如花的心思。

菜　花

在一处处高山上，在一堆堆祖坟前，最引人注目的是后友的老婆菜花。她带着三个孩子，倒地跪拜，非常虔诚。最大的孩子七八岁，两个小的，一个捧在胸前，一个用手紧紧地拉着，不离开半步。

她一身汗，傻傻地笑，大大咧咧的，黄灿灿的毛线衣服外面没套外衣，非常耀眼。她很是随便地把黄灿灿的毛线衣往上转起来的时候，她白白的肚皮在阳光下闪着光，更是耀眼。她带着三个孩子，一路不顾自己劳累，高兴地紧跟在晚叔后面。也不知是什么原因，后友在近旁，她也不要自己的男人帮着带小孩儿。她带着小孩儿，满山野里跑，满山野花开满坡，她时不时插上一朵两朵三朵好看的花，插在孩子的头上，插在自己的头上，我好奇地看着她，看得出她的自得与幸福。

我问了三娘，三娘却低低地跟我说：没有办法，后友这个婆娘（老婆）也是不太清楚（聪明）的。原来，后友早年驼背了，加上那些年里家里也不宽裕，找婆娘一直都是个问题，慢慢地年龄大了，更是恼火。后来，九娘也就是后友的娘到处托人帮忙，终是带回家这个菜花。尽管九娘也知道菜花不太清楚，但九娘自己却很是明白：菜花，菜花也是花；是花，总能结果，有这个就行了。

菜花，长得很扎实，也是白里透红，那种健康的红润，加上年岁小，尽管没打扮，也算一朵花，配驼背的后友还是有剩有余的。菜花，就是这么风风火火的一个人，不太清楚，也不太糊涂，能干能吃，能吃能睡。尤其力气蛮大，家里田里的力气活，她像个男人那样三下五除二都能顶上去，从不喊累。干完活，一抹汗，傻傻地笑。

起先，九娘也好高兴，不清楚就不清楚，能干能吃，能吃能睡，也不错；想望着她开花结果，那就蛮好了。但后来九娘就慢慢地有些不痛快，也高兴不起来，甚至是有些阴郁了。整整两年，九娘看着能干能吃能睡的菜花不能结果，急得要死。就跟三娘说，就跟四娘说，就跟晚娘说，就跟大伙说，开花不结果，等于是空壳。

那两年里，后友不知是在外打工挣高了还是嫌老婆菜花，很少回家。回家也就是住个三五日，老说不得空儿，又匆匆忙忙往广州赶。从不哭的菜花，有几次也流眼泪了，但有人来了，她还是一抹眼泪，像擦汗一样，傻傻地笑。

九叔有一次发无名火，对着天对着地骂：笑笑笑，就是笑出花来，也结不出烂果子来。惹得菜花好长时间里，都不敢当着九叔笑。看见九叔在，忙一阵风地去了菜园去了田地，一个人拼死拼命地干活。

后来，九叔九娘一合计，就在外面带回来一个孩子，让菜花带。菜花起先不肯带，她说她要自己生的，她自己要生好多好多的。但没过两天，菜花就对孩子亲热得不得了，比自己生的还要亲，带得胖嘟嘟红白粉嫩的。见有人来，菜花就赶忙抱孩子出来，告诉人家：我的孩子呢。

也怪，第三年、第四年菜花接连生了两个孩子，都是男的。惹得九叔九娘笑得合不拢嘴。生了孩子的菜花对带回来的那个孩子更亲了，她说是老大给家里带了好运，是老天的保佑！

有一年，我回去，去看三娘，三娘不在家，她带着我在禾坪里等三娘。晒着太阳，菜花主动跟我聊起孩子的事，菜花的语言不清楚，但她急切的表达，让我不得不认真地听明白。

菜花说，我要生孩子，我要跟友（后友）生孩子，生好多好多的孩子。

我知道，她也许不太清楚，不懂爱，爱是这，爱是那，但她清楚，爱就是要生小孩儿。

接着，菜花很认真地跟我说，掰着手指一一地数说，我要生一个、两个、三个、四个、五个、六个、七个、八个……我没有打断她的话，她说到八个的时候，自己停下来了，抬头看着我，说，四个男的四个女的，成了家，八个八个一桌。

这时，她的脸上红光满面，眼睛发亮，一抹汗，傻傻地笑。她又把宽大的黄黄的毛线衣向上卷起来，我瞥了一眼，无意中看见她两个大大的乳房隆得老高，像两个小南瓜，她屁股鼓鼓的更像一个熟透了的大南瓜。

我想，这个壮实的菜花，应该是能开花结果的，也是有能力有乳汁喂养的。

我的猜测，不久就得到证实，而且接二连三给了最有力的证明。

我想，菜花肯定是最有成就感了。

果然，菜花总是把三个孩子环绕在身边，也不避人，当着我们的面，非常自豪地把她南瓜般白白的乳房显出来奶孩子。

我想，若是可能的话，菜花朝着自己的目标，一定能够顺利实现。

有了自己两个亲生儿子的后友，回家也勤快得多，每回回来都带了好多玩具、奶粉、衣服，等等。一回来，就立马抱着儿子不放，调儿子开心，又亲这亲那的。菜花这时候就站在一旁，傻傻地笑，像孩子那样天真无邪。

三月的田野，菜花盛开，大地一片黄好。菜花走到哪儿，都是傻傻地笑，太阳灿灿地照。有几回，菜花在坡上刈着猪草，还高兴地唱起了流行歌曲。

三月菜花遍地黄，春风歌声满山坡。这时，我忽然想起一句俗话：菜花不开蜂不采，灶头无食蚁不来。

我走在路上，脚步轻快，赶着春风。

我知道，走在路上的人，为梦想坚持走下去，梦想总会开花结果。

在我们乡村，油菜花也叫菜花。看油菜花，绝对是一大景观，不管是最负盛名的安徽婺源、云南罗平、湖北沙洋，还是广东沙江、贵州安顺、江苏高淳等等，都是油菜花海。其实，无论是在江南还是高原，乡村田野菜花盛开，哪里都是风景。其实，自古至今，菜花入诗，俯拾皆是——写时令的诗有"百亩庭中半是苔，桃花净尽菜花开"；写美景的有"沃田桑景晚，平野菜花春"；写情趣的有"儿童急走追黄蝶，飞入菜花无处寻"；写离恨的有"春江一望微茫。辨桅樯。无限青青麦里、菜花黄"；有写美味袅袅的"日暮平原风过处，菜花香杂豆花香"……

菜花的朴实、豪放和大美，是乡村的写真，也是村民的象征。油菜滑嫩、清香，口感可与红菜薹媲美，且因油菜不长虫无须打农药，堪称健康绿色食品。五彩缤纷的花瓣，招蜂引蝶，可成上好的油菜花蜂蜜。这种蜂蜜，堪称花朵里的花朵，有花的美丽，有花的香味，晶莹剔透，清凉皎洁，柔润适口，甜而不腻，富含营养和维生素，且护肤美容、抗菌消炎、促进消化、提高免疫力、保护心血管、补肾益气护肝、加强毛细血管强度、下降血脂降低胆固醇，对糖尿病、贫血、便秘甚至防癌抗癌等都有疗效。尤其吃起来，那种青草的味道，是乡村的味道，是春天的味道。油菜花开结籽，菜籽炸油，一阵阵芳香就弥漫在村庄的上空，嗅一嗅，荡气回肠。用香油炸豆腐，毛豆腐给点香油就灿烂，鲜醇、香辣、爽口，令人回味无穷。

油菜花，尽管平凡，但它花开时节，灿烂如火，闪亮在阳光下，十里春潮菜花香；花谢之际，春护泥土。油菜花，生活得自在精彩，年年是好年，日日是好日。

对此，我若有所悟，沉醉在乡村的油菜花海里。

艳　梅

母亲问艳梅没回来挂青？晚叔说她是忙得脚不沾地，又讲艳梅也是死脑筋，说她娘家女的是不能上山去挂青的。母亲说，这个艳梅呀，还讲老习俗呢。母亲又问，她和后归现在过得还好吗？晚叔有些高兴，说，蛮好的，多亏了艳梅！

艳梅是后归哥的老婆晚叔的儿媳妇，不爱说话，做事却有板有眼，风风火火的。她在下桥街上开着店子，烟酒副食、糖果瓜子、日用百货、家用电器、针织服装、床上用品、保健品、化妆品、洗涤用品、箱包、皮件、鞋帽、化肥农药、农膜种子、农副产品、生资日杂、建筑材料、饲料……反正农村需要的，她开的店子里都有。两个门面，外屋里屋拖屋、楼上楼下，甚至店面门前的空坪上，到处都是货。

后归哥不管事，买货的人问他，他就喊艳梅，艳梅就跑上跑下，不说话，一个劲儿做事。后归哥也不是没做事，他是村委会主任，管着村里的大事，家里的一任大事小事就全由老婆艳梅打点。艳梅要照料店子，也要莳弄田里菜地里的农活，锄豆拔草浇菜，莳田打禾犁田打耙；屋里养鸡喂猪看狗、洗衣做饭扫地，等等。

艳梅总是不声不响，内心向春，清风送爽，脚步像踩在棉花上一样轻快，一任大小事情正经活还是杂活，都在她手上缩花一般，开在每一天升起来的日子里。

说起艳梅和后归哥，不得不说他们的婚事，起先是后归哥一百个不肯，他说是父母包办的，不是自由恋爱的，没感觉。艳梅不说话，一个劲儿对后归哥好，一个劲儿对后归哥父母孝顺，里里外外都拿得起放得下。奶奶那时一句话，问后归哥：艳梅有哪儿不好？后归哥说不出艳梅有一丁点儿不好。只说，他们不是自由恋爱的，没感觉。奶奶说，那你们俩结婚后，可以自由恋爱呀，可以找感觉呢。

也不知是奶奶的话管用，还是艳梅的好，还是后归哥慢慢地找到了一点感觉，拖了一年多，他们还是结婚了。结婚后，两人先也是冷冰冰的，但艳梅的好，艳梅的努力，艳梅的执着，慢慢地把后归哥焐热了。

慢慢地，日子如花，生活若芳。在描花的日子里，他们先有了一个女娃，后又有了一个男娃。艳梅起先是赶场摆摊，照料家里地里，日子忙碌也有些奔头。后来，就在下桥街上开了一个店面，把生意做得红火，做得很有些口碑。后归哥开头两年，不管艳梅，只想着做大事，也去城里闯过，但都是干不长久，干不踏实。最终，后归哥回到村子，回到艳梅身边，守着村子安心地过起日子，守着店子守着一个小家。

后归哥一个人没事的时候，走在山野田园间，看山花烂漫，看桃花梨花李花杏花开遍，看一些不知名的碎花盛开在田埂路边。后归哥走在乡村美丽的画卷里，内心的花朵也在慢慢地盛开。人生似一束鲜花，仔细观赏，才能看到它的美丽。他再看艳梅的时候，就慢慢地看得上眼了，越看越经看。他仿佛看到自己的女人正如梅花一般，愈经冬风严寒愈久，愈是美丽芬芳独立枝头。当然，他不懂得，梅花，在百花丛里她从来都是清绝的王后，不屑争那一时的灿烂春光。梅花的美，美丽绝俗。梅花飘香，幽香久远。梅花的身影，总让我想起了涅槃。是啊，叶片落尽，梅花绽放；烦恼叶落，涅槃花开。

艳梅在村子里口碑很好，被大伙选上计育专干、妇联主任，但她干了两年后，坚决不干了，她说事情太多，怕辜负了大家。大伙也看着艳梅忙上忙下，也不好多说什么。然而，出乎大伙意料之外，艳梅又怂恿后归哥竞选村委会主任。

后归哥当了村委会主任，是真正地安心了。他有施展自己的宏图大计的地方，他和艳梅说的话也多了。艳梅却还是不声不响，劝他脚踏实地干，干出一个名堂来。后归哥先是把村里安上了自来水，又修了进村通组的路。

后来后归哥又想把村里搞成烤烟基地，但是大伙对栽烟烤烟不感兴趣。有人背后说，这是后归哥想搞政绩，往上爬，甚至有人还说后归哥一个人是得了回扣的。艳梅听到，也不去争辩，也不告诉后归。她二话不说，全家带头承包了一百亩地栽种烟叶。选种，还田，苗床，移栽，查苗补苗，烟田肥水管理、病虫害防治、采摘烟叶，科学烘烤，变黄、定色、干筋，重要的是把烟叶烤干、烤黄、烤香，烤得橘黄鲜亮，香味芬芳。

一年下来，忙是忙了，累是累了，艳梅和后归也笑了，眼前一片黄好。这回，一向不爱说话的艳梅向大伙数说着她的"黄金叶"，把大伙的心思也熏得黄亮黄亮的。这几年，村子里一窝蜂地栽种了烟叶，做着"黄金梦"的村民也冲着艳梅笑了，也碰上艳梅有话了。艳梅还是艳梅，不爱说话，不爱表功，只是教大伙如何选叶分级，提高烟叶品质。

站在山路上，站在田间路梗，举目四望，善塘村的烟田，一块紧连着一块，一片更比一片茂盛，无边无际，一派丰收在望的景象。

那一年，后归哥在县里表彰会上戴上大红花，后归哥的脸上笑开了花。后来，后归哥常在村子里背剪双手，踱着方步，颐指气使，畅想春天。但清楚的人说，还不是当年他老婆艳梅有胆有识？

这些年，乡村的变化真是太大，大到有时我都不敢相认自己日思夜想的故乡。但每回回去，经过艳梅的店面，艳梅还是那样忙，艳梅还是那个老样子。每回来时，艳梅总要给父亲、姐夫、妹夫和我拿烟，给大家拿矿泉水；每回走时，总要给我们拿东西，或是腊肉血粑，或是活的鸡鸭，或是熏的干鱼……也每次总要给我读书的儿子拿红包，说是买笔买纸的，好好读书。

后归哥家这几年家里搞得不错，把孩子都送到我们居住的县城里读书。他的崽嘉仪也是聪明，只是花起钱来，大手大脚。也有些调皮，也有些玩心太重。艳梅就跟我父母讲，把嘉仪放在你们那儿晚上住，看紧一点。我当时不太同意，毕竟父母年纪太大。但父母满口答应，说吃住都可以的。

在父母的约束和帮助下，嘉仪成绩迅速上升，父母尽管感到也费神费力，但感到特别高兴和有成就感，就对我们兄妹几个也对后归艳梅他们反反复复地说起，说晚上回来做好吃的给他，买

内心的花朵

有营养的东西给他，说早上及时喊他起床上学，说帮他洗衣服，说帮他夜晚盖被子……

有一天，艳梅来到县城，说要租房陪学。我倒是高兴，现在家长陪学的也多得是，加上这样，父母也可松活一下了。父母却阻挡，说就这一学期了，在我们家里吃住得好好的，是不是我们两个老人关心不到位呢？

艳梅忙不迭地说，不是的，不是的，真的不是的！艳梅说，她答应嘉仪的，最后一个学期她要来陪学的，她也了了儿子这个心愿，尽到做娘的一点责任。又说，她不来陪学，儿子就没有心思读书了。总之说，她一定要来的。父母还在劝她，那下桥街上的店面呢，那善塘的田地菜土呢，那屋里的鸡鸭猪牛呢……艳梅说，也管不了那么多了，反正要来的，铁定了要来的，也就是三个多月的事。

艳梅就租了房，租得老贵，每月一千元，只是地段好，距离儿子读书的学校不过五百米。儿子早上吃了她亲手做的热饭去上学，晚上她做好饭就去校门口接儿子，每天都是这样。她数着日子，儿子百日后拼搏上战场，她得日日搞好后勤保障。

有一天，我问父母：艳梅也真是费了大精神，店里家里都不管了吗？我还说，若是嘉仪高考考不好，不就不值了吗？父母也没回应我，又是摇头又是点头，一个劲儿地说，这个艳梅，这个艳梅呀！……

当知道事情的真相时，我感到很震惊，心里一阵一阵地热，涌出无限的感慨。原来，艳梅一方面对儿子尽心尽力早晚悉心照料。另一方面，在儿子不知情的情况下，她送了儿子上学后饭也不吃就立马搭班车回到乡下的店面和屋里，神情依旧，干活依旧，仿佛她就是在家里一样；夕阳在山边落下的时候，她又搭上赶往县城的班车，做上一顿丰盛的热饭热菜，等待晚上自习归来的儿子，等了一阵不见回来，又高高兴兴地去学校门口迎接儿子。这一切，儿子蒙在鼓里，大家都蒙在鼓里，只有父母知道，难怪父母摇头点头感慨不已。

父母后来跟我说起艳梅，说真是难为她了，天天来去，起早摸黑不管，她又晕车，脸色惨白，有时连黄胆水都吐出来了……

艳梅有时也来家看望父母，来时又带上家里种的菜，家里养的鸡鸭，还有鸡刚下的温热的蛋。但每次来，她都不肯落脚，从不肯吃一餐饭，有时我们正在吃着饭，要她就添一双筷子，也是左扯右劝绝不肯的。她也和父母说不上两句话，就拔腿要走，说要回去准备儿子的晚餐了。只是说起自己的儿子，说起儿子在学校排名又上升了，她才多讲两句，她的脸上才起了笑意。

有一天，我很认真地说，根据嘉仪目前在学校的排名，发挥正常的话，应该可以考个重本的。这时，我看到艳梅的脸上笑开了花，她笑着说，若如你吉言真能考上重本，我就在县城里摆酒，明年清明租四门礼炮去杨里塘祖山上挂青！我说，你不是按照老习俗，女的不上祖坟吗？她笑着说，老习俗也是要破一破的，这可是天大的喜事呢！

蔷　薇

国锋这些年发财了。

国锋是真的发财了，据说是在广州包了很多的园林，种些花花草草。但这些花花草草经他一捣腾，花就不光是花了，草就不光是草了，都变成了钱，硬扎扎的钱，哗啦啦地响。

善塘村的人，有很多人是不相信的，都说吹呢。

当然，真不是吹的——后龙大哥六十大寿，他的儿子国锋回家待客，一溜儿二十多辆高档小车。村里头的人，做人情的不做人情的一律都请上席，一请就是几十桌。最让大伙傻眼的是花炮礼炮雷炮鞭炮装了两货车，据说炮火放了七八万（元），把村子里的人全都震懵了。

也就是在那天，大伙第一次见着了国锋的老婆蔷薇。蔷薇在村子里扭动着，活脱脱的一个城里人，娇艳炫目，浓香扑鼻，妖娆迷人，惹得很多人都多看她两眼。她操着一口不太流利的普通话，对整个喜庆活动安排得井井有条，热烈、隆重、祥和，皆大欢喜。

大伙不得不对国锋的老婆蔷薇刮目相看，说是个厉害角色，难怪国锋在老婆面前充不起爷们。

做完寿后，国锋和老婆在家也待了几天。就是这几天，大伙清清楚楚地看在眼里，国锋怕老婆，此言不虚。蔷薇要国锋做什么，就做什么；瞪他一下眼，国锋就不敢说话，也不敢起身。国锋高高大大，在老婆蔷薇面前却很是柔弱，直不起腰似的。

但国锋的钱，却让他慢慢地在村子里挺起了腰。以前，我们这些在机关单位上公干的干部定什么时间回家挂青，大伙就一定会约在那个时间。后来，就不同了，要看在广州打工的他们那些人有没有时间，特别是要以国锋的时间为准。国锋说哪天，我们就哪天回去，不管是上班还是双休，也不管是下雨还是天晴。难怪，玉星叔怪怪地说，现在做什么，有钱就是老大。

今年清明，我们早早地回到老家等国锋他们。快到晌午时分，国锋的越野奔驰车风驰雷电般一个急刹车停到我们面前。车上下来他和如花似玉的老婆蔷薇。我是叔辈，国锋还是给我递烟，我没接。他老婆蔷薇也想跟我搭话，我没正眼看她，去调晚叔的那头忠实的老狗。国锋的老婆蔷薇一身艳丽，扭动着魔鬼身材从我身边走过，好像一个走台的模特和小丑，自己却感觉极好。国锋老婆蔷薇趁大伙还没有聚拢来时，也去村子中间高声地打着招呼，却应声者寡，她也不当一回事似的。

蔷薇，是一种艳丽的花，学名好像叫朱槿、扶桑。但在我们乡下，大伙都叫蔷薇。蔷薇花色大多为红色，有些地方就把她喊作大红花。在古代，蔷薇也算得上名花了，是一种受欢迎的观赏性植物。她，花色鲜艳，花大形美，品种繁多，四季开花不绝。有很多诗人称赞，我记得有首《朱槿花赋》赞云："朝霞映日殊未妍，珊瑚照水定非鲜。千叶芙蓉讵相似，百枝灯花复羞燃。"诗人写了四样最美丽的东西，但跟蔷薇花的艳丽比起来，就感觉到逊色得多了。

国锋的老婆也叫蔷薇，她当然不知道蔷薇的习性和特点。她是国锋的蔷薇，她在国锋的世界里花色鲜艳。

国锋的娘常说，国锋把这个老婆当宝，别说衣着鲜艳名贵，什么金银首饰、珠宝玉石，应有尽有。国锋的老婆蔷薇在村子里到处讲：饰是美的姐妹，爱的娇女；女人配饰，爱自己的方式。因为真饰，所以时尚；因为美饰，越显高贵。她说得像广告词一样，让国锋的娘很是看不惯，大伙也觉得这个蔷薇有些过头。

还好，国锋和老婆蔷薇，一年到头回家大多也就两三次，一是清明，二是春节。其他的日子里，也就是国锋的娘说的那样，她开她的蔷薇，尽管开在城市的花海里，跟她无关，跟大伙无关。

国锋新修的大楼，是国锋的爹娘帮看着。起先，国锋的爹娘和自己的小儿子小锋住在老屋里。是国锋和老婆蔷薇，硬要求着爹娘帮看着。国锋的娘就说，要帮也行，小锋一家也要帮进去。

帮进去的国锋爹娘和小锋一家，在国锋新修的大楼里住得宽

内心的花朵

绰舒适，也是其乐融融，幸福无比。可是，好景不长，有一年春节，生了两个儿子的小锋的老婆和大嫂蔷薇发生口角起了冲突还动起手来。后来知道，因了小锋的老婆有一句话说得有些伤人，说大嫂蔷薇只开花不结果，这正好戳了人家的痛处和隐私。

　　几个小时后，村子里开进了几辆小车和一台大巴，有上百人之多，说要废了小锋的老婆。一问，说是蔷薇的娘家人来扳架的。国锋的娘早把小锋的老婆藏了，全村人也有些生气说蔷薇的娘家人也太嚣张了，就都齐齐地出面撑了起来。在这个时候，后归哥和凤娥姐以村支两委的名义出面调和了。小锋的老婆也当面认了错，这事情才总算了了。

　　但无论如何，蔷薇还是绝对不同意小锋一家住在她的大楼里。国锋的娘不同意，说空着也是空着，又都是自己的亲兄弟。国锋本想劝老婆就这样算了，但被老婆蔷薇一瞪眼，也不敢说话了。国锋的娘就说，要搬我也搬。就这样，小锋一家搬出来的时候，国锋的爹娘也搬出来了。

　　有人说，他们都是夜晚很黑的时候搬出来的。搬的时候，小锋的老婆哭，小锋也哭，国锋的娘也哭，爹也哭，哭成一堆。搬的时候，国锋就站在大门边，不敢上前，不敢劝阻，也不敢搭把手。国锋的老婆蔷薇在卧室，没事似的，看着韩剧男男女女眉来眼去的，很过瘾。

　　第二天，穿着艳丽的蔷薇还在满村子里转悠，高声地说着城里的浮华和自己在城里如花的那个家，但是没有几个人愿意听。蔷薇还说，她已经怀上了孩子，明年要住在家里带宝贝。大伙都很怀疑，相互地问：是真的吗？

　　这次，国锋和他的老婆蔷薇回家挂青，小锋一家和国锋的爹娘都没有同他们一起来，想必是避着他们，不愿意看见他们。国锋的老婆蔷薇和我们无话找话，大伙也只是敷衍着，没有人给他们一点笑脸。

一路上，我想着国锋娘说的那句话：她开她的蔷薇，尽管开在城市的花海里……

我知道，蔷薇尽管娇艳绚烂，但究竟她带刺、扎人，也开得肆无忌惮。

雪　莲

玉星叔总说自己是高人。

玉星叔说：白云是白的，想吃的米饭是白的；夜晚是黑的，难熬的生活是黑的。

玉星叔是高人，高人就不一样，他五十五岁生日那天娶回一个年轻乖态的小女子。

玉星叔就满村子里显摆，他不高声招摇，也不是逮着人就咬耳朵。他只是在村子里游荡，哼着洋花小调，咿咿呀呀唱着"我的小啊小雪莲……"

那天，在善塘那口荷塘里的鱼，辉映着盛夏正午的阳光，竞相翻跳着，鳞光闪闪，塘面上白花花的一片。塘坎三、五米远处的玉星叔屋子里有什么闪了一下，泛着白光，倏忽又不见了。

在大伙的眼里，玉星叔是个闲人，也是个废人。他没有太多的事要做，他也不会做多少农活，他更不愿做那些看不上眼的粗活细活。他把自己当高人，在白日里总是故做高人之态，讲些高深莫测的话。夜里呢？别人当然是不知晓的，他那间土砖屋里从来就不点灯。有人问他，灯也不点？他就很是不屑。问急了，他就没头没脑地回：夜是黑的，一切都是黑的！

玉星叔的老娘在生时，总是唉声叹气，一声长一声短。人前人后，也总是唠唠叨叨地讲：我莫不是前世作了孽？日子过得不像日子，又养了一个走"石灰路"的崽，真是报应啊！玉星叔却不管。他娘就死死地瞪着他，吃力地吐出几个字：你，你，你要气死娘……娘脚一蹬，眼一翻白，果真就走了。

不久，玉星叔就带回了一年轻女子，那女子后来就做了玉星叔的老婆。

那年轻女人出奇的乖态，穿一身洁白的衣服，文文静静，紧紧跟在玉星叔的身后，很怕人的样子。一来到善塘村后，就进了玉星叔那间黑黑的土屋里，很少出来。玉星叔一改往日模样，洗衣做饭，担水砍柴，一应粗活细活全揽了。

有一天，有人去玉星叔黑黑的土砖屋里偷窥。这一窥不要紧，跑回来脸吓得土白土白，上气不接下气，说那小女子天天被玉星佬捆在屋里，绳索有拇指粗，勒进肉里头。一连几日，惹得许多人一见了玉星叔就躲，唯恐被他一索子勒了去。

后来，终于得知，那好好的乖态的一个小女子却是一个癫子！

有一天，玉星叔的癫子老婆竟拆开玉星叔娘传下来做"眼目"的旧毛线，一针一针在挑，挑得像模像样。大伙惊愕之后，又去看玉星叔的癫子老婆，看着有些隆起肚子的这个女人，这样的时候也真像一个女人，安详美丽，脸上洋溢着一种幸福。

后来得知，玉星叔那癫子老婆却有一个极美好的名字，叫雪莲。雪莲不闹病的时候，安安静静，纯净，美丽，纯朴，善良，像极了一朵圣洁的雪莲花。

大伙都知道，雪莲在自己安静的时候，真像雪莲；雪莲在自己安静不了的时候，就成了玉星叔的癫子老婆。

村里人都说，这都是命！

雪莲就是这样，有时明白，有时糊涂。

雪莲明白的时候，她感到幸福自得；雪莲糊涂的时候，她也对这世界一切都不清楚。

有时候，我也想，明白与糊涂，其实也不像黑与白那样分明，又何必非得去追寻？

也许，当你明白的时候，你其实是糊涂的；当你糊涂的时候，你才真正开始明白。

一晃两年多，日子在黑白交替中消逝，在四季轮回中前行。

也是在一个安静的午后，雪莲双手捧着她的白白胖胖嫩嫩的婴儿，一步一步向水塘走去，走向荷叶中间，走近那朵高高浮出水面开着粉红嘟嘟的花蕊的荷……

这时，不知是谁家的窗外飘出一首如泣如诉的《雪莲花》：雪莲花圣洁的雪莲花／我朝思暮想把你牵挂／纯净的心灵洁白无瑕／你是我心中最美的花／／雪莲花圣洁的雪莲花／我魂牵梦绕把你牵挂／用我一生守护你年华／你是我心中永远的家／／我将会给你幸福的家……

一阵水响，众声喧哗，午后的阳光烧灼了很多人的眼，天上半边的天也被火烧红了。

玉星叔从山那边疯赶回家，一路上，把自己长长斜斜的影子踩碎在脚下。从此，玉星叔再次走进生活的黑暗中。

迎春花

迎春花儿开的时候，我又想到了奶奶，想到了奶奶如花的名字和人生。

直到奶奶过世的时候，我才知道她的大名叫王仁春，和迎春花同音。每一年迎春花儿开的时候，奶奶总要摩挲着我的头，边摩挲边自言自语：嗯，壮了。嗯，高了！然后，牵我到门前的桃树下，比画着。要我站直了，贴着我的头，拿把柴刀在树身上划一横。奶奶呵呵笑，说：过了年，奶奶瘦一圈，树高一轮，孙子又长一尺了。每当这时候，奶奶总是笑，笑得很开心。

奶奶笑完，就正正经经握着我的手说，该学本事了！我记得第一次学本事自己挣钱，就是跟一班小伙伴们跳上跳下，砸桃仁、杏仁卖钱买铅笔，我兴奋得不得了，奶奶一脸慈祥，笑呵呵地摩挲着我的头。

奶奶和大家都合得来，八十多岁了还和七邻八舍搭着人情，讲着仁义。谁家有个红白喜事，她就颤巍巍地上门凑个份子，有钱拿钱，无钱送物。奶奶的日子过得畅快踏实，乡邻也因了奶奶的存在，一大家子、一个大院子的日子过得欢快、和谐，乡村的日子平静如水，平淡悠长，日复一日。

后来，我和我的姐妹们秧苗一般蹿高了，一个个都离开了乡下。

这些年，我内心里总有一种世俗的东西在膨胀，在滋长，忙碌在喧嚣的市井中，找不到一个痛苦的出口，很是疲倦和无助。奶奶要后归哥带信来，要我有空就回去看看，看看草长花开的家乡。就这样，我一次次回到家乡。

回到城里，我就会早早地醒来，在早晨的一片清爽中，一遍一遍忆起草长花开的家乡，眼前总是出现田野大片大片的菜花黄，我闻到了淡淡的菜花香，我听见浅浅的流水声和染绿了的乡音。在有月光的夜晚，我老是唱起那首《弯弯的月亮》。在梦里，我看到一树树花开，花香弥漫。

难怪奶奶说，有家乡的孩子永远不会走丢。我终于知道，月是故乡明，花须盛开美。

奶奶坐在光的春天里，看花，瞅天，想心事。她终日坐在那把"平安"椅上，看风流云散。奶奶一生经历得太多，凡事看得很淡，她把再苦再难的日子都看成了如花的世界，无限的春天。

奶奶从不说自己的身世，从不讲自己的苦楚，也从不怨这个世界的不公。我长大后，知道奶奶从小没了爹娘，给地主家做丫鬟，做填房，后又卖给资本家做小妾，再后来，嫁给我爷爷，我祖上成分不好，奶奶也没少挨过批斗……就是这样，奶奶也从没垮过，从没丧失过信心。

奶奶一生从未生育过，却带大很多孩子，孩子们一个个都就是奶奶的窝心尖尖。奶奶总是跟我说，她是伟宝的奶奶，也是大家的奶奶。我起先还老是不高兴，慢慢地也不觉得了。当然，奶奶给我的爱从没少过一分，奶奶的爱也给了如我一样的孩子们。孩子们都和奶奶亲，小时候有事没事都要黏着奶奶，长大后也总是惦念着奶奶。

看见孩子们，奶奶总是很快乐。每天，她都收拾得很利索，很精神，很光明。她说，开门迎春，每一天都是春天！

奶奶说，再黑的日子，心里有光，就不怕了，就敞亮了；再难熬的岁月，总想象是在春天里，有春天，就会鲜花盛开，生机盎然。

日子如水，生活是光，将心花开成一树春天，给自己一个光明的世界。

我想，我要用一生去读懂奶奶的迎春花的世界。

迎春花，不畏严寒，不择风土，生命力强。枝头着地，扦插即活，春、夏、秋都能生根。迎春花，春天黄花满枝，夏秋绿叶舒展，冬天翠蔓婆娑，四季无限春意。迎春花后，定是一个百花齐放的春天。

有诗说得好：迎得春来非自足，百花齐卉共芬芳。

行走的花朵

春望草深，南燕归来，清明是花的海洋，花的节日。

桃花、李花、梨花、迎春花、百合花、牵牛花、海棠花、水仙花、山茶花、玉兰花、海棠花、牡丹花、杜鹃花、樱花、玫瑰花、紫荆花、蝴蝶兰、郁金香、马蹄莲、金盏菊、风信子、虞美人……风一动，到处都是一树飞花，花朵一个个饱满盛开，馨香飘荡。

花正开，我却找不到儿时的伙伴，和如花般童年的快乐。我遇到的是老年人呆滞的目光，孩童们那警觉和敌意的眼神。我含在口里的花朵，竟变得躲躲闪闪，语无伦次。同样的一条土路，我从前是蹦蹦跳跳轻松走过，现在我却走得很慢很沉重。路边同样美丽的花，以前我是嗅一嗅就要飞起来，而今我握一把花香，心就碎了。

看着这世界，来来去去，回不到的从前，守不住的现在，还有那些行走的花朵，和老屋屋檐下飞走又飞回飞回又飞走的燕子，一下，我仿佛找不到我的乡村，我找不到回家的路了。

倏忽间，我看见我的乡村已成了一塘的枯荷，我心中的那群水鸭早已飞得不知去向。

　　我久久地立着，我终于把自己也立成了一朵失语的荷，在寒风中傲立，花儿一朵一朵地暖，一起迎接滴翠的春色和大地上的生命。

　　如果说生命是一朵常开不败的花，那是永恒的花朵开在我们的内心。有内心的花朵的牵引，我们就不会迷路。有内心的花朵在开放，我们的世界就不会荒芜和黑暗。

太阳花开

　　在老家睡了一晚，又一次睡到自然醒。起床后，见太阳老高，无事，就在村子里四处闲逛，走走，听听，看看。

　　再一次看到太阳花开，一朵红，一朵黄，一朵紫，乍开的花儿，像彩霞那么艳丽，像宝石那么夺目，一派生机勃勃，灿烂多姿。她的花姿虽然没有玫瑰那么浪漫，没有百合那么纯净，但它阳光、明亮、生气，爱得坦坦荡荡，爱得不离不弃，爱得无怨无悔。

　　我忽然想到：女人，乡村的女人，就像是开在光阴中的花朵。一朵一朵，开在生活的光阴中，拂着春风，面对大地，向着阳光，是最美丽的，最幸福的，最富生命和热情的，像极了太阳花。

　　乡村的女人，她们太像飘摇在风雨中的太阳花，她们总是顽强地保持着灿烂的姿态，她们总是在坚持和努力达到一种生活的完美。而生活的沉重和艰辛，总是让我们看到花开的疼痛，花心的破碎。我知道，风雨太阳下，岁月如风生活中，乡村的女人早已懂得什么是坚强，也终于明白什么才是真正的美丽！

我知道，每个人的内心都有一个春天，每个人的内心都有自己的花朵。年复一年，日复一日，我们内心的花朵，洒满阳光，沐浴清风和流水，在自己的世界里盛开，开遍自己的每一个角落。

当然，我更是知道：在乡村，孩子是果实，也是花朵；孩子是传承，更是未来。

有人说："我对着影子写生，却画了一棵树。"如是，对着春天眺望，我听见自己内心的花朵在开放。

回到县城，已是雨夜了。洗漱已毕，却睡不下。在窗前，我手捧黄卷，默念着一首古词："春晴也好。春阴也好。著些儿，春雨越好。春雨如丝，绣出花枝红裊。"

甚好！

原载《时代文学》

草

生

一

像一片枯黄的草叶飘落在大地上，无声无息。

草生叔是在这个盛夏的午后，走在赶集回来的路上，摇摇晃晃，像一片草叶一样坠地，仰面躺在鱼香子的毛马路上。午后的阳光很亮，白晃晃的，灼热无度，无边无际地铺在大地上，一切尊贵的生命都躲了起来。

通往毛马路的两端都没有行人出现，也无一点飞禽走兽出没的迹象，只有几只蚂蚁在大家看不到的地方，不辞辛劳地在滚烫的大地上一点一点儿地缓缓爬行。没有人在意，它在见证一片飘落的黄叶，听到叶子訇然倒地的巨响，看见光亮中深不见底的黑洞。

午后两点钟左右，是最炎热的时刻。没有谁知道，草生叔是什么时候躺下去的？没有谁知道，草生叔像一片草叶坠地时是什么感觉？没有谁知道，躺在地上的草生叔在想些什么？……

当我火急火燎地赶到老家的时候，草生叔已寿衣寿鞋寿帽穿戴停当，静静地躺在我老家堂屋中央的门板上。草生叔嘴角还有微微的翕动，努力地呼出丝丝的气息，尽管异常艰难和无助。我凑近他身边，感觉到草生叔的生命还是那样坚韧和鲜活。我说，草生叔命硬，不要紧。好好的一个人，无病无灾的，不会一下就没了，还有生。母亲见我这样说，就有点怪罪起来几个嫂嫂和婶娘，说还是这个样子，你们怎么把寿衣穿得这么早？我反过身来，看着一身穿戴一新的草生叔，很陌生。我也不知道，什么时候草生叔置办起这套行囊？他在生好像什么也不在乎，走时却还是要干干净净、体体面面地走。

干净，就是要干干净净做人；体面，就是要体体面面活着，这是大多不识字的乡里乡亲所看重的。由此，他们对天理人欲、是非善恶、义利荣耻都有自己的准绳和诠释。他们一个个，不管再苦再难，再落魄再无助，他们都要干干净净做人，体体面面地活下去，活得像个人样。他们说：面，是人的皮；体，是人的本。

二

夏夜的蚊虫到处乱撞，一个个找不到黑暗的出口，没头没脑，见人就咬。

我在还有一丝气息的草生叔头两侧、脚两边和全身四周烧了几圈蚊香，地上凹凸不平，难以摆放平稳。后虎嫂立马给我拿了几个用过的钢丝球，正如她所说，果然放在上面又好又便捷，也不会怕引燃其他物品。我蹲下来，看着草生叔，用打火机一一点燃每一处蚊香。每点燃一回，我总以为在帮草生叔又照见了一回光亮。

我记得，草生叔常常是在黑暗中去寻见他自己的光亮。他喜欢向很深很深黑的夜中走去，一个人游荡在漫无边际的黑夜中。他总是睡得很晚，他也从不点灯，摸摸索索中，上床就睡。草生叔睡了的时候，整个村庄都睡了。也许，黑暗能消融他的孤独和害怕。也许，黑暗中的世界，是他一个人的世界，是他最自由的世界，是他最幸福的世界。

那么近距离接触草生叔，我清楚地听得见他喉腔里的丝丝气息，真切地感受到了他身上的温度和他身上的气味。

来看草生叔的人很多，四周都围了人，都说草生叔人好，身体也好，又命硬，不会有事的。

草生叔一生无儿无女，无欲无求，无不良嗜好，没有缺点，没有爱好，也没有脾气，他不看电视，不打牌，不喝酒，不和妇

草生

女黏黏糊糊。他唯一的嗜好，就是好点个烟，高兴时哼一两句谁也听不懂的戏文。他没有仇人，他对生活也不怨不憎，不恨不怒，不争不斗，随圆就方。

我不知道，这一切，于草生叔来说，是好是坏，是对是错？我只知道，草生叔一个人有他一个人的过法。这么多年，草生叔就是这样过来的。我想，一个人存在有一个人的道理，一棵小草滋生，自然也有他的土壤。

草生叔是个五保户，他的父母就他一个儿子，他又没生下一儿半女。

据说，草生叔也是读过一点书的。他就那么随便在院子里一站，抬头看天，就说哪天要晴哪天下雨哪天飞雪，无一不准。乡野村夫个个看天讨吃，土里扒生活，栽东种西时大家都爱问草生叔。草生叔掐指一算，睁一只眼闭一只眼，脸上放光，眉角舒展，立马说有了，哪家的牛走失在哪个方位，哪家的东西落在哪个角落，一一应验。早年间，草生叔还去过很远的地方修铁路修水库修机场，他也领过奖状做过报告风光过一阵。但草生叔从来不说，从我们记事起，草生叔一辈子就窝在善塘院子里，一日两餐粗茶淡饭。

大家都记得，没有孩子的草生叔，却最喜欢孩子，孩子也最喜欢他。他带过我们这一班后字辈，也带过我们下一班乐字辈，还带过我们下下一班英字辈。我不知道，草生叔是用了什么花招，能让我们几辈人在童年时喜欢他，长大后也还记得他。

我只记得，他没有糖果，但他兜里常常有晒干的红薯片子；他没有玩具，却能制作以假乱真的木手枪；他不会说大道理，却能讲好多奇奇怪怪的故事……奶奶还在时，时常替草生叔叹气，说：一个有孩子缘的人却没个一儿半女，真是作孽呢！草生叔却常乐呵呵地说：这班细把戏个个都是他的孩子呢！

草生叔早年也是娶过一房老婆的，老婆脖子上长个"葫芦"（患甲状腺肿），我们一班细把戏觉得稀罕，好玩。久了，就取笑她，嫌她，用眼光瞪她，用口水吐她，用土疙瘩摔她，用刻薄的言语奚落她，用恶毒的言语攻击她。不久后，那个长个"葫芦"的女人郁郁地走了。

　　长大后，我总觉得，草生叔晚年一个人孤孤单单，我们那班细把戏是有一定责任的。那时，我们太想和草生叔在一起了，我们怕那个脖子上长"葫芦"的女人把草生叔硬生生地抢走了。我们长大成人后，一个个就离开了草生叔，离开了他的视线……

　　今夜，三岁的明宝还拿着一个粗大的鸡腿要他草生爷爷吃吃呢。三岁的明宝当然不明白，他的草生爷爷再也不能吃了，再也不能说话了。

　　大家都郁郁地没有说什么，100瓦的白炽灯下一片死静。玉彩婶娘一把把孙儿明宝抱走了，留下一长串清脆的哭声，刺破了乡村的夜空，传得好远好远。

三

　　草生叔摆在老屋的堂屋里，灵堂也设在那里。老屋还在，又老又矮，瓜果叶蔓掩映中早已褪去昔日高大雄伟的气势。

　　草生叔在凌晨五点钟左右的时候还是走了。母亲和几个婶娘见了我，就说你草生叔去了，去了也好。我走近草生叔，他真的走了，平平静静地走了，嘴角还露出一丝笑容。我久久地站在草生叔面前，一个人怔怔地出神，无由地生出些许的感叹：一个人的生命倒下去，就像一片草叶轻轻地落下，没有半点重量，如草一样，草生草长，草灰草白。

草生

大家围拢来，七嘴八舌地商量着草生叔的丧事。在农村，当大事，绝对马虎不得。

父亲提出一切从简，火化了事，没有一个人赞成他。其实，我知道，父亲认为草生叔是五保户，火化了，政府埋单，也不要花费人力物力和钱财。

大家都认为草生叔一生过得草草了事，最后一程还是要体体面面走。大家知道，草生叔不然也不会前不久一个人去棺材铺里订了一副"千年屋"（棺材）。后归哥说，那老板还是善塘铺里的亲戚，优惠价也是3680元。

后归哥是我堂兄，是草生叔堂侄，也是村里的村主任，在家做着小生意，是村子里少数几个没有外出打工的青壮年。村里的书记是凤娥姐，这些年一直在忙里忙外，上得厅堂下得厨房，带儿带孙，也带着一村人奔小康，很不容易的。他们两个一合计，说80岁的老人了，还是不能草率了事，也要像模像样的办一下。我说没有意见，该咋办就咋办。父亲有些干着急，我知道他急的是钱。

钱确实是个大问题。在农村办个丧事，最简单的，也要花个两三万元。

后归哥尽管是村里的村长，但终究跟我一样是晚一辈的，在村里做红白喜事时说话掷地有声的还是村里的长辈。我们村里的一应红白喜事，都是德生叔坐镇的。不用说，后归哥请德生叔出来坐库（管账），由他发话。德生叔一到，就说得先说钱的事，没有钱儿，开不了台。

后归哥就一五一十地说，说草生叔的五保金还有3800元，估计刚好够那副"千年屋"，还有一个低保卡存有2000元，能烧一座像样的纸屋吧。他说，草生叔在生时住不好睡不好，到那边还是要有个大房子，还是要睡个好的"千年屋"。大家都说，当得，当得。

后归哥说，不搞火化，镇里一分钱都报销不了的。他说，他就是和风娥姐去镇上好说歹说，估计最多能搞个千把元，村里做个人情，也就是500元左右，这样钱还差一大截，如何是好？

大家你看我我看你，还是德生叔发话了，说：他没有崽女，还有这么多堂侄儿子，大家一个出一点，凑拢来也要把大事办了。德生叔说完，第一个看着我，我迎着他的目光，不由自主地点了下头。扫视四周，在家的侄儿辈只有后龙哥、后湘哥、后归哥和赶回来的我。后归哥说，那就每人500元，集拢来看看有多少？德生叔皱了皱眉头，说：只怕是少了点。

说到关键处，大家伙全散了。不久，就听说后湘哥不肯出，说是草生叔也没帮他家做过什么，更没帮忙带过小孩儿。我就有些气愤，怎都这么计较？不过，我还是看见后湘哥和后争哥几个去对门凤形山里下大力气帮草生叔挖金脚（坟坑）去了。

父亲要我等等，不要太急，看大家拿多少钱，说都是一样的亲，你不要先冒头。我说反正要拿的，早拿迟拿都要拿，还是先拿吧。母亲说要拿，你也不能多拿，你一个人的工资，老婆又下岗，儿子又要读大学了。我说，尽量还是多拿一点吧，怕是不够花，怕是送不出草生叔呢。不晓得，我去晚叔家解手的一会儿，母亲竟替我交了钱，带头交的是1000元。

这时，传来好消息，说后湘哥也肯交了，每人500元，大家都肯交了。风娥姐还说，刚刚跟广州打工的几个通了电话，后彪哥答应出1000元，后升哥答应出2000元。他们说不能回来送草生叔，要风娥姐告诉账号，立马打钱过来。

这时，我姐和我妹也从县城里赶了回来，她们送了花圈放了炮火，提了笼箱包了礼金。姐和妹还把我扯到一边，说不能让大家看扁我，说草生叔对我家也是有恩的，帮我家做过几年农活……

我知道姐和妹的意思，我没有征求父母的意见，又去德生叔那儿交了2000元。

父母后来知道，有点怪我的意思，但还是没说什么。

德生叔对我说，有了钱，一切就好办了，得让你草生叔体体面面地走。

四

在生时，草生叔老说：钱嘛，是鱼口中的水，叽进叽出的。草生叔对钱不看重，一生也极少花钱。他说，你花钱，花水一样，其实钱也在花你呢。当然，草生叔说这话的时候，没有几个人愿意听，还有人取笑他，说吃不到葡萄还喊葡萄酸呢。

草生叔挣不到钱，也舍不得花钱。其实，他本来是可以挣钱的，他帮了这家帮那家，帮人犁田打耙，帮人担土砌窑，帮人砍树开山……按社会工资开给他，日积月累，也不是一个小数目。他却一律不收钱，说乡里乡亲的，都是一大家子的人，哪能出口闭口都是一个钱字？有很多时候，他都是不声不响把事做了，把忙帮了，把活儿干完，甚至连饭也不吃，就走了人。后来，草生叔做不得力气活、重功夫，就帮人操持家务事，帮人带小孩、看屋，也都是攒起心劲的。母亲一一细数着，草生叔帮你玉棋婶娘看小孩，帮你后龙哥看屋，帮你玉彩婶娘看孙娃，帮你后升哥做了几亩地……草生叔当作自己的事一样下死力气，当作自己的娃儿一样带巴心巴肝巴肺。

后归哥说，怪了，草生叔看见小孩儿就亲，小孩儿看见他也个个亲得很。他一生不用几个钱，不花钱割肉，不花钱买衣，不花钱吃药，却常常花一点小钱买一些指包糖，去逗小孩子。对自己唯一大方的，是每回赶集去买一包两块钱的纸烟熏。

我小时候就知道草生叔爱卷烟叶，把黄亮亮的烟叶切成细丝丝，然后撕下我们写完的作业本滚烟筒。我们也学着滚，滚来滚去，总不成器，滚成了喇叭筒。草生叔就手把手教我们选烟叶，教我们切丝，教我们滚筒，教我们点火，我们总是学不好，在他吐出一圈圈的云里雾里睡着了。后来，草生叔自己眼神不好，手也不利索了，他就再也不能卷烟抽了，只能去买最廉价的盒烟。

这次，草生叔去赶集，也是去买盒烟的。他近来感觉到自己大不如前了，走起路来脚轻飘飘的，一坯老高老大的身躯虚弱得像片草叶一样，在这世界里晃荡，在这黑洞洞的世界里找不到出口。他本来去得早早的，有很多人从他身边一晃而过，都和他打着招呼，他知道，自己却蔫蔫的不想出声，有一两次出声，也是声若游丝。

一路上，草生叔唯一握紧的是裤兜里那张五十元大票子。今儿个，他也不想割肉，他想买几盒好的烟抽。他一脚轻一脚重向前走去。他晃荡在空阔的大地上。他从热闹的人群中飘过。没有人注视他。也许他瘦小卑微得像一只蚂蚁，爬行在别人看不见光亮的角落里。

草生叔想买了烟就早早地回去，然后，静静的一个人，抽着烟，瞧着天，想着事。云山雾罩中，他就会想到很多过去快乐和不快乐的日子。也常常在这样的时刻，他就看到自己的父母出来和他说话，看见自己的前生今世，看见自己的去路。吞云吐雾间，草树浮影，烟涛微茫。一缕烟散了，什么都无，什么都有。

然而，草生叔很失败，那一直紧紧捏着在裤兜里的那张五十元大票子不翼而飞。他一家家商店走过去，看柜台上一包包精致的盒烟，他最后还是不舍地离去。

草生叔走得很慢很慢，无比失望地走在回家的路上。走到鱼香子的时候，他看到一世界的黑，他看见白晃晃的黑，他看见深洞洞的黑，他在自己的世界里找不到一束光亮……

他像一片枯黄的草叶，飘落在自己的世界里。

五

出殡那天，本来一直安排得井井有条的。临时，还是出了问题。总的来说，是人的问题，人手太少。村子里大都的青壮年都外出打工了，留下的是都是"老弱残兵"。

放炮火安排了两个人，是71岁的中宝叔、62岁的玉彩叔。临时，玉彩叔说要带自己的孙子去看病。后归哥赶紧用小四轮车装了炮火事先沿路去摆放好，好在到凤形山不远，又一路是进村的水泥路面。中宝叔一路一瘸一拐走在前头，点一个手中的大炮，再点一个路边的礼炮，大炮山崩地响，礼炮一路礼花，中宝叔无忧无虑像个小孩儿一样。

草生叔生前也不是和中宝叔很合得来，还狠狠地骂过几次中宝叔，中宝叔却从没说过草生叔的半句坏话。这次草生叔过世中宝叔却相当卖力，整晚整晚都不睡，一下一个大炮，一下一个大炮，把黑的沉寂的夜搞出一世界的声响和光亮。

中宝叔有好几次贴近我耳朵，说他过世时，伟宝你也要记着回来送我。我说，当然。他像小孩子一般，跟我拉了勾。中宝叔很高兴，说我没忘本。我笑了笑，说，我能忘了吗？我的本，本来就在这里！

出殡时，抬柩是最重要的。抬柩是力气活，个个要能下大力的，放在肩上要纹丝不动，要庄严肃穆，要讲究稳和慢，不能毛毛躁躁的。在乡村，抬柩一般分三班，每班8个人，前面8个，后面8

个，有一班8个是用来换肩的。这次给草生叔抬枢，安排了一组、二组、七组各4个人，三、四、五、六组各2个人。到场的，一看年纪大多是六七十岁的人，五十多岁的只有4个人，尤其是二组只来了2个人。后归哥大为恼火，骂了人，骂了很出格的话，说看他们二组还要死人吗？骂是骂，在关键时刻，后归哥和德生叔两个人只得一肩就顶了上去。

草生叔的侄儿辈除后龙哥、后湘哥、后归哥都在抬枢的队伍之列，只有我一人必须要去拜路，我得领着后归哥的儿子，还有后归嫂、后龙嫂，后龙嫂还抱着她的小孙子，三步一跪、五步一拜，一路去拜。拜路，是表示对死者的孝敬和请求山神、土地、路神和一切阴灵开道和让路，所以我们也很是认真和守规矩。四十多岁的我，腰椎间盘突出，一起一跪，一弓一升之间，感觉有些吃力。沿路经过哪家屋前，人家放鞭炮，我要眼尖脚快，赶去"下礼"。我下礼后，风娥姐就要给人家发毛巾。沿路炮响，沿路下礼，沿路一一发放毛巾。

草生叔的"千年屋"很厚实很雄壮，抬起来很重。抬枢的人，年纪又大，个个大汗淋漓。有人说，这"千年屋"是不是有干，要不然哪有这么死重？后归哥忙说，哪里话，千万莫乱讲！大家忙噤了声，齐齐地一声喊，抬着朝对门凤形山墓地徐徐进发。

草生叔的下葬地是凤形山脚，是我们的一处祖坟，坐北朝南，视野宽阔，前面有出路，背后有靠山，两边有"扶手"，周围树木繁茂，水源流长。

一番祭井、下枢后，我和后归嫂、嘉仪，还有抱着孙子的后龙嫂，一一跪在坟前，等待道师抛出罗盘米。罗盘米俗称衣食米，是死者给子孙的最后一次赏赐，预示今后子孙有吃有穿，衣食不愁。扯着衣服，抛下来的罗盘米，一粒一粒，雪白雪白的，从高空落下。我捧着，感到生命的重量。拈了几粒米，往嘴里一放，轻轻地一抿，一丝微薄的清甜与米香，立刻让我感觉到童年中那些鲜为人知的隐秘的欢乐，有那么几秒钟，在我的眼里慢慢地涌起一股微热。

站在山腰，回望送葬离去的队伍，老的老，少的少，七零八落，溃不成军。近千口人的村子，只有不到五六十人的送行队伍。

十六年前，奶奶走了时，那送行队伍的壮观，和现在比起来，让人感到心情甚是落寞。我知道，现在的乡村，已不是原来的乡村了，人去楼空，物是人非，好在乡村的一些根本没有走失。

我不知道，草生叔在这里，还是那样的冷清和寂寞吗？

六

出殡回来，吃了饭，大家四散离去。

村子里一下子又恢复了往日的模样，好像什么事都没发生过。

做法的道师还在，他们还要为草生叔敲打一番，祈祷一番。那座富丽堂皇的纸屋已早早地抬到晒谷坪里，屋里放了笼箱、钱柜，也存放了很多的纸钱，四周齐齐地都堆放起干柴。我和后龙嫂、后归嫂加上我母亲四个人各自手执柳枝分站在四个方向，等大火烧起时，就围着纸屋转圈儿跑，一边口中呼喊，一边手执柳枝驱赶其他小鬼，免得草生叔在那边收不到房屋和钱财，寄人篱下，生活没有着落。

正准备引火时，后归哥的崽嘉仪从他家的烤烟房里跑出来，瘦小的他背着一大包黄亮亮的卷烟，他一点儿不心痛地把一大包卷烟投进熊熊燃烧的大火中。后归嫂看到，也一点不怪她的儿子，她有些动情地说，嘉仪晓得他草生爷爷临死也没买到烟，他要让他在那边抽个饱。

道师在烧纸屋时先是口中念念有词，手舞足蹈，然后杀鸡放血敬神。玉田叔明明是抓了两只鸡来的，有一只鸡不知什么时候飞跑了，四处遍寻不着，真是怪呢。有人就说，是不是鸡自己跳到纸屋里去了，那就让草生叔吃了烤鸡算了。正说着，鸡从纸屋中一下跳了出来，有人说草生叔肯定是生了气了。

当秋菀子打扫草生叔的卧室时，竟发现白白的两床棉絮没有用过，还有一把明晃晃的柴刀也是闪着光。母亲就要秋菀子不用烧了拿回家，秋菀子却坚持要烧，烧给草生叔。秋菀子只拿了那把柴刀回家，他说现在这样的柴刀很少了，尽管现在也不用上山砍树剁柴，但是每年清明扫坟是派得上大用场的。

秋菀子说，草生是一辈子从不上山扫坟的，也用不着这把好刀。这倒是真的，大家都记得清明时节草生叔从不和大家一起上山挂青，就连他爹娘坟前他也从不去点个香烛烧几沓纸钱垒一抔黄土。为这事，玉明大伯都骂过草生叔。草生叔也没回嘴，也没说缘由。

丧事办完了，德生叔跟大家通报说拢共凑到了21800元，除去一切开支，还剩下2400元。接下来，几个玉字辈的叔叔一合计，说草生叔的爹娘几十年了都没有立个碑，加上草生叔自己，就立三块小一点的毛碑吧，钱基本凑合。

大家都说好。大家都说丧事办得也很完满呢。

办完丧事的时候，想起我们一大家子的长辈只有四叔、父亲、九叔和晚叔等四个老人了，很是落寞和伤感。父亲这一辈在族谱上都是玉字辈，大伯玉明喊明生，二伯玉堂喊堂生，三伯玉石喊石生，四伯玉悟喊悟生，五伯玉草喊草生，父亲玉甲喊大生，七叔玉节喊节生，八叔玉宝喊宝生，九叔玉容喊容生，晚叔玉丁喊丁生，等等。我不知道，为什么都要喊作生，也许是因为懂得生之艰辛的缘故吧。

天地间，有生有死，有枯有荣，死既必然，生何以为？草生草灭，花开花落，风停雨住，云开日出，一切都将还归平静的生活。

一切如常。然而，这些年，小村有了有线电视的信号，手机的信号，网络的信号，一切现代化的信号都或强或弱地出现了……

七

有人说，草生叔走了不一会儿，里面院子后发佬家就生了一个带把的孙，一大家子人欢天喜地得不行。

一个人走了，一个人又来了。走的走，来的来，这世界就是这样——昼夜交替，寒暑更迭，自然更新，阴阳日缺。

正是如此，乡村有乡村的秩序，土地有土地的深情。

草生叔走了，正如草生叔没来过一样，一切依旧。

乡村还在，乡里乡亲还在，我很多的记忆和美好都还在那里，我的根还在那里。每年清明，我都会如期回去，村子里的乡里乡亲有个红白喜事的，我也是尽量地抽时间赶回去。我知道，去乡和归乡，是我一辈子永远修不完的功课。

难怪，古人也说："如何三万六千日，不放身心静片时？"泉水在山乃清，明月就在当空。

其实，想想，一切都是那么简单——

人活一世，草生一春。人有生老病死，草有荣枯盛衰。草生一世，火烧不尽，风吹又生。

草生草长，人起人落。从容相爱，如叶生树梢；从容生活，如草生堤堰。草长节，人活骨。寸草生，寸心知。

泥暖草生，土深春绿。人有死，草还生……

一切，皆是常理；一切，皆有定数。

草生叔的死，让我恍然大悟。

有道是：未知死，焉知生？

放眼天地间：小草卑微，可以铺出盎然绿色；花儿无名，也能开出绝地风景；当然，草民平凡尽可展现浩荡天空。

原载《青年文学》

碎一地

S U I   Y I   D I

问号（？）

这世界，不知怎么啦？

这世界，到底怎么啦？

有人说，世界是平的，被抹平了。作家兼记者托马斯·弗里德曼曾一针见血地指出，新一波的全球化，正在抹平一切疆界，世界变平了，从小缩成了微小。对此，我也是很急躁和焦灼：在这变平的世界里，我们的位置在哪？在这变平的世界中，我们又何以求得生存？

有人说，世界是流动的。今天的世界，是数字的世界，是流动的世界，是高度流动的世界。在这流动的世界里，时间流，生活流，财富流，人口流，情感流，网络流……正如哲学家赫拉克利特那句名言——"一切皆流（Pantarhei）"。但我常常有一种感觉，人被狭裹在这没有缝隙的流动的世界里，像一块不能动的石头，总是找不到一个流动的出口。我不知道，这世界还是不是这世界？原来约定的秩序还有没有序？我还是我吗？

依我来看，这世界说到底是玻璃的。地球是圆的，是整体的，世界却是破碎的，一如我们的生活，我们的青春、梦想、思念、情爱、道义和节操……碎一地。是啊，碎一地的阳光，碎一地的温暖，碎一地的美好，碎一地的温柔，碎一地的善良，碎一地的笑声，碎一地的流年……这世界，怎么说碎就碎了？这世界，怎么他妈的都碎啦？碎一地，竟还神不知鬼不觉、悄无声言无状苦无边？

这碎一地的殇，转身，是否已天涯？

句号（。）

婚姻说碎就碎了。

婚姻碎了，一个家也就打了句号。

母亲常唠叨，看看，整个宿舍大院，40户人家，散了的有10对了。母亲也问，你们从江口调来县城的七八对也有三四对散了吧？我嗯嗯地应着。我知道，母亲担心我的小家，轻轻地一碰，怕碎了。是的，一切都是那么的令人伤痛无奈：慢慢地失去了生活的激情和温度，回忆都淡了，看着看着就倦了，星光也暗了。就这样，走着走着人散了，唱着唱着心就碎了。

我无由地想起了老家的天空，云聚云散，也时有风云变幻。此时，我还不合时宜地想起农村的鸡蛋，搁在哪，我们都是十二分地小心，生怕碰了磕了掉了碎了。在那样的年代，手心里的鸡蛋，就是手心里的宝，握得蛮温热，很看重，极动情。而今，很多东西慢慢地淡了，冷了。我不知道，是什么冰冷了我们的心情，握不住了从前的温馨？

晚奶奶93岁了，还忙着一大家子的做饭洗衣，间或还抽空去刘猪草。

坐在田坡，看着碎了一地的细碎阳光，晚奶奶的眼睛是空空洞洞的。她呆呆地看着远处的小路，那条望了无数次的弯弯曲曲细长的通向远方的小路。

有一天清晨，晚奶奶从坡上滚了下来，滚碎了一地美丽的花蕊露珠青草，滚碎了一天一地的美梦。

四五天，晚奶奶躺在床上没有落气，一直等到她的小孙儿光良从广州赶回来。

晚奶奶放心不下她的小孙儿光良，不久前光良和他的老婆散了伙。散了伙的原因其实很简单，光良常年在外打工，老婆在县城照看儿子读书。儿子读书去了，光良的老婆就无事可干，慢慢地就好上了打牌，慢慢地就和一个同样无事可干好打牌的男人好上了。

光良在外，不晓得嘘寒问暖，不会说些体己暖心的话，只知道往家汇款打钱、寄东寄西。

时间久了，光良的老婆也不偷偷摸摸了，和那个男人双宿双飞，用着光良的钱，一日三餐过着快乐逍遥日子。

光良的儿子太小，当然不知道那个叔叔的热情和亲切，只知道一年到头很难见到爸爸，多了一个好玩的叔叔也是蛮高兴的。有一次回到老家，缠着他的太婆晚奶奶，一时兴起竟说漏了口，说有个叔叔好好玩的，陪他和妈妈逛街、散步，过家家呢。

晚奶奶脸色黑青，后来就要他的大孙子后归哥隔三岔五去县城看看光良的老婆和儿子。没去过两回，后归哥就看出了名堂，把光良从广州叫了回来。光良也不闹也不吵，只是黑青着脸问了一句老婆："是不是真的？"

老婆不知羞不觉耻，也不争也不辩，还昂着头看着光良。光良黯然的眼光，从老婆花般的脸庞上移开。

我不知道，在生活的天空，是谁仰起花般的脸庞，让岁月美得黯然神伤？

一个家，一个下午就散了伙，没有半点声响，一世界的花落了、碎了。

一段爱情婚姻家庭生活，就这样打上了一个句号。

花谢花开，春去秋来。

我知道，没有人能阻止一朵花的枯萎，也没有人能阻止一朵花的盛开。

我不知道，光良和老婆是怎样想的？

我知道，句号是表示一句话的结束，新一句话的开始。但是，对于一段爱情婚姻生活，句号的意义显得那么苍白无力。

光良再次一个人郁郁地登上南下广州的列车。火车呜呜地长鸣，从不落泪的光良眼泪夺眶而出。他的心碎了。

这件事情，是母亲告诉我的。母亲一万个不解，也很是气愤，她说两人本是自由恋爱的，小两口起先也是过得恩恩爱爱、和和美美的，日子也越来越有奔头了……她愤愤地说，全都是这世道惹的祸！

母亲更是痛心地说，你光良弟太弱太善良了，痛的苦的，都一个人全吞了。

母亲说，断了的情，缀补不了；散了的家，撑不起来了；碎了的心，再也愈合不了了。母亲还说，一个家就这样打了句号，也就走到了尽头了。

是的，当我们猝不及防，面对句号的时候：句号，不是一种完成、圆满、成果与收获，它就是停止，就是终结，它就是一个死去的符号。

从青山转向青山，从田野转向田野，由花飞向花飞，由露珠向露珠相思，都是一个个疼痛的句点远逝，无泪而别。

蝴蝶为花碎，花却随风飞。花碎人离去，春泥雨相生。

我陷入了长长的思索中。

引号（""）

　　母亲对我说，你三娘明儿个上八十大寿，你有空儿得回去一趟。

　　对于三娘，我总记得她的苦，她的哭，她的诉说。当然，还有她几十年来一贯的坚韧和向上的生命力。

　　母亲说，你三娘总算走过来了。现在，该是享福的时候了。

　　三娘的崽后同哥，在他妻兄的大公司里做着大管家，据说这几年家里就不是原来那个样子了。房子翻修了，还买了小车，家里想有的都有了，小孩子也接到广州去了，风风光光的。

　　后同哥就老想接了三娘也去那边享福，三娘说她去那边住不习惯，也吃不惯。后同哥看在眼里：好吃的，三娘吃不下；好看的，三娘看不上；好玩的，三娘不想玩。三娘吃惯了五谷杂粮，穿惯了棉布土衣，一天不接地气就不自在，一天不搭讪就觉得口臭了一般。后同哥只得随娘，娘安心，他才安心。

　　后同哥孝顺，经常打电话回来，经常汇款捎钱回来，还逢年过节也间或回来，回来了还尽量想方设法住上两三天，陪三娘说说话，陪三娘晒晒太阳，还去院子里看看长辈和乡里乡亲的。每次回来，后同哥总还要买上礼品，一路开车来县城我家看望我父母。

　　后同哥在外，静下来的时候，总惦记着家里孤单单的老娘和空空洞洞的高楼。月亮圆了又缺，缺了又圆，后同哥数着日子，数着以前和娘在一起困苦却很温暖的日子，梦着以前和娘两个人梦想上树的快乐和憧憬。

　　后同哥数着数着，娘今年就上八十大寿了，他决心要好好地孝顺一回娘，给娘搞一个热闹的场面，给娘挣回一个大大的面子，让一生默默无闻的娘也风风光光一回。

办大酒那天，村子里因为没有几个年轻人在家，后同哥就去镇上请了专办酒席的班子，包了几个大车，动用了几台小车，来来往往地接人送人。礼炮装了两车，一个接着一个把一条山路都摆满了。当然，热闹，隆重，客套，场面，领导讲话，欢声笑语，炮声轰轰……村子里大伙都随了礼，一个一个清清闲闲地去吃酒，看着很多生疏的人和不习惯的客套，并没吃得几多的带劲和有味。

吃完酒后，院子里上了年纪的，和三娘是一辈的长辈们，后同哥都把礼金全退了，随后同妻兄来的县上、镇上的领导和一些大老板们，后同哥还把他们的礼金翻了一倍再笑脸相送。

当然，这不是后同哥的本意，大家估计是他妻兄的意思。当然，后同哥也不差那几个钱。

可问题是，村子里上了年纪的老人说，现在办的酒都变了味了。

也是的，大家都回忆起以前随份子的时候，送一块布，或一畚谷，或拿不出手的红纸裹的几个小钱，大伙你一个我一个他一个都围拢来，帮忙摆桌、帮忙杀猪、帮忙办菜、帮忙倒酒、帮忙放炮……一村子的喜气，一村子的生气，一村子的和气，一村子的美意，一村子的热闹满溢。

踩着碎了一地的礼花，大伙的心里想了许多……

大伙都知道，红包，简单来说，最初就是红纸包钱，一点小意思。压岁钱、生日祝愿、婚嫁寿庆……红包往来，纯粹出于真心诚意，是一种关爱，是一种祝福，也是一份吉祥和好运。

尔后的"红包"，这加引号的红包，是变了味的红包，如今这世道，真是比比皆是，功能无边，是进入这世界的"特别通行证"。

现在，这"红包"我们见得最多的便是在医院里。尤其，有些缺德的医生，更是不阴不阳明里暗里向病患者强索"红包"，已成普及之势。进而让病患者造成这样一种怪圈：不向医生送上"红包"，总会觉得手术不会成功病不会痊愈疼痛就不会减少一般。我平生最是忌恨这种加引号的红包，从不会为自己的升迁、职称、荣誉等等，送上"红包"。可那次母亲生病住院需要手术时，看着母亲喁喁哝哝的请求和她害怕不放心的眼神，也只得向医生奉上"红包"。医生二话没说，像刚从子宫里接生出了一个婴儿般，动作娴熟而平静。

后来，老家总是间三差五有人来县城看病，都是母亲领着去医院，找医生，送"红包"，家常便饭一般。我当然知道，现在医院里也严厉禁止医生收受"红包"，但是收的照收，送的照送，一仍其旧，个个心知肚明，心照不宣。

对于看病，尽管村里很多人都入了医保，这是千百年从未有过的事。但是禄山叔却始终不肯入保，他更是有他的"歪理邪说"：老百姓明明100块（钱）可以治好的病，给你花1000块治好，然后假惺惺地给你报销600块，让你自己出400，这其中，100块治病，100块养药代表，100块归政府，100块归领导。于是，老百姓却还要感恩戴德地说：社会真好，几千年来，只有现在的社会给我们报销医药费……

禄山叔的"歪理邪说"应该是道听途说的，其实说的也并非无道理，我不好多说什么，只觉得特别苦涩、特别心痛，特别不是滋味，只是一再地劝：还是入了的好，还是入了的好。

我能说什么呢，我又能多说什么呢？

现在，收受红包已成收贿的代名词，人情贪腐，交易污垢，利益输送，资源垄断，以权谋私、权力寻租……自此，红包也赤裸裸地抛开了红纸袋面纱，大信封、牛皮纸袋、香烟筒、糕点盒，等等都成了异化的红包。"红包"已变味，现在很多东西都已变味，无不让人忧心忡忡，却又无可奈何。

这变味的红包，人人憎恨之，人人也默认之，人人亦效仿之，时时处处扩散之。难怪民间这样盛传：现代社会第一包——"红包"；第一吃——"白吃"；第一款——"公款"；第一派——"摊派"；第一条——"白条"；第一门——"后门"；第一山——"靠山"；第一台——"后台"……

上述这些引号里的东西，早已绝非字义的本来面目和最初的那份纯洁，当中隐藏了太多的社会污垢，当中更是揭露出层出不穷的问题和矛盾，尽管引起了社会的广泛重视，但却历久疗疮而不愈，深以为憾事。

顿号（、）

土地、土地、土地、土地，不断褪退减少的土地。

房子、房子、房子、房子，不断高垒翻修的楼房。

世界在长高，世界也在缩小。世界是洼地，世界也是高地。

不停顿，不停顿，从不停顿，一刻也不停顿。

不停顿是一种状态，不停顿也是一种姿态和心情，不停顿更是一种结果。

有人说，不停顿是人无法预知的成长，生活最残酷的方式是不停顿，社会最可怕的进程是不会停顿。

在我的老家，以前是一个很偏僻的山乡，没有所谓的城镇化建设，也就没有大批开发的土地。我们有的是汪汪的水田，有的是肥沃的土地，旷野上是新鲜的泥土气息，嗅到鼻子里都是甜的香的。曾几何时，我们走在乡村的土地上，脚步轻快，吹着响亮的口哨。

当有一天，我再回到我的故乡，忽地发现它是那样的陌生和异样。故乡刹那间长高了，长丑了，长得没有根基一般。它站在水田中央，如浮萍一般。这儿一座楼房，那儿一座楼房，一夜之间，高高低低，蘑菇丛生。一栋朝南，一栋向北，一栋偏西，一栋正东，完全没有章法，完全不顾脸面。就这样看见了，让人窝心，让人闹心，更让人了无生趣。

其实，我知道水田中央的建房是严格控制的，当然控制也是人控制的。这就好办，人得了好处，人见到情面，人就不是那样死板了，什么政策法规，统统都置之脑后，统统见鬼去了！

难道，老百姓就不心痛？起先也是舍不得在良田上建房的，后来见别人抢了先，自己也不甘示弱。再后来，人人都外出抢金子了，家家的田地就荒芜了，连那些上好的水田也都弃之不顾了。

也许，建房是唯一让老百姓踏实的事情，看得见摸得着。都以为有了房，就有了家。说到底，根本不是这回事。一个"家"字，古人说得透彻，《说文解字》中说："宀为屋也"，"豖为猪也"，两字合写为"家"字。说明有家就有猪，无猪不成家。

在县城的近郊，或者小镇的地方，土地就火得不得了，直接变成了钱，真如一句老话：胸能容万物，地内产黄金。

岳母其实是个心胸特别宽广的人，也是一个特别相信土地的人。她跟土地打了一辈子交道，一刻也离不开土地。

据我岳父说，她能嫁给我岳父，就是看准了我岳父又在县城里，又有土地。岳父是县城蔬菜队的，岳父家拥有好几亩上好的菜地，生鲜嫩绿的一畦畦菜蔬，让岳母眼睛生绿。那时还有干部托人说媒，岳母愣是不嫁。岳父后来还有机会穿四个兜兜去当干部，岳母也是死活不准。

岳母从18岁那年嫁到岳父住的才蔬巷里，就一直只关心菜，种菜卖菜，把菜当作宝玉一般。她的整个心思都扑在了菜上，她看着长势很好的菜，她像捡了宝玉一样，脸上虽然不笑，心里头喝了蜜糖一样。一线线彩车开过来开过去，一队一队的腰鼓队、乐器队、舞蹈队敲敲打打、蹦蹦跳跳、飞红挂绿地从街口晃过。这时，街上的人成排成堆。唯独岳母定坐在街口，静守着那担菜担子。卖菜的时候，岳母静静地看着面前的菜担，那一担摆得整整齐齐拍满鲜嫩嫩水淋淋的菜。她轻柔柔地抚摸着一棵棵菜、一片片叶，她的心思无由地平静，她对生活无比地向往。

却料，没过几年，县城的推土机轰隆隆地开过去轧过来，县城的哪个角落都在搞起开发，城郊的菜地也无一能幸免。最让岳母心痛得要命的是，菜刚刚露出嫩芽，就被推土机推剪子一般推了。一向沉默寡言的岳母，也发了火，骂了人，有几次还站在推土机前护着菜秧子就像保护自己的孩子一般，令人伤心无助，不忍卒看。

八年前，岳母家失去了最后一块菜地，岳母像霜打的茄子似的，人整个儿蔫了。

还好，没有三个月的时间，岳母又风风火火起来，她在乡村的姨妈家闲置的菜地上又忙碌起来。不久，她来返于县城乡下，隔三岔五就给我们一小家三口带来可口的新鲜的蔬菜。她还笑着说，又不施化肥又不打农药，也不是反季节蔬菜，放心吃，纯天然的。

可是，没过两年，岳母又蔫蔫地回来了。我问妻子，她说姨妈家闲置的土地，也起了两栋楼房，尽管只有姨妈带着一个孙儿在家，空空荡荡。

后来有一天，闲不住的岳母费力地把一筐筐的肥土搬上自家的楼顶，培了两方小小的菜地，日夜守护，也长出两小畦新鲜生绿的菜蔬，她的脸上又有了红润。

但是，有一天，喝醉了酒回家的妻兄，说好不容易修起的楼房，嫌岳母把楼上楼下搞遢遢了，把她嫩绿绿的菜和肥沃沃的土直直地从楼顶上抛下。那一夜，岳母心碎了，哭了整整一夜。

从那以后，岳母好像变了一个人似的，她一个人整日整日地坐在街口，眼睛无神，空洞洞地看着熙熙攘攘如织如梭的街口和流水般忙忙碌碌永不停顿的行人，好像这一世界的热闹和忙碌与她毫不相干。

忽一天，岳母急急地来到我家，不待坐下，就要我立即帮她打一个报告，说老二（妻兄）是残疾人，又离了婚，又无工作，生活困难，老房子马上又要拆了，必须申请一个廉租房。我说廉租房也不是那么好搞的，要找好多好多的关系，还要意思意思呢。

我晓得，妻子的三个哥哥也都好难，老大用全家卖了土地的钱去修楼房，又到处借钱，快十年了也没还清账；老二老三住在老屋里，这回又要拆迁。难怪，岳母心急火燎地上我家来。我看着岳母，只得嗯嗯地点头。

在我的老家，人去楼空，田园荒芜，炊烟不再，水塘干涸，飞鸟绝迹。在我住的县城，农民进城，交通拥堵，环境恶化，自然灾害频繁，消费让人瞠目结舌，房价高得惊人，但是一个个偏偏心甘情愿地做起房奴，乐此不疲。

网络上有一个令人心酸的段子——说某记者问大爷什么叫城镇化建设？大爷回答说，政府花8万块钱将你家的2亩地征收，然后400万卖给房地产开发商，再然后你儿子拿征地所得的8万块钱和他两口子攒下的8万块去交了首付，并当20年房奴！大爷流泪地说，俺他亲娘耶，泥马这不就是抢劫吗？

碎一地

逗号（，）

我一直在勤奋地写着小文章，在一张张空白的纸上，夜以继日，挥汗如雨，头发熬白，江郎才尽，也写不出锦绣文章来。我感到自己只是一个小逗号，微不足道，道不尽言，言不尽意。我环顾四周，来来往往的人如一个个小逗号，他们也都在努力地用双手用心力地做着自己生活的这篇大文章。

人生，说复杂也复杂，说简单也简单。其实，人生说到底，就是像个人一样地生活。我发现我的人生，和大家的一样，都是多么不堪一击的细碎，花瓣纷飞，但我们一个个却毫不动摇，宁折不催、快乐地像一个逗号一样在生活的河流中向前游移。

我最初是在一个小镇的农贸市场做临时工，我清楚地记得我的工资是66.5元，可是同我一起一天上班的正式职工工资却是133元，整整是我的两倍。我们同在一个门市部上班，论工作能力他们远不及我。我们的工作，就是在小镇赶集的时候，一人一本发票一支笔，去收卖鸡卖鸭卖鱼卖米卖菜卖肉的"落地税"（交易费）。我呢，收钱利索，看"菜"呷"饭"，软磨硬泡，每场收到的钱都比同事多出一倍。可是，每月领工资时，我拿着那几大毛早早地走人，心里老是有气不顺。泄了气的我，每逢上班时我又鼓足了气。

后来结婚成家了，想象着家的温暖：疲乏困顿寒冷之时，妻子能恰时地给我送上一杯热腾腾浓浓飘香的牛奶，给我披上一件手织的暖暖的绒毛衣；委屈无助内心受伤之时，她会用软绵绵的话语和意切切的眼神给我"熨疗"……哪料，妻子与结婚前判若两人。我先是摆小道理讲大道理，说我要当作家干大事业的人，脑力劳动呷亏得很要她多体贴，多体贴就是体贴这个家，又灌输夫唱妇随夫贵妻荣一类从古至今的"至理"名言，要她多支持，多支持就是支持这个家。然而妻子不买账，说，你写你的作（品），我打我的牌；你是你的天地，我是我的天地；你有你的快乐，我有我的快乐。

我开始时常生闷气，慢慢地就和妻子拌嘴。有时也去父母家叫屈。父母除了做一顿我爱吃的饭菜，便总是说"你们两个是自己谈拢的"，凑合着过吧。也去岳父母家告过状，一次两次他们还听一听，说要"管一管"，后来干脆就一句话"嫁出去的女，泼出去的水，我们也管不了了"。我是毫无办法，也不忍心和妻子离婚，只得凑合着过吧。

在家里不温暖，在单位上也不顺心。最早供职的是个自收自支的事业单位，工资低还往往不能按时发放。就是这样一个单位，工作毫无原则，报假发票，公款私游，每年的招待费惊人，逢年过节还要给领导和领导的领导送礼。因为我爱在会议上发点言，一点就尽点些实实在在的事，甚至还对人对事。加上我们单位上常有一些下岗职工上访，打报告提单位领导的意见，领导怀疑到我，从此做事防避着我，有实惠的事我连信都打听不到，同事也都不跟我交心交肺了。

在领导的眼里好像我是一个多余的人，在别人的眼里我是一个不近情理的人。我烦，心烦心躁，常常无由地发无名火讲怪话。没有人管我，好像我与他们无关，好像我是一个傻子一个神经！但我不甘，先是在工作中耍点小脾气为难领导，领导不可能看不出来。我等着领导找我谈话，到时我再和他讲价钱。然而领导熟视无睹。领导就是领导，领导早已看穿了我的心思和我耍的小把戏。

后来，我也想过找纪检检察上级组织反映情况，或者打匿名小报告，或者怂恿别人上蹿下跳，自己在一旁看把戏，但最终我一件也没有做成。现在的社会，谁是谁的眼线谁是谁的后台谁是谁的心腹，我怎么知道。现在的社会，通信如此发达人事网络密密环环，事情还没有眉目人家早已一清二楚补救到位了。现在的社会，我也知道要扳倒一个人或一批人，简直是难于上青天，除非自己把自己置之死地而后生。而我，是没有这份决心和勇气的！

既然扳不倒人家，那就和人家合作吧，或者跟着人家屁股背后跑吧。该请客时请客，该送礼时送礼，该打"业务牌"时就打"业务牌"，该阿谀奉承时就阿谀奉承，该装聋作哑时就装聋作哑，该置职工的利益于不顾就不顾，该熟视无睹时就熟视无睹……反正跟领导保持高度一致，领导错的也是对的，领导放的屁也是香的。我也晓得这些大道理小秘密，但是请客我不是舍不得那几个钱，送礼也不是不敢"放血"，打牌时也会观"风向"，讲领导爱听的话我也会讲，当聋子扮瞎子我也能够逢场作戏，但是我总觉得特别别扭，心里添堵。我终是没能跟上领导，和上大家。

在单位上苦苦熬了十五年，没有功劳也有苦劳。有领导起了恻隐之心要重用我，提交会上研究，却因一名领导坚决反对未果。后来我得知，这名领导并非不肯定我的工作成绩，也并非和我有血肉之仇，只是一次在酒桌上我敬酒时出言不逊，他一直耿耿于怀。

说起这个酒，我又爱又恨。很多时候，我一个人喝上酒的时候，真把酒当知己，酒也是有魂有魄之物，在它面前，我又好像捡回了真性情，能够自己跟自己掏心窝子了。酒又是壮胆药。我其实只有蚤婆子大的胆，喝下几杯酒之后，我就借了虎胆了。常常是大呼小叫，什么狗屁领导不领导，什么关系不关系，什么后台不后台……统统他妈的见鬼去吧！我敢把狗屁领导批得体无完肤，我敢把不平事搬上桌面叫屈，我敢把黑幕后面的东西当众曝光揭丑……我喷着酒气，我拍着胸脯，我怕谁？……

所以，好多回我都狠下决心，一定要戒了这酒！转眼一想，我要是真戒了酒我还能够做什么？时至今日，我一直戒不了酒，这辈子也恐怕戒不了酒了。

　　再后来，我应该有一次"报仇"的机会。山不转水转，坚决反对我进步的那位领导这回落在了我的手里。局党委换届，要我们这些党代表投票选举。尽管我也晓得我选不选他，他还是照样能够当选。但我不选他，我是有权利和理由的，就凭他为了敬一杯酒的事坚决反对我我也完全可以不投他的票。我在那几秒钟内思想有过剧烈的斗争，如果其他人都投了他的票，而只有我一个人不投他的票，那么他少的一票，他绝对晓得是我没有投他的票，我边想边看见坐在主席台上的他还朝我这边斜视。而我虽然报了一箭之仇，但同样证明了我也如他一般小人之心……我最终还是投了他的票。事情结果正如我所料，他和所有候选人一样都得了满票。其实，投票只是个形式，表面上我虽然投了你的票，我在心里显然是没有投你的票。

　　后来我想调离这个单位，去自己喜欢的县文联工作。我简单地认为以我的创作成绩，应该不成问题，况且专业对口。于是，我就打报告，还附了一摞一摞的获奖证书、入选转载等重要作品的复印件，报每个县委常委和组织部宣传部各一份，还恭恭敬敬给每个常委都送了书。觉得还不够稳心，又去省作协弄了一份推荐书，还请了从本县走出去的一位省文联老主席出面又打电话又写信。领导说正在考虑，得等等。然而一等就是八年，无结无果。我怕自己等着等着，真的就等老了。其间，有朋友不时地跑来告诉我，又解决了一批，又解决了一批……

　　我当然知道这一批批特殊解决的人，都是有名堂的，副县级的领导干部沾亲带故的可以，正科实职的老婆子女也可以，或者上面有职有权打招呼的也可以，或者能够把"夜路"走到位的也

碎一地

233

可以，像我这样干等着那是绝对不可以的。我气愤极了，我到处打听多方收集这些年来县里特殊解决的一批又一批人的情况，我甚至整理打印出一份材料想向上级反映，我认定我就是不可以，也绝不让他们这些人轻轻松松就可以了。父母不知是从哪里听到的消息，找到我，如临大敌，说，我们都一把年纪了，过不过了不要紧。你的崽呢，你的老婆呢，你的姐姐你的妹妹你的弟弟呢，你的姐夫你的妹夫你的外甥呢……

我不晓得事情有这样的严重，我不晓得事情有这样的复杂，我不晓得我一个人的安危会累及我这么多的亲戚朋友。我只得作罢。

后来，我又在报社和县新闻中心干了八年，起早摸黑，兢兢业业，如履薄冰，生怕出一点岔子。就这样，我终于干到了新闻中心主任的位置，也解决了公务员编制。然而，领导有一天找我谈话，故作诧异地问我：你是搞文学的，怎么做了新闻中心主任？那个小杨，是搞新闻的，怎么做了文联主席？领导问我我问谁呢，真是哭笑不得。此时，我的创作已有影响，作品频频获奖，职称评上了正高，还成为省里首批文化名人。又不久，那位文联主席升任宣传部副部长。领导找我谈话，不言自明，我估计十拿九稳了。然而，这位领导在位四年，我久等未果。

有人说我也磨成熟了，不像以前那样性情了。其实，我知道我还是我，我一直在等待，在等待领导和组织的认可。我知道，我也一直在忍受，忍一忍，不就过去了？但，我的内心又总是处于无限矛盾和焦渴期盼之中。也许正是这样，才是生活，才是生活的本来面目。

奶奶也许早有先见之明，总爱说我像一个小蝌蚪一样，游移在生活的河流中。已到中年之后的我，现在才真正体会到了许多——

其实，人生，看似停顿，却永远承接下文。人生，就是这样一个个段落，一个个逗号，构成了一篇大文章。逗号，恰似隔离，却因此得到人性的升华和洗礼……

在每个人的故事里，也总是有那样一个个逗号，是停顿和延续，是依旧未完的圆满，它延续了我们未完的梦想和目标。

在人生之路上，尽管有太多的不公不正坎坷不平甚至艰难险阻，逗号总是伴我们成长，激励我们不断前进。它就像人生的航标灯，引导我们将坎坷踏平；它就像一位智者，带着我们去领略人生的真谛。

我知道，没有逗号的生活是乏味的，缺失的，不足的。逗号，是人生中承上启下的过渡，代表着跋涉途中一次短暂的休息，它的目标在更远处。

人生，是不屈的。逗号，也是不屈的。书写不屈的人生，用沉默击碎一切世俗和不公，一路前行。

冒号（：）

乡村：失落的乡村。

故乡：回不去的故乡。

很多本来的面目，都已经沦陷了。

我游荡的灵魂飘荡在乡村的上空，像村庄上袅袅婷婷没有炊烟的根。

咦，一个原本熟悉的村庄，现在却空荡荡的，没看到几个人，

碎一地

连牛羊走兽也少见了。就是过年了，村庄里才多了几个人，却一个个不像村里人，好像是猛不丁从哪里冒出来的，有些突兀，不像禾田里的稻穗，也不像菜地里嫩绿生鲜郁郁葱葱的大白菜，都是肥沃的土地滋润出来的。

放眼四顾，我很是茫然和无助。

一路走进去，村子里面有几个晒太阳的"空巢"老人，看着眼前的一地细碎阳光，老人的眼睛是浑浊和茫然的，木木地一盯老半天。几个留守儿童从乡里头开过来的校车上下来，他们的眼睛里闪过一丝惊恐和黯然，早失天真的他们蹦跳不起来，很是懵懂和无助地看着我们，一脸的陌生和敌意。村子里的安然，忽然给了我一种奇怪的感觉和可怕。

不用问，也知道，村子里的男人基本上都外出打工了，有很多人还带着自己的女人一起出去了。一年到头，都难得回来两次，大都是春节过年那几天里回来，然后没待上三四天，又心急火燎踏上南下的车辆，汇入到城市的洪流中，消失得无影无踪。

村子里复归安静和茫然，乡村的风也无动于衷，因为在风里，这些男人留下的话语是那样的陌生，带有铜臭味：谁谁谁赚了多少钱！谁谁谁开车回来了！谁谁谁开的什么车！谁谁谁在县城里买了房！谁谁谁买了多大的房！……

村道上都是新修的水泥路面，看似光鲜鲜的，路面上却四处皆堆了沙泥、瓦砾，最显眼的是随地乱丢的垃圾，塑料袋随处可见，风一吹，追着人乱走，还有上边工厂内排出来的废水、废气和刺耳的噪音。如是，总觉得这一条条村道像一条条没洗干净的倒把肠子，很脏，很刺眼，很没乡村的味道。

最索然寡味的是，乡村失去乡村的根本，与城市无异：高楼、手机、电视、网络、空调、冰箱、洗衣机、自来水、电饭锅、电磁炉……以前做饭用柴用煤，如今做什么都是用电。无事可做，也不想做什么事，赌博是很普及很普及了，老老少少男男女女都齐齐地上阵，不管天光早晚，无论双抢农忙。

更是令人惊诧的，农村已成了地下六合彩疯魔之地。前不久，有记者报道：一个仅几十户人家的村庄竟然有三个销售地下六合彩的据点。往日一大早起来就到田里劳作的乡亲们，如今天还没亮就开灯坐在床上研究各种码报（有关地下六合彩的小报）。记者在村里转悠，会有人缠着你说：你是文化人，快帮我分析一下，码报上的这句话是什么意思。现在，做着什么看着什么想着什么，都是时时刻刻只顾买码，都会和码联系起来。譬如，这会儿看电视看着《天线宝宝》。在村民眼里，"天线宝宝"的每一个动作都有特别的含义，如果"天线宝宝"走路绕来绕去，就猜测是出"8"，如果从洞里钻进钻出，就怀疑出"老鼠、兔子、蛇"……这样，日里夜里，有工不做，有农不务，有闲不享，码来码去，最终希望落空，血本无归。

最让我感到惊愕的是，乡村逢年过节、婚庆嫁娶时舞狮舞龙舞灯唱洋戏唱大戏，都很难再见到，那种喜气洋洋的气氛也荡然无存。还听说有人信起了什么什么教，把一些洋东西代替了观音、如来佛，这其中也不乏上了年纪的老人。有一次，听了那种哭灵，全身真是起了鸡皮疙瘩。哭灵人的假情真泪，哭天喊地，代亲友告慰死者，这是一个让人惊愕、震撼的职业，也许有它存在的合理性。但，我却认定这完全变味，非常搞笑。

现在，在乡村，一切也都是那么现实的：帮个忙，要送红包；帮个工，要开工钱的；借个钱，要算利息。一个小工，干一天都是二百块，外加一包烟，饭还要管好。据说乡村也放高利贷，一分五到二分的利息，很吓人的。

现在，村民们最具幸福感的事：谁谁谁挣钱多！谁谁谁生了几个小孩！谁谁谁当什么官！谁谁谁当好大的老板！谁谁谁的亲

碎一地

237

戚和老乡，是当官的，是当大老板的！

……

说来说去，心里打翻了五味瓶，很不是滋味，在一张空白的纸上，我胡乱地写下两行潦草的文字——

乡村：烤热的雪。

我：长不大哭着喊着要雪的小屁孩儿。

破折号（——）

父亲一生都听母亲的话。

父亲说，你母亲一身的病，都是累的。

父亲说，你母亲整个儿的心，都是牵挂着我们这个家的。

这次，父亲偏偏没有听母亲的，他不肯陪母亲去姨父家贺喜。

父亲说，现在这世界——

父亲没有说下去，我知道，父亲要说的话很多——

姨父的儿子小锋不顾家也就罢了，那个儿媳妇也不顾家，生了一个"肉子"（脑瘫）崽，甩给你姨妈，各奔东西。

小锋也不管家里的孩子，小锋老婆也不管家里的孩子，只顾在外面快活，没有办理离婚手续，又各自在外面找了相好的，还带回各自的家里，大大方方地做起夫妻，过起了家庭生活。

小锋找的那个女的，也是没有办过离婚手续的，却也敢明目张胆地挺起个大肚子在村子里转悠，还很舒心的。

我就问过姨父，这是不是不好？不合法律手续的。而且，计划生育找上门来，如何得了？哪料姨父说，又没结婚，又不上户口，怕什么？姨父没有一点顾虑。

那个女的不明不白的生下来一个带"把"的胖小子，姨父喜蒙了，到处打电话，说要大办酒席，大家都来热闹热闹。那晚，姨父跟母亲打电话，说他尹显开真正有后了！母亲也替姨父高兴，又立马给我们儿女几个打电话，说能请假的都得去！

在这一点上，我们儿女几个都和父亲有了惊人的一致，我们说不去凑这个份了，说毕竟不是正儿八经的办喜酒。

母亲还是去了，一个人去的，回来之后掩饰不住自己兴奋的心情，说，那个胖小子长得倒是很像小锋的。

我却跟母亲嘻嘻地笑说，有点乱。

父亲很严肃地说，孩子长成后，以后很多事要面对。

是的。我在想：孩子呀，当你面对这个世界的时候——

你肯定看到白的夜，你肯定找不到痛苦的出口。其实，痛苦的本质，不仅仅是苦，更重要的是痛。有种痛，会痛得无边无际，触摸不到痛的边沿。

人的一生，就是一个连接着生卒年月短短的破折号，不太长的岁月里，情感的波涛、欲望的涌动、生命的重量、社会的问题……等等，都是一个一个长长的破折号。

——

碎一地

省略号（……）

玉田叔还是那样游手好闲，还是那样老爱打牌。

往往，他打着牌的时候，一不留神就睡着了，口水流得老长。中宝叔老说他，说他死了一半了。

玉田叔和中宝叔是两亲弟兄。中宝叔一直没有成家，给玉田叔顶起了这个家。玉田叔的崽东光比我略大一二岁，便成了家里的宝贝疙瘩。

玉田叔还是那样年轻的时候，就好上了打牌，不肯沾农活，把这个家甩手给了中宝叔。中宝叔二话没说，家里地里，田里土里，山上山下，一条瘸腿也是很利索地跳上跳下，汗水滴进田土里，但中宝叔忙得很欢。

中宝叔不欢的时候，是看着自己的老兄玉田叔整日里游手好闲，老爱打牌，不分天光早晚。当然，时间久了，也就随着他了。只是，村子里有闲话，说中宝叔拉帮套，说玉田叔的崽长得更像中宝叔，这些话突地在一个夜晚生根，疯传，让中宝叔气得好几天窝在家里，脸色黑青。

但过几日，中宝叔还是中宝叔，还是忙欢在田野之上。玉田叔也好似没听着一般，日日耗在牌桌上，说不上喜也说不上悲。

冬花婶对玉田叔从无埋怨，也不管他的闲事，对中宝叔却是百般照顾。愈是这样，中宝叔就愈是和嫂子有些不远不近地处着，他唯恐村子里的闲话杀人。他不怕被杀，他怕的是嫂子，他怕的是亲如儿子的侄儿的脸面。

中宝叔对侄儿的好，大伙都说怕没有再好的了。东光要月亮，中宝叔会立马爬梯子到天上去摘；东光喊吃鱼，数九寒天里，中宝叔扑通一声跳进冰窟窿里去捉。

然而，东光长得高高大大，中宝叔花了大力气娶回来一个乖态的侄媳妇，家里全变了。大伙都围着这个女人转不说，还天天被这个女人搞得焦头烂额。最可气的是，她从不喊中宝叔，就喊那个人。

告诉那个人……问那个人……要那个人……找那个人……

中宝叔气得日日吃闷酒，冬花婶气得倒了床，不一年就撒手走了。

后来，东光在外打着工，老婆也跟着去了，从没回来过。

玉田叔还是一日日地老打着牌；仿佛对这一切都无动于衷。

中宝叔却日渐消瘦，老了，抑郁了，他老是一个人喝着烧酒，不管天光早晚，有时喝着喝着就哭了起来……

草生叔去年过世时，我赶回去料理后事。中宝叔也在帮衬着，里里外外地忙，却一直阴郁着少说话。送草生叔上山后那天，中宝叔要我陪他喝两杯，喝着喝着，他就呜呜地哭起来，说现在呀……

我一下怔住了，不晓得如何劝，也不敢再喝下去了，就那么看着中宝叔。中宝叔也直勾勾地看着我，他没有再说下去。

这些年，我回老家很少了。老家，但凡是一个爷们儿大都出门捞钱去了，在家的大都是些老人、女人，重的轻的活体面的顺便的活，中宝叔只要得空也常常前去帮个忙，据说其间也有些风言风语。当然，这话我是不信的。

但是，如今很多村子里留守的妇女，却也真流出了不少事：某某村某某村主任和留守的三四个妇女都好上了……某某村留守的妇女一年之中有四五人被某流窜嫌疑犯实施性侵，却无一人报案……甚至，某某村留守的儿媳妇和公公好上了……真是，以前乡村里闻所无闻，想都不敢想，令人咋舌，令人惊惧，令人无措。这乡村，这世界，这生活，真是变得太快，变得可怕。

碎一地

过了好一阵，中宝叔终止住了哭泣，他紧紧地握着我的手，老眼里有浑浊的东西在涌动在打圈圈。他说，伟宝，你是灵性人，你懂的……

我懂的？中宝叔的话没有再说下去，不是此处省略多少字，而是省略了一篇大文章。也许，这里有生活的文章，情感的文章，道义的文章，伦理的文章，有社会的文章和时代的文章。

这其中，我又真的能懂多少？能解多少？

……

感叹号（！）

我知道，我们看似生活在一个玻璃浸润的文明世界中，其实不然，我们人类最宝贵最单纯最美好的信仰，不知不觉中一一破碎了；世界的真、善、美，无声无息中也一一碎裂了！

我孤独、无助，我害怕、无望，这世界到底怎么了？这世界真正到底是怎么啦？我好想抓住些什么，可我什么也抓不住。一世界的碎，连我的影子也是碎的。我一把抓住我的碎影子，只能无尽地疼痛我的下辈子。

这一地的碎片，随时都可能像潮水一样，将我们淹没。如此，我们不得不焦灼，不得不警醒，不得不深思，不得不防范：碎一地，毁三观！碎一地，我们的泪在飞；碎一地，我们一生都得碎碎念！

无边的碎片世界！无尽的破碎生活！想想，我们一个个卑微的生命，我们要昂起我们纯洁而高贵的灵魂，我们的心是不能碎的！碎了一地的诺言，拼凑不回昨天的美好！我们的灵魂不可以下跪，我们的心不可以破碎。

心若不碎，谁也破碎不了我们的世界！

原载《边疆文学》

碎
一
地